ullstein

Das Buch

Als Stefanie Holländer vom Erbe ihrer Tante erfährt, ist sie nicht nur glücklich über die ererbte Pension am Ammersee, sie ist auch erleichtert, auf diese Weise dem aufdringlichen Werben ihres Chefs entgehen zu können. So schnell wie möglich kündigt sie ihren Job. Die Pension, der »Katharinenhof«, liegt direkt am See. Schon bei Stefanies Einzug lernt sie ihren attraktiven Nachbarn kennen. Es ist Sympathie auf den ersten Blick, doch Stefanie scheut vor allzu viel Nähe zurück. Zudem hat sie Sorgen mit der Pension, die total veraltet ist und, wie sich herausstellt, schon seit Jahren nicht mehr wirklich rentabel arbeitet. Und nicht nur das, auch das große Hotel um die Ecke macht ihr Konkurrenz. Doch Stefanie lässt sich nicht unterkriegen und findet allen Widerständen zum Trotz ihr Glück.

Die Autorin

Johanna Nellon lebt im schönen Rheinland, ist aber gern auf Reisen und liebt den Chiemgau und das Dreiländereck.

Von Johanna Nellon sind in unserem Hause bereits erschienen:

Ein Sommer am Chiemsee
Liebesleuchten am Bodensee
Marillenglück und Gummistiefel
Nussgipfel und Alpenglück
Herzklopfen am Bodensee

JOHANNA NELLON

Die kleine Pension am Ammersee

Roman

Ullstein

Besuchen Sie uns im Internet:
www.ullstein-taschenbuch.de

Originalausgabe im Ullstein Taschenbuch
1. Auflage Mai 2018

Umschlaggestaltung: bürosüd° GmbH, München
Titelabbildung: www.buerosued.de
Satz: Pinkuin Satz und Datentechnik, Berlin
Gesetzt aus der Granjon
Druck und Bindearbeiten: CPI books GmbH, Leck
ISBN 978-3-548-28974-8

Seit drei Tagen lag eine Hitzeglocke über der Stadt. Sowohl die Einheimischen als auch die Touristen, die München besuchten, stöhnten über das Wetter. Dennoch waren die Straßen von quirligem Leben erfüllt, und in den lauschigen Biergärten fand sich kein einziger freier Platz.

In der Lobby des renommierten Hotels *Zum Isarbogen* war es angenehm kühl, was viele Gäste dazu verlockte, es sich in den hellgrauen Polstermöbeln mit den dunkelvioletten Kissen bequem zu machen. Doch auch der üppig bepflanzte Innenhof war gut besucht, die meisten der Gäste hier genossen einen Drink oder einen Kaffee.

»Ein Glück, dass Sie endlich da sind, Stefanie.« Direktor Stadler kam aus der Bar und winkte Stefanie zu. »Danke fürs Einspringen.« Nervös strich er sich über das dunkle Haar, in das sich bereits etliche graue Strähnen mischten.

»Kein Problem. Ich hatte nichts Besonderes vor.« Stefanie beeilte sich, die Dienstkleidung anzuziehen und ihren Platz an der weitläufigen Rezeption einzunehmen. Die beiden Auszubildenden, die bislang allein hier Dienst getan hatten, atmeten erleichtert auf.

»Bin ich froh, dass du kommen konntest.« Annette

Kaiser, im zweiten Ausbildungsjahr, reichte einer älteren Dame die gewünschte Straßenkarte, dann wandte sie sich Stefanie zu. »Wir sind zu Tode erschrocken, als Herr Kornbrenner plötzlich schlappmachte.« Sie schob sich mit einer für sie typischen Geste eine blonde Haarsträhne hinters Ohr.

»Mal wieder sein Kreislauf, oder?«

»Ja. Diesmal muss er sich gründlich durchchecken lassen, sagt der Chef. Es ist das zweite Mal dieses Jahr, dass er schlappmacht. Das darf er nicht so einfach ignorieren.«

Stefanie nickte nur, dann wandte sie sich vier Japanern zu, die gerade durch die breite Doppeltür kamen und in gebrochenem Englisch Auskünfte über abendliche Veranstaltungen wünschten.

Stefanie gab etliche Tipps, dann klingelte wieder einmal das Telefon, und drei neue Buchungen mussten entgegengenommen werden. Konzentriert sah sie im Computer nach, ob die gewünschten zwei Suiten noch frei waren.

»Gleich gibt's ein Gewitter.« Unbemerkt war Christian Peuser hinter Stefanie getreten. Für einen kleinen Moment legte er ihr den Arm um die Taille. »Alles in Ordnung?« Sie spürte seinen warmen Atem im Nacken.

»Ja, ja, wir kommen klar.«

»Wir sehen uns später.« Der Griff um ihre Taille wurde für einen Moment fester. »Ich freue mich, wenn du mit mir zum Mittagessen gehst.«

Stefanie machte einen Schritt zur Seite und drehte kurz den Kopf zu ihm um. »Bitte lass das, Christian!«

»Schon gut.« Er ließ sie los. »Ich wollte ja nur fragen, ob alles läuft ohne den alten Kornbrenner.« Er lehnte sich an den Tresen und sah Stefanie an. »Wird Zeit, dass der Alte in Rente geht. Er passt absolut nicht mehr in das Hotel.«

»Wie kannst du so etwas sagen! Herr Kornbrenner ist die gute Seele des Hotels. Er kennt alle Stammgäste, und sie wissen seine Art sehr zu schätzen.«

»Unsinn, er ist einfach verbraucht, das wiegt viel schwerer. Aber du musst ihn ja in Schutz nehmen, du Gutmensch.«

Stefanie gab keine Antwort, sondern wandte ihre Aufmerksamkeit einem älteren Ehepaar aus Wien zu, das zu den Stammgästen des Hauses gehörte und für den Abend einen Tisch im Dachgarten-Restaurant reservieren wollte.

Christian Peuser war seit einem knappen Jahr stellvertretender Hoteldirektor. Er war sehr kompetent in seinem Beruf, konnte ungemein charmant sein und sah ausgesprochen gut aus. Stets perfekt gekleidet, war er ein Mann, nach dem sich die Frauen umdrehten. Er genoss diese Bewunderung sichtlich und war vor allem den weiblichen Gästen gegenüber von ausgesuchter Freundlichkeit.

Dass Stefanie ihn ganz neutral behandelte und in ihm nicht mehr als einen Vorgesetzten sah, ärgerte ihn. Immer wieder suchte er ihre Nähe, und seit etwa zwei Monaten wurden seine Avancen aufdringlicher.

Stefanie bereute, dass sie nach einem gemeinsamen Essen mit allen Mitarbeitern zugestimmt hatte, ihn zu duzen. Seither ließ er die notwendige Distanz vermissen und nahm sich immer häufiger Vertraulichkeiten heraus, die sie abstießen.

»Du hast bei dem schönen Christian einen Stein im Brett«, raunte ihr Annette zu. »Beneidenswert.« Sie sah dem Mann, der jetzt quer durch die Halle in Richtung Bar ging, mit leuchtenden Augen nach.

»Darauf kann ich verzichten.«

»Aber wieso das denn? Wenn er dich doch mag … das kann nur von Vorteil sein.«

»Auf die Art werde ich bestimmt keine Karriere machen.« Stefanies Stimme und ihre Miene machten deutlich, dass sie dieses Thema nicht weiter vertiefen wollte. Zum Glück blieb während des restlichen Tages kaum Zeit für ein privates Wort. Erleichtert atmete sie auf, als die Ablösung kam und sie heimgehen konnte.

Stefanie wohnte in Schwabing in einem sehr schönen Altbau. Schon ihre Großeltern hatten in dem Haus gewohnt, der alte Vermieter überließ ihr die Mansardenwohnung wohl aus alter Verbundenheit heraus zu einer relativ günstigen Miete. Normalerweise war eine Zweizimmerwohnung in dieser bevorzugten Lage in München unerschwinglich.

»So eilig?« Christian Peuser stand plötzlich vor ihr, gerade in dem Moment, in dem sie das Hotel durch den Personalausgang verlassen wollte.

»Ja, stimmt. Ich habe heute Abend noch etwas vor.« Sie wollte sich an ihm vorbeidrängen, doch er stellte sich ihr in den Weg.

»Ich kann dich fahren.« Er wies zum Himmel. »Gleich gibt's wieder ein Gewitter. Kein Wunder nach der drückenden Schwüle, die den ganzen Tag über geherrscht hat. Dieser Frühling hat's in sich. Die Föhntage mehren sich.«

Stefanie zögerte. Sie war schon spät dran, und wenn sie rechtzeitig in die Oper kommen wollte, musste sie sich beeilen.

»Nun stell dich nicht so an, ich beiße dich schon

nicht.« Er zeigte zu seinem Wagen, einem schnittigen Cabriolet, das auf einem für die Direktion reservierten Parkplatz stand.

»Also gut. Aber es reicht, wenn du mich bis zur Haltestelle bringst.«

»So weit kommt es noch! Ich fahre dich natürlich nach Hause.« Er hielt Stefanie die Tür auf und glitt dann mit einer geschmeidigen Bewegung hinters Lenkrad.

Er wies durch die Frontscheibe. »Sieh raus, da hinten zucken die ersten Blitze über den Himmel. Gleich geht's los.«

Und wirklich, schon einige Sekunden später prasselten die ersten Tropfen gegen die Windschutzscheibe. Als der erste Donner krachte, zuckte Stefanie leicht zusammen.

Nun folgten in rascher Folge einige Blitze und Donnerschläge, das Gewitter war genau über ihnen. Der Verkehr stockte, sie kamen nur langsam voran.

»Puh, da haben wir genau den Moment erwischt, in dem es losging.« Christian Peuser streckte die Arme ein wenig. »Zum Glück kann ich so bleiben, wie ich bin. Hab mir vorsichtshalber ein frisches Hemd angezogen.«

»Wieso das?«

Er lachte. »Na ja, ich habe auch noch eine Karte für die Oper ergattern können.« Er warf ihr einen kurzen Seitenblick zu. »*La Bohème* ist so herrlich kitschig, das will ich mir noch mal ansehen.«

Stefanie zuckte zusammen. Kitschig nannte er diese wunderschöne Oper, die ihr absoluter Favorit war. Und heute würde auch noch eine der berühmtesten Sopranistinnen der Welt die Rolle der Mimi singen. Seit Wochen freute sich Stefanie auf diesen Abend.

Und jetzt erklärte ihr Christian Peuser, dass er in die Oper gehen würde – um sich etwas »Kitschiges« anzuhören. Sie musste sich beherrschen, um ruhig zu erwidern: »Wenn du Puccini nicht magst, warum gehst du überhaupt zu der Aufführung?«

Sekundenlang legte er ihr die Hand aufs Knie. »Weißt du das wirklich nicht?« Seine Stimme klang plötzlich heiser. »Als ich mitbekam, wie du vor zwei Monaten die Karten bestellt hast, hab ich mich ebenfalls um eine bemüht.« Er lachte leise und zog zu ihrer Erleichterung seine Hand wieder zurück. »So komme ich auf jeden Fall in den Genuss, neben dir sitzen zu können. Du hättest mich ja nicht aufgefordert mitzukommen.«

»Wieso sollte ich denn auch?«

»Vielleicht, weil du gespürt hast, dass du mir viel bedeutest.« Seine Stimme bekam einen etwas anzüglichen Unterton. »Und ich hoffe doch, dass du mich auch magst. Zumindest ein bisschen. Oder?« Wieder sah er sie von der Seite an.

Ehe Stefanie antworten konnte, zuckte dicht vor ihnen ein greller Blitz auf, es schien fast, als sei er in eine der Straßenlaternen gefahren, die am Straßenrand standen. Der darauf folgende Donner war ohrenbetäubend.

»Ein Glück, dass wir im geschlossenen Wagen sitzen. Der ist wie ein faradayscher Käfig, da kann uns kein Blitzschlag treffen.«

»Ich weiß.« Stefanie presste die Lippen zusammen und sah angestrengt nach draußen. »Das hab ich auch in der Schule gelernt.« Sie hasste es, wenn er mit Wissen prahlte, das eigentlich selbstverständlich war.

»Angst?«

»Nein. Höchstens die Sorge, dass wir doch zu spät kommen.«

»Ach was. Wenn du nicht zu lange trödelst, schaffen wir es locker. Von mir aus kannst du aber auch so bleiben, wie du bist. Mir gefällst du auch so.«

»Danke. Aber ich würde mich schon gerne umziehen.«

»Ja, ja, ich verstehe schon, weibliche Eitelkeit.« Er lachte. »Aber meinetwegen kannst du sogar in Jeans gehen. Mir gefällst du immer.« Stefanie fuhr zusammen, als er wieder die Hand auf ihr Knie legte.

»Die Kleidervorschriften haben sich zwar stark gelockert in den letzten Jahren, aber ich käme nie auf die Idee, so in die Oper zu gehen.« Stefanie wies auf ihre Jeans, zu der sie einen legeren Trachtenjanker aus schwarzem Wildleder trug, gleichzeitig schob sie Christians Hand fort. »Ich finde es einfach schön, wenn die Theaterbesucher ein wenig elegant gekleidet sind. Es schafft ja doch eine besondere Atmosphäre.«

»Da hast du recht. Diese Atmosphäre werde ich sicher auch spüren – dicht neben dir.«

Stefanie schwieg. Sie fühlte sich unwohl und bereute, Christians Angebot, sie heimzufahren, angenommen zu haben. Seine immer deutlicheren Avancen waren ihr unangenehm, sie wusste einfach nicht, wie sie den Mann auf Distanz halten konnte, ohne ihn zu beleidigen.

Sie atmete auf, als sie am Ziel waren und Christian erklärte: »Ich warte hier im Wagen auf dich. Eventuell fahre ich zweimal um den Block, wenn ich nicht doch einen Parkplatz in der Nähe ergattere.«

»Gut, ich beeile mich.«

Sie machte sich in Rekordzeit fertig und hastete dann wieder nach unten auf die Straße. Es regnete immer noch, doch das Gewitter war weitergezogen. Sie sah sich um, von Christians Wagen keine Spur.

Schon wollte sie erleichtert aufatmen, als er vorfuhr und den Wagenschlag öffnete.

»Ich hab in der Einfahrt dort drüben gewartet.« Er wies auf ein schräg gegenüber stehendes Haus. »Zum Glück kam auch niemand.«

»Prima.« Stefanie zog sich den leichten Mantel fester um die Beine. Sie hatte sich im letzten Moment dazu entschieden, ein schlichtes schwarzes Jerseykleid anzuziehen, zu dem sie nur einen bunt gemusterten Seidenschal umgelegt hatte. Vor drei Wochen hatte sie in einer kleinen Boutique ein wunderschönes Satinkleid gefunden, dessen Oberteil, eine knappe Korsage, mit Spitze bedeckt war. Das großzügige Dekolleté war so nicht allzu sexy. Stefanie hatte sich sofort in das nachtblaue Kleid verliebt und sich schon darauf gefreut, es bei dem Opernbesuch tragen zu können. Doch jetzt, in Christians Begleitung, wollte sie so unauffällig wie möglich wirken.

Auf dem Weg zum Opernhaus sprachen sie nur wenig, doch immer wieder warf Christian seiner Begleiterin lange Blicke zu. Und auch während der Aufführung schaute er sie so intensiv an, dass es ihr nach einer Weile unangenehm wurde.

»Ist die Netrebko nicht einfach wunderbar?« In der Pause bemühte sie sich um Konversation. »Als ich sie vor drei Jahren zum ersten Mal gesehen habe, war ich hin und weg von ihrer ausdrucksstarken Stimme.«

»Wo hast du sie gesehen?«

»In Mailand. In der Scala.«

Überrascht zog er die Augenbrauen ein wenig nach oben. »Das klingt, als wärst du ein echter Opernfan.«

»Bin ich auch.« Sie zögerte, dann fragte sie: »Und du? Magst du die Musik auch, oder … oder bist du heute nur meinetwegen mitgekommen?« Sie sah ihn nicht an, sondern spielte mit dem Stiel des Sektglases, das vor ihr auf dem hohen Bistrotisch stand. Wie die meisten der Opernbesucher hatten auch Christian und sie sich an der Bar ein Glas Sekt geholt.

Statt zu antworten, legte ihr Christian den Arm um die Schultern und zog sie an sich. »Du weißt genau, dass nur du mich interessierst.«

Stefanie schüttelte den Kopf. »Sag so was nicht, bitte.«

Sein Griff wurde noch etwas fester. »Doch. Ich will, dass du es endlich weißt: Ich mag dich, Stefanie. Sehr sogar.« Er zögerte, ließ sie abrupt los und trank sein Glas in einem Zug leer.

Erleichtert atmete Stefanie auf, als in diesem Moment der Gong ertönte und anzeigte, dass die Pause zu Ende war. Den Rest der Aufführung konnte sie nicht so genießen, wie sie es sich gewünscht hatte. Immer wieder sah sie verstohlen zu Christian hin, der so tat, als folge er konzentriert dem Geschehen auf der Bühne.

Als sie das Opernhaus verließen, regnete es immer noch. Auf dem Weg nach Schwabing sprachen sie wieder nur wenig. Aus dem Autoradio klang leise Musik, und Christian Peuser summte die amerikanischen Songs mit.

Als er vor Stefanies Haus hielt, öffnete sie rasch den Wagenschlag.

»Warte.« Er hielt sie am Arm fest. »Was ist mit einem Abschiedskuss? Den hab ich mir verdient, finde ich.«

Stefanie hatte schon ein Bein auf den Asphalt gestellt und drehte sich nur knapp zu ihm um. »Bitte lass das.«

»Was?« In seinen Augen blitzte es auf. »Bilde dir nicht allzu viel ein. Was denkst du, wer du bist, ha?«

»Ich bin deine Kollegin. Und die würde ich auch gern bleiben. Danke fürs Fahren, Christian.« Sie schwang auch das zweite Bein aus dem Wagen. »Gute Nacht.«

»Hey, warte gefälligst!« Christian Peuser sprang aus dem Wagen und stellte sich Stefanie in den Weg. Der Griff um ihre Schultern war schmerzhaft grob.

»Glaubst du, ich hab mich ganz umsonst den Abend über zu Tode gelangweilt?« Er schüttelte den Kopf. Seine Augen brannten, und er atmete schwer. »Verdammt noch mal, Stefanie, ich will dich! Du machst mich scharf wie seit Langem keine Frau mehr. Also hör auf, die Unnahbare zu spielen.«

Mit aller Kraft schob Stefanie ihn von sich. »Lass mich los, Christian. Sofort.« Und als er nicht reagierte, fuhr sie fort: »Was du hier treibst, ist sexuelle Belästigung. Das werde ich melden, wenn du nicht sofort aufhörst.« Sie sah sich um, doch die sonst recht belebte Straße war menschenleer.

Mit einem Ruck schob er sie von sich. Stefanie taumelte und musste sich an der Hauswand abstützen. Regentropfen mischten sich mit den Tränen, die ihr über die Wangen liefen.

»Dann leck mich doch, du blöde Kuh!« Der Mann konnte seine Wut nicht länger zügeln. »Solltest froh sein, dass ich mich für dich interessiere! Und du drohst mir nicht noch mal!« Dicht stellte er sich vor Stefanie, sein Atem streifte ihren Mund, und ehe sie ihn daran hindern konnte, küsste er sie brutal.

Sie spürte noch das Blut auf ihren Lippen, als er sich abwandte, zum Wagen hastete und mit aufheulendem Motor davonfuhr.

Es dauerte eine geraume Zeit, bis Stefanie sich so weit gefasst hatte, dass sie den Schlüssel ins Schloss stecken und aufschließen konnte. Sie zitterte am ganzen Körper. Auch jetzt noch glaubte sie, Christians Lippen auf ihrem Mund zu spüren, seine Zunge, die sich grob in ihren Mund gedrängt hatte – und seine Hände, die ihre Schultern viel zu fest umklammert hielten.

»So ein widerliches Ekel«, murmelte sie und zog das kleine Schwarze aus, hängte es an den Schrank und sah sich im hohen Spiegel an. »Das geht nicht so weiter, Stefanie«, sagte sie zu ihrem Spiegelbild. »Du solltest dich langsam nach einem neuen Job umsehen.«

Noch lag ein letzter Hauch von Morgenrot über den Dächern der Stadt, doch die Sonne stieg stetig höher und trocknete die Tautropfen auf den Pflanzen in den breiten Kübeln vor dem Hotelkomplex.

»Stefanie! Gut, dass du schon da bist.« Elmar Kornbrenner, wieder genesen, winkte sie zu sich. »Du hast gleich einen Termin mit dem Chef.«

»Ist gut.« Stefanie lächelte dem alten Kollegen zu. »Ich wollte auch mit ihm sprechen.«

»Ist was passiert?« Besorgt sah Elmar Kornbrenner sie an. Stefanie war ungewöhnlich blass, und ihr Lächeln wirkte gezwungen.

»Ja.« Schnell ging sie hinter den breiten Tresen und umarmte den liebenswerten Kollegen. »Ihnen sag ich es jetzt schon: Ich werde kündigen!«

»Nein!« Entsetzt sah er sie an. »Warum das denn, um Himmels willen? Doch nicht etwa wegen Herrn Peuser?«

Stefanie schüttelte den Kopf. »Nein, es ist …« Sie stockte, ihr Lächeln wurde offener, dann fuhr sie leise fort: »Ich hab eine Pension geerbt, Herr Kornbrenner. Stellen Sie sich das mal vor! Meine Tante Katharina, die in Dießen am Ammersee lebte, hat mir tatsächlich ihre Pension vererbt.«

»Gratuliere!«

Stefanie biss sich auf die Lippe. »Es ist unfassbar. Wie ein Traum. Der Notartermin war erst Freitagnachmittag, und ich … ich bin noch vollkommen durch den Wind. Das Wochenende hab ich dazu genutzt, mal rauszufahren und mir alles anzusehen. Ich war ewig lange nicht mehr da.« Sie zögerte, dann fuhr sie fort: »Sie war gerade mal siebzig, als sie starb. Nie hätte ich mit ihrem frühen Tod gerechnet, sie war immer fit und aktiv.«

Der alte Portier senkte den Kopf. »Manchmal schlägt das Schicksal gerade dann zu, wenn man es nicht erwartet. Aber für dich freue ich mich aufrichtig.«

»Danke!« Sie nickte ihm zu. »Dann will ich mal hören, was es bei der Direktion gibt.«

»Der Peuser hat sich über dich beschwert, das weiß ich schon. Nur Konkretes hab ich nicht erfahren können.«

»Ist mir klar. Aber der wird sich wundern! Und unser Chef auch.«

Ihr Gespräch mit dem Hoteldirektor war ebenso kurz wie unerfreulich. Sie verwahrte sich gegen die Vorwürfe, die Christian Peuser gegen sie erhob, und als der Hotelchef ihr nicht sofort glaubte, erklärte sie knapp: »Unter den gegebenen Umständen wird es besser sein, dass ich dieses Haus sofort verlasse, meinen Sie nicht auch, meine Herren?« Mit einem kleinen Lächeln auf den Lippen sah sie von einem zum anderen – und genoss es, beide für zwei Minuten sprachlos zu sehen.

»So war das nicht gemeint. Wir können uns noch einmal zusammensetzen, wenn die Emotionen nicht mehr so hochkochen. Ich möchte Sie nicht verlieren, Frau Holländer.« Hoteldirektor Arno Stadler fühlte sich sichtlich unwohl.

»Da gibt es nichts mehr zu diskutieren. Ich habe mir nichts zuschulden kommen lassen – im Gegensatz zu Herrn Peuser, der leider die Distanz zu seinen weiblichen Mitarbeiterinnen nicht genügend wahrt.« Sie nickte Direktor Stadler zu. »Glauben Sie mir, ich bin nicht die erste junge Frau, bei der er sich nicht beherrschen kann. Leider haben die meisten meiner Kolleginnen Angst, sich zu melden und sein Verhalten zur Anzeige zu bringen.«

»Das ist eine infame Unterstellung!«, begehrte Christian Peuser auf.

»Das ist die Wahrheit.« Ruhig sah ihn Stefanie an. »Sei froh, dass ich auf eine offizielle Anzeige verzichte. Aber ich verlasse das Hotel noch heute.« Sie stand auf. »Meine schriftliche Kündigung reiche ich nach. Und jetzt entschuldigen Sie mich, meine Herren.«

Sie nahm sich danach nur noch kurz Zeit, sich von einigen Kollegen zu verabschieden, dann verließ sie das Hotel. Allerdings nicht, ohne Elmar Kornbrenner zu sagen: »Wir bleiben auf jeden Fall in Kontakt.«

»Würde mich freuen, Stefanie.«

»Wenn ich mich eingerichtet habe, müssen Sie mich unbedingt mal in Dießen besuchen kommen. Das ist ein wirklich hübscher Ort.«

»Das mach ich, auf jeden Fall!«

»Auf der Bank hat die Katharina auch immer gesessen, wenn sie mal ausspannen wollte.« Mit langen Schritten kam ein dunkelhaariger Mann auf Stefanie zu. »Hey, ich bin der Kroller Mathias. Und du sicher Katharinas Nichte.«

»Stimmt.« Stefanie stand auf und ging zum schmiedeeisernen breiten Gartentor. »Stefanie Holländer.«

»Freut mich.« Für einen kurzen Moment blitzte es in den dunklen Männeraugen auf. »Dich hab ich hier noch nie gesehen. Hast du deine Tante nie besucht?« Ungeniert duzte er Stefanie.

»Doch. Hab ich. Nur leider nicht allzu oft in den letzten Jahren.« Sie zögerte, dann fügte sie hinzu: »Und dich hab ich hier nie gesehen, wenn ich mal hier war. Wohnst du in der Nähe?«

»Gleich gegenüber.«

»Tatsächlich?« Stefanie runzelte die Stirn. »Dann hätten wir uns doch mal sehen müssen!«

Mathias schüttelte den Kopf. »Nicht unbedingt. Die Werkstatt hat mein Vater bis vor zwei Jahren noch geführt. Ich hab bis zu seinem Tod sechs Jahre in Kanada gelebt und war zwischenzeitlich nur selten daheim.«

Das war natürlich eine Erklärung. Stefanie streckte ihm die Hand entgegen. »Dann auf gute Nachbarschaft.« Sie zögerte, fügte dann hinzu: »Es kann sein, dass ich deine Hilfe bald mal brauchen werde. Ich kenne mich in der Gegend nicht gut aus, und du kannst mir sicher helfen, Handwerker zu finden.«

»Nur zu, sag einfach, was zu tun ist.«

»Viel zu viel.« Ein tiefer Seufzer folgte. »Ich bin ja erst drei Tage hier und hab mir gerade erst einen Eindruck verschafft, aber eins ist sicher: In der Pension ist die Zeit stehen geblieben. Vieles ist veraltet und sollte dringend renoviert werden. Mal sehen, was ich alles machen lassen muss. Ich kann nur hoffen, dass das Geld für die wesentlichsten Modernisierungen reicht.«

»Ich helfe dir gern, wenn ich kann.« Für einen Moment legte er ihr die Hand auf den Unterarm. »Ruf mich einfach, wenn du Unterstützung brauchst.«

»Danke, das ist sehr nett.« Stefanie sah auf, hinein in ein dunkles Augenpaar, das sie freundlich anlächelte. Ihr Herz klopfte ein paar Takte schneller, und instinktiv trat sie zwei Schritte zurück. »Ich muss wieder rein, hab noch nicht mal alles ausgepackt, was ich für die ersten Tage mitgebracht habe.« Sie nickte Mathias zu. »Morgen kommen die restlichen Möbel, und dann komme ich sicher auf dein Angebot zurück.«

»Tu das.« Er zögerte. »Was hältst du davon, wenn du zum Abendessen zu mir rüberkommst? Du hast doch sicher noch nicht viel im Haus. Und wir könnten auf gute Nachbarschaft ein Glas Wein trinken.«

»Einverstanden. Gegen acht?«

»Perfekt. Bis dann.« Grüßend hob er die Hand und ging zurück zur anderen Straßenseite. Sein Haus lag, so wie die Pension, ein paar Meter zurückversetzt in einem großen Garten. Das Gebäude wirkte sehr gepflegt, Blickfang war eine hohe Holztür, die mit Schnitzerei reich verziert war. Rechts und links davon standen zwei Terrakottakübel, in denen kleine Rosenbüsche steckten.

Bevor sie ihr Haus betrat, drehte sich Stefanie noch einmal um. »Deine Haustür ist wunderschön – im Gegensatz zu der hier.« Kurz strich sie über das rissige Holz der Pensionstür. Die Farbe der Tür blätterte an manchen Stellen ab, und tiefe Furchen zogen sich durch die vier großen Ornamente, die vor Jahren sicher einmal sehr dekorativ gewesen waren.

»Danke. Das war mein Meisterstück.« Mathias war

noch einmal zurückgekommen. »Deine Tante wollte sich nicht helfen lassen. Leider. Ich hätte ihr die Tür gern gerichtet. Es ist eine Schande, dass sie sie mal grün hat streichen lassen.«

»Finde ich auch.« Stefanie seufzte leise auf. Sie erinnerte sich noch daran, dass ihre Tante früher ein sehr fröhlicher, optimistischer Mensch gewesen war. In den letzten Jahren allerdings hatte sie sich verändert, hatte oft mürrisch und verbittert gewirkt. Mit ein Grund, warum Stefanie den Kontakt zuletzt auf wenige Anrufe und Grußkarten beschränkt hatte. Und auch Tante Katharina hatte offenbar kein Interesse an näherem Kontakt gehabt.

»Na ja, ich muss mich nach und nach um das alles kümmern.« Sie hob die Hand. »Wir sehen uns.«

Drinnen, in den Privaträumen ihrer Tante, ließ sie sich auf einem alten Sessel nieder und sah sich um. Im Gegensatz zu den Pensionsräumen war hier alles gepflegt, die Küche war modern und mit allen technischen Raffinessen ausgestattet. Im geräumigen Wohnzimmer standen neben den zwei wunderschönen bemalten Bauernschränken allerdings auch ein paar alte, abgewetzte Möbel. Doch der Parkettboden war gut gepflegt, die alten Teppiche hingegen würde sie entsorgen. Insgesamt jedoch wollte Stefanie hier nur wenig verändern. Ihre helle Couchgarnitur würde gut zu den Schränken passen, ebenso der Esstisch aus Kirschbaumholz und die zwei kleinen Beistelltische.

Die Schlafzimmermöbel würden morgen schon abgeholt werden, ebenso etliche andere Dinge, die noch gut erhalten waren, ihr aber nicht gefielen. Zum Glück gab es karitative Organisationen, die man für solche Dienste einsetzen konnte.

Drei Stunden arbeitete Stefanie noch intensiv, dann gönnte sie sich eine Pause und ging hinaus auf die weitläufige Terrasse. Von hier aus hatte man einen wunderbaren Blick auf den Ammersee, der im Abendlicht wie mit einem goldenen Tuch bedeckt vor ihr lag. Die Bergspitzen im Hintergrund glitzerten im Licht der untergehenden Sonne.

Stefanie hatte immer gewusst, dass so ein Seegrundstück einen gewissen Wert besaß. Wie unendlich kostbar es jedoch heutzutage war, war ihr erst seit dem Notartermin klar geworden.

»Sie können froh sein, dass Ihre Tante einiges an Wertpapieren besessen hat, die Sie jetzt sicher zu Geld machen werden«, hatte der Notar gesagt und sie mit einem kleinen, verständnisvollen Lächeln angesehen.

»Wieso sollte ich?«

»Nun …« Ein kurzes Räuspern folgte. »Ich glaube nicht, dass Sie so viel besitzen, um die Erbschaftssteuer begleichen zu können, die sich für Sie ergibt.« Dr. Kalscheurer war aufgestanden und ein paar Schritte auf Stefanie zugegangen. »Wenn es Ihnen recht ist, kümmere ich mich um diese Angelegenheiten.«

Nur kurz hatte Stefanie überlegen müssen, dann zustimmend genickt. »Sie haben recht, daran hatte ich gar nicht gedacht. Einige Tausend Euro hab ich zwar gespart, aber das wird wohl nicht reichen, oder?«

Er hatte den Kopf mit dem weißen Haarkranz geschüttelt und ein wenig nachsichtig gelächelt. »Sicher nicht. Das Seegrundstück ist einige Millionen wert. Zumal es ungewöhnlich groß ist. Dafür würde manch einer ein Vermögen geben. Vor allem die Hoteliers der Gegend wären mehr als interessiert, da bin ich sicher.«

»Was sagen Sie da? Millionen ist alles wert?« Stefanie war total überrascht. »Das … das hab ich nicht gewusst.«

»Allein die Lage ist sehr viel wert.«

»Aber ich verkaufe den *Katharinenhof* dennoch nicht. Auf keinen Fall. Das hätte meine Tante sicher nicht gewollt.«

»Ich freue mich, dass Sie so denken.« Für einen Moment verdunkelte sich seine Miene. »Katharina hat also recht gehabt.«

»Womit?«

»Was Sie und Ihre Einstellung zu dem Erbe betrifft.« Er war zu einem Safe an der langen, holzgetäfelten Wand gegangen und hatte einen großen Umschlag herausgeholt. »Den sollte ich Ihnen nur geben, wenn klar ist, dass Sie die Pension und das Grundstück nicht verkaufen werden.«

Stirnrunzelnd sah Stefanie erst auf den Umschlag, dann wieder zu dem Notar. »Was ist das?«

Ein fast gütiges Lächeln glitt über sein Gesicht. »Ich vermute, eine große Summe Bargeld. Katharina hat nicht alles, was sie besaß, den Banken anvertraut. Und dem Finanzamt wollte sie auch nicht alles zukommen lassen.«

»Aber das ist doch … das geht doch nicht!«

»Ich habe da keine Bedenken.« Der Notar hatte ihr die Hand entgegengestreckt. »Nehmen Sie den Umschlag, und öffnen Sie ihn in aller Ruhe zu Hause. Und wenn Sie noch weitere Hilfe brauchen, kommen Sie zu mir. Katharina und ich waren alte Freunde, es wäre mir eine Freude, Ihnen helfen zu dürfen, Stefanie.«

»Und was wäre passiert, wenn ich verkauft hätte?«

Dr. Kalscheurer schloss die Safetür und drehte sich zu ihr um. »Dann wäre das Geld einer gemeinnützigen Institution zugutegekommen.«

Bisher hatte Stefanie den großen braunen Umschlag noch nicht geöffnet. Er lag in der Schublade des alten, wunderschön gearbeiteten Sekretärs, der in der geräumigen Diele stand.

Als sie ihn jetzt wieder einmal in die Hand nahm, brannte das Papier zwischen ihren Fingern.

»Los, stell dich nicht so an«, murmelte Stefanie und riss entschlossen die breite Lasche auf. Im nächsten Augenblick stockte ihr der Atem: Vier Geldbündel fielen aus dem Umschlag heraus.

»Zweihunderttausend Euro …« Stefanie hatte keine Mühe, die auf die Banderolen aufgedruckten Zahlen zu addieren. »So ein Vermögen …«

Schon wollte sie das Geld zurück in den Umschlag stecken, als sie das Kuvert bemerkte, das sie bisher nicht gesehen hatte. Darauf stand in der schwungvollen Handschrift der Tante ihr Name. Mit klopfendem Herzen öffnete Stefanie das Kuvert und zog den Brief hervor.

Liebe Stefanie,

wenn Du diese Zeilen liest, hast Du mein Erbe angenommen – und Dich vor allem entschlossen, den Katharinenhof *weiterzuführen. Das freut mich sehr, denn die Pension ist mein Lebenswerk. Wenn ich in den letzten Jahren auch nicht mehr die Kraft hatte, alles auf dem neuesten Stand zu halten, so habe ich doch dafür gesorgt, dass Du ohne große Sorgen renovieren und dem Haus ein neues, modernes Gesicht geben kannst. Das Bargeld nimm für die ersten Investitionen, etliche Papiere kannst Du sicher gut verkaufen und damit die anfallenden Kosten begleichen.*

Mein alter Freund, Notar Kalscheurer, wird Dir bei allen Projekten mit Rat und Tat zur Seite stehen. Scheue Dich nicht, ihn anzurufen und um Unterstützung zu bitten. Wenn Du Handwerker engagierst, dann frag Mathias Kroller um Rat. Er ist ein aufrichtiger Mensch, den ich sehr schätze, ebenso, wie ich seinen Vater geschätzt habe.

Ich bin sicher, liebe Stefanie, dass Du den Katharinenhof *wieder in altem Glanz erstrahlen lassen wirst. Zu gern hätte ich es selbst getan, doch mein Nervenleiden hat mich daran gehindert, es hat mir Kraft und Lebensfreude genommen. Deshalb habe ich mich auch von Dir zurückgezogen. Ich wollte Dich nicht belasten. Aber ich habe Dich immer sehr, sehr lieb gehabt, mein Kind.*

Ich wünsche Dir viel Erfolg und umarme Dich – Deine Tante Katharina.

Tränen standen in Stefanies Augen, als sie den Brief sinken ließ. Jetzt bereute sie es, sich nicht intensiver um die Tante gekümmert zu haben. Vielleicht hätte sie bemerkt, dass die Tante kränker war als gedacht. Aber jetzt war es zur Reue zu spät. Sie konnte sich nur dankbar erweisen, indem sie den *Katharinenhof* wieder auf Vordermann brachte.

An diesem Abend, nachdem sie eine deftige Suppe und eine Brotzeit gegessen hatten, sprach sie mit Mathias über ihre Pläne.

»Es muss so einiges passieren«, sagte sie. »Aber ich hab nur vage Ideen, wie die Pension aussehen müsste, um wieder zeitgemäß und wirtschaftlich erfolgreich zu sein.«

»Das hat noch ein paar Tage Zeit.« Über den Tisch hinweg griff er nach ihrer Hand. »Lass uns jetzt nicht mehr darüber reden. Erzähl mir lieber etwas von dir.«

Stefanie zuckte leicht mit den Schultern. »Da gibt es nicht viel zu erzählen«, meinte sie. »Ich hab eine Ausbildung zur Hotelfachfrau gemacht, war auch ein Jahr auf der Hotelfachschule, dann habe ich in zwei renommierten Hotels gearbeitet.« Ein kleiner Schatten flog über ihr Gesicht. »Zuletzt in München.«

»Und da bist du wegen der Erbschaft weg?«, fragte Mathias.

»Nein. Nicht direkt jedenfalls. Es hat da ein paar Vorfälle gegeben, die mich bewogen haben zu kündigen.«

»Verstehe.« Er räumte die Teller beiseite und trug sie nach nebenan in die Küche.

»Warte, ich helfe dir.« Stefanie stand auf, und da er gerade zurückkam, stießen sie an der Tür zusammen. Sekundenlang hielt Stefanie den Atem an, als sie Mathias so nahe war. Vorsichtig sog sie seinen Duft ein. Er roch dezent nach einem herben Rasierwasser – und ein wenig nach frischem Holz.

Für eine Sekunde spürte sie Mathias' Hände, die sich sanft um ihre Oberarme legten. »Es ist schön, dass du da bist«, sagte er mit leicht rauer Stimme, drehte sich dann abrupt um und holte aus der Küche eine neue Flasche Rotwein. »Du magst doch noch ein Glas?«

»Aber nur noch eins.« Langsam, fast zögernd ging sie zum Tisch zurück. »Ich muss noch ein bisschen was tun.«

»Nichts da. Heute wird nicht mehr gearbeitet.« Er goss noch einmal ein. »Wenn du möchtest, schicke ich dir in den nächsten Tagen die Anni vorbei. Das ist eine ehemalige Schulfreundin von mir. Sie hat Innenarchitektur studiert und leitet inzwischen das Geschäft ihrer Eltern. Die Burgmers haben wunderschöne Sachen in ihrem Laden. Ich bin sicher, dass die Anni dir helfen kann. Sie hat schon etliche Hotels hier in der Gegend ausgestattet und weiß genau, was bei den Leuten ankommt.«

Es war verrückt, aber als er von dieser Anni sprach, versetzte es Stefanie einen kleinen Stich ins Herz.

»Das wäre nett.« Sie trank einen Schluck. »Ein paar Anregungen von einer Fachfrau können sicher nicht schaden.«

»Die Anni ist wirklich super in ihrem Job. Außerdem eine patente Person, die weiß, was sie will.« Ein kleines Lachen folgte.

»Du kennst sie also gut?« Sie konnte sich die Frage nicht verkneifen.

»Sicher. Wir arbeiten oft zusammen. Wenn sie etwas Besonderes braucht – oder wenn ihre Kunden Sonderwünsche haben, die man nicht maschinell fertigen lassen kann, bekomme ich den Auftrag durch sie.« Er lachte. »Wir ergänzen uns sehr.«

Stefanie trank ihr Glas aus und stand auf.

»Du willst schon gehen? Komm, bleib noch. Erzähl mir noch ein bisschen mehr von dir.«

»Ein andermal. Ich muss jetzt wirklich heim. Danke für alles.« Ehe er sie hindern konnte, war sie draußen und lief über die Straße hinüber zur Pension. Mit zitternden Fingern schloss sie auf und lehnte sich von innen gegen die Haustür.

»Schade«, murmelte sie und ärgerte sich, weil ihr Tränen in die Augen schossen.

»Und? Was sagen Sie zu den Skizzen?« Anni Burgmer legte noch drei weitere Blätter vor Stefanie auf den Tisch. »Die hab ich gestern noch gemacht, nachdem mir Mathias gesagt hat, wie die neuen Türen aussehen werden.«

»Danke.« Stefanie schaute sich die Blätter genau an. »Das ist … perfekt.« Sie lächelte Anni zu. »Genau so habe ich es mir vorgestellt. Das ist die richtige Mischung zwischen alpenländischer Gemütlichkeit und modernem Ambiente.«

»Freut mich, dass es dir gefällt.« Die Innenarchitektin zögerte, dann streckte sie Stefanie die Hand hin. »Ich finde, wir sollten uns duzen. Sind ja fast gleichaltrig. Und so arbeitet es sich noch besser. Was meinst?«

Stefanie nickte. »Gerne.« Sie schob die großen Blätter zusammen. »Kannst du mir schon in etwa sagen, was das alles kosten wird?« Sie hielt kurz inne. »Ins Uferlose sollten die Kosten für den Umbau nicht gehen.«

»Da steht alles.« Anni zeigte auf ein separat liegendes Blatt.

Für einen kurzen Moment stockte Stefanie der Atem, als sie die Summe las, doch dann nickte sie. »In Ordnung. Wann kannst du denn anfangen?«

»In der nächsten Woche, wenn es dir recht ist.«

»Gut. Da haben zwar zwei Familien vorreserviert, aber denen muss ich dann eben absagen.«

»Oder du bietest ihnen einen Sonderpreis an. Die Pensionszimmer willst du ja erst nach der Saison richten lassen, oder?«

Stefanie zögerte. »Das hatte ich eigentlich vor. Aber wenn ich es so recht bedenke, sollte ich alles in einem Aufwasch erledigen lassen. Sonst verzögert sich die Renovierung immer mehr.«

»Dann machst du gar nicht erst wieder auf, sondern

Nägel mit Köpfen.« Anni schob sich eine ihrer kurzen schwarzen Locken hinters Ohr. »Richtig so! Der *Katharinenhof* wird dann vollständig in neuem Glanz erstrahlen.«

»Wenn ich mir vorstelle, was da alles auf mich zukommt, krieg ich kalte Füße.« Stefanie lächelte ein bisschen schief. »Aber vorgestern war ich beim Notar, der auch der Nachlassverwalter meiner Tante ist. Und er hat mir auch zugeraten.«

»Dann tu's auch!« Anni erhob sich. »Ich geh dann jetzt. Bis nächste Woche.«

»Danke dir.«

»Ich danke dir – für einen tollen Auftrag.« Anni ging zu ihrem Lieferwagen, der in der Einfahrt parkte, und hob winkend die Hand. »Bis dann!«

Stefanie nickte und wollte schon die Tür schließen, als sie sah, dass Anni nicht einstieg, sondern abwartend neben dem Wagen stehen blieb.

»Hallo, Mathias! Grüß dich!« Stefanie sah, wie Anni auf Mathias zuging und ihm beide Arme um den Nacken legte. Die vertraute, beinahe zärtliche Geste zu beobachten versetzte ihr einen Stich, und rasch schloss sie die Tür.

Mit geschlossenen Augen lehnte sie sich von innen dagegen. Du bist eine dumme Gans, schalt sie sich. Die beiden kennen sich seit Ewigkeiten, und da ist es doch ganz normal, dass sie sich freundschaftlich begrüßen.

Und doch blieb der leise Schmerz in ihrem Herzen.

»Oha! Jetzt wird's spannend.«

»Spannend wär's, wenn du mir die genauen Messungen durchgeben würdest.« Der Fensterbauer, der seit drei Wochen mit seinen Leuten im Haus arbeitete, warf dem blonden Azubi einen strafenden Blick zu. »Los doch, Maxi.«

»Gleich. Aber da vorn …« Maxi deutete zur Straße. Gerade stieg ein grauhaariger Mann in einem dunklen Trachtenanzug aus einer Limousine. Sein Gesicht war gebräunt, was einen interessanten Kontrast zum grauen Haar bildete.

»Der von Ahlen!« Auch der Fensterbauer schaute neugierig zur Straße. »Das taugt nicht.«

»Was will der wohl von der Frau Holländer?«

»Keine Ahnung. Und es geht uns auch nix an. Los, Maxi, weiterarbeiten!«

Auch Stefanie hatte den Wagen bemerkt, der direkt vor dem Grundstück parkte. Sie war gerade dabei, den Handwerkern einen Imbiss zu machen, und wischte sich kurz die Hände ab, ehe sie zur Haustür ging, um zu öffnen.

»Grüß Gott.« Sie lächelte dem Fremden entgegen. »Es tut mir leid, die Pension ist bis zum Herbst geschlossen.«

»Das ist mir bewusst.« Ein flüchtiges Lächeln, das die graublauen Augen nicht erreichte, huschte über das kantige Gesicht. »Ich bin Bruno von Ahlen. Mir gehört das *Seeschlösschen* gleich nebenan.«

»Stefanie Holländer. Angenehm, Sie kennenzulernen, Herr von Ahlen.«

»Wir sind jetzt so was wie Nachbarn, und da wollte ich mal vorbeischauen und sehen, wie Sie zurechtkommen mit der Sache hier.« Er machte eine knappe Handbewegung. »Die Katharina hat Ihnen ja net grade ein Schmuckkästchen überlassen. So verwohnt und altmodisch, wie die Pension inzwischen ist …«

»Deshalb renoviere ich ja.« Stefanie maß den Besucher mit einem kurzen, taxierenden Blick. »Tut mir leid, aber ich kann Ihnen nicht mal einen Platz anbieten, überall wird gewerkelt. Ein bisschen bequem ist es höchstens im Garten.«

»Dann gehen wir dorthin.« Und schon ging er ihr voran zur Terrasse.

Stefanie folgte ihm mit einem unguten Gefühl. Was wollte der Hotelier von ihr?

Er ließ sie über seine Absichten nicht lange im Unklaren.

»Es liegt mir nicht, lange um den heißen Brei herumzureden«, begann er, kaum dass er in einem der alten Sessel, die in Gruppen auf der weitläufigen Terrasse standen, Platz genommen hatte. »Ich bin hier, um Ihnen ein Kaufangebot zu unterbreiten.«

»Aber ... ich denke nicht daran zu verkaufen.« Stefanie schüttelte den Kopf. »Sie sehen ja, dass ich schon angefangen habe zu renovieren.«

»Ja, ja, ich hab's gesehen. Aber es ist nicht damit getan, neue Fenster einbauen zu lassen und vielleicht dem Haus einen frischen Anstrich zu verpassen. Das alles ist doch total veraltet, nicht mehr zeitgemäß.«

»Das ist mir bewusst.«

Er sah sie mit einem fast mitleidigen Blick an. »Ahnen Sie auch nur im Entferntesten, was Sie da angefangen haben, junge Frau?«

Stefanie ersparte sich eine Antwort. Sie sah hinaus auf den See, wo dicht am Ufer zwei Schwanenpaare ihre Bahnen zogen.

»Der *Katharinenhof* interessiert mich, das gebe ich unumwunden zu.« Bruno von Ahlen lehnte sich in dem Sessel zurück, der leise unter seinem Gewicht knarrte.

»Ihre Tante hat Ihnen keinen Gefallen getan, als sie Ihnen den alten Kasten vererbte. Man nennt so ein Objekt ein Groschengrab. Glauben Sie mir, ich verstehe was von Hotels – und den Kosten, die sie verursachen.« Er beugte sich ein wenig vor. »Frau Holländer, Sie könnten unbeschwert und in Freuden leben, wenn wir ins Geschäft kämen.« Er legte für einen kurzen Moment seine Hand auf Stefanies Arm. »Ich kaufe Ihnen den alten Kasten ab.« Gespannt blickte er sie an. »Was sagen Sie?«

»Nein.« Stefanie sah ihn entschlossen an. »Ich verkaufe nicht.«

»Dann sind Sie schön dumm!« Unwillig blitzte es in den grauen Augen auf.

»Das, Herr von Ahlen, können Sie nicht beurteilen.« Stefanie stand auf. »Danke für Ihr Angebot, ich bin sicher, dass Sie es gut gemeint haben. Doch ich werde die Pension renovieren und dann selbst weiterführen.«

»Sie sollten noch einmal gründlich nachdenken.« Auch Bruno von Ahlen stand auf. »Fünf Millionen – und Sie haben mit nichts mehr was zu tun. Was sagen Sie dazu?«

Vor einigen Wochen noch wäre Stefanie bei der Nennung der Summe zusammengezuckt, inzwischen aber wusste sie um den Wert des *Katharinenhofs*.

»Nochmals danke. Aber ich bleibe bei meiner Entscheidung.« Stefanie machte eine Handbewegung in Richtung Haus. »Und jetzt entschuldigen Sie mich bitte, ich habe zu tun.«

Bruno von Ahlen hatte Mühe, Haltung zu bewahren. Mit langen Schritten ging er Stefanie voraus. In der geräumigen Halle, wo die Handwerker schon die Regale und die Theke der altmodischen Rezeption abgerissen hatten, blieb er noch einmal stehen.

»Sie werden noch einsehen, dass Sie sich übernommen haben. Ich halte mein Angebot aufrecht. Guten Tag.«

»Auf Wiedersehen, Herr von Ahlen.«

»Mit dem ist nicht gut Kirschen essen.« Der Fensterbauer kam aus einem Nebenraum und stellte sich zu Stefanie. »Der von Ahlen ist es gewohnt, immer seinen Willen zu bekommen. Ich weiß, dass er schon lange auf das Grundstück hier spitzt. Er muss dringend expandieren, und Seegrundstücke gibt es nicht mehr viele zu kaufen. Und der Grund hier wäre ideal für ihn, dann könnte er endlich sein Hotel erweitern.«

»Dann hat er leider Pech.«

»Passen Sie auf, Frau Holländer, der wird Ihnen noch Probleme machen, wo immer er kann.«

Stefanie zuckte leicht mit den Schultern. »Ich wüsste nicht, wie ihm das gelingen könnte. Ich verändere nichts an der Bausubstanz, und innen kann ich machen, was ich will.« Ein kleines Lächeln huschte über ihr Gesicht. »Machen Sie sich keine Sorgen wegen der Rechnungen, die kann ich bezahlen. Und für die Veränderungen an der Terrasse liegen schon Pläne beim Bauamt.«

»Daran, dass Sie solvent sind, hab ich auch nicht gezweifelt. Der Mathias Kroller hätte Sie nicht empfohlen, wenn Sie keine seriöse Kundin wären.«

»Danke.« Stefanie nickte ihm zu. »Und jetzt gibt's Brotzeit. Einverstanden?«

Müde blinzelte Stefanie gegen das Licht der untergehenden Sonne. Die letzten Strahlen spiegelten sich im ruhigen Seewasser, und nur das Schnattern einiger Enten, die sich von den beiden Schwanenpaaren gestört fühlten, die noch eine Abendrunde mit ihrem frisch geschlüpften Nachwuchs zogen, störte die Ruhe.

Als ein Schatten auf sie fiel, schaute Stefanie hoch, direkt in Mathias Krollers lächelndes Gesicht.

»Hab ich mir gleich gedacht, dass du hier bist.« Er hob zwei Pizzakartons in die Höhe. »Abendessen.«

Stefanie richtete sich auf. »Pizza! Herrlich!«

»Ist ja klar, dass du nach so einem stressigen Tag keine Lust mehr zum Ausgehen hast. Und ich, ehrlich gesagt, auch nicht. Ich hatte einiges zu tun, die Anni hat mich arg mit Beschlag belegt.« Er lachte. »Aber das ist ja positiver Stress, gell?«

»Du musst dich nicht um mich kümmern. Ich komme zurecht.« Ihre Stimme hatte einen leicht unterkühlten Ton bekommen. Die Tatsache, dass er Anni erwähnte und seine Vertrautheit zu ihr so offen zugab, ließ ihre Stimmung auf null sinken.

»Hey, was soll das? Ich bin dein Nachbar. Und ich kümmere mich nicht, sondern ich freue mich drauf, mit dir diese Köstlichkeiten vertilgen zu können.« Er lachte jungenhaft. »Du weißt doch, dass ich nicht gerne allein esse.«

»Und – Anni?« Stefanie biss sich auf die Zunge, als sie aussprach, was sie seit Tagen so beschäftigte. »Was sagt die dazu, dass du so oft bei mir bist und mir sogar beim Räumen hilfst?« Zwei Tage lang hatte er ihr geholfen, Sachen aus den verschiedenen Zimmern für den Sperrmüll zusammenzutragen.

»Die Anni?« Er runzelte die Stirn. »Was soll sie dazu sagen? Gar nix. Es geht sie ja auch nichts an. Oder …« Er legte das Pizzastück, das er gerade genommen hatte, wieder zurück in den Karton. »Hast du vielleicht gedacht, die Anni und ich … wir wären zusammen?«

Stefanie biss sich auf die Lippe und nickte kaum merklich.

»Ach geh!« Mathias beugte sich vor und legte seine Hand an Stefanies Wange. »Bist du ein bisschen eifersüchtig?«

»Unsinn!« Schnell drehte sie den Kopf zur Seite.

»Bist du doch.« Warm und zärtlich war sein Lachen, als er aufstand und sie hochzog. Sanft legte er ihr die Arme um die Schultern. »Ich mag dich, Stefanie. Dich allein.«

Konnte ein Herz Kapriolen schlagen? Konnte es so wild klopfen, dass man Angst haben musste, der andere könnte es hören?

Stefanie hielt den Atem an, als Mathias sie zärtlich küsste. Sie bewegte sich nicht, obwohl sie versucht war, die Arme fest um seinen Nacken zu schlingen.

»Glaubst du mir jetzt?«

»Hm.«

»Brauchst du noch einen Beweis?« Schon küsste er sie wieder, und diesmal erwiderte Stefanie seinen Kuss.

»Das wollte ich schon tun, als ich dich zum ersten Mal gesehen hab.«

Stefanie hob die Hand und strich ihm leicht über das Grübchen in der linken Wange. »Und das wollte ich schon immer machen.«

»Wir haben also noch einiges nachzuholen.« Sein Griff um ihre Taille wurde fester.

»Die Pizza.« Stefanie drehte den Kopf zur Seite. »Kalt schmeckt sie nicht. Und ich hab echt Hunger.«

»Wie kannst du jetzt an so was Profanes wie Essen denken?« Verliebt küsste er sie auf die Nasenspitze.

Das leise Knurren von Stefanies Magen war Antwort genug. »Ich hab seit dem Frühstück nichts mehr gegessen«, sagte sie wie zur Entschuldigung. »Der Besuch von diesem von Ahlen hat mir den Appetit verdorben. Er war ziemlich penetrant. Und hat mir unverhohlen gedroht.« Sie biss sich auf die Lippe. »Ich habe keinen Bock auf Nachbarschaftsstreit, ehrlich gesagt.«

»Vergiss ihn einfach. Er versucht seit Jahren, die Pension zu kaufen. Sein Hotel, das *Seeschlösschen*, will er schon lange erweitern, vor allem einen großen Wellnessbereich anbauen. Doch der Baugrund ist zu knapp, es reicht nicht für den weitläufigen Anbau mit Schwimmbad, Sauna und Schönheitsfarm, den er geplant hat. Deshalb will er dein Grundstück unbedingt haben.« Er machte eine kleine Pause. »Es ist, glaub ich, ziemlich wichtig für ihn. Sonst verliert er einen Stern.«

»Hat er mal mit meiner Tante über seine Pläne gesprochen?«

»Mehr als einmal. Aber sie hat ihn immer wieder abblitzen lassen. Die beiden waren wie Hund und Katze, glaub mir.« Er zog Stefanie mit sich zu der alten Bank gleich neben dem Haus. »Setz dich und genieß die Pizza. Hast du noch Wein da?«

»In der Küche.« Sie wollte aufstehen, doch Mathias drückte sie sanft auf die Bank zurück. »Ich hole die Flasche.«

Nachdem sie ein paar Bissen gegessen und ein Glas von dem hervorragenden Merlot getrunken hatte, von dem sich etliche Flaschen im Weinkeller gefunden hatten, fühlte sich Stefanie wieder besser. Sie lehnte den Kopf an Mathias' Schulter und sah über das Wasser, das immer dunkler wurde, je mehr sich die Sonne hinter den hohen Bergspitzen versteckte. »Es ist so schön hier!«

»Wunderschön.« Er küsste sie aufs Haar.

»Ich meinte den Ammersee und die Berge da hinten.«

Warm und voller Zärtlichkeit war sein Lachen, als er sie fester an sich zog. »Wir sind eben hin und wieder unterschiedlicher Meinung.«

Stefanie antwortete nicht. Von einer Sekunde zur anderen war sie eingeschlafen.

Ein paar Minuten hielt Mathias sie noch in seinen Armen, dann stand er behutsam auf, hob sie hoch und trug sie ins Haus.

Das geräumige Schlafzimmer war noch nicht renoviert und neu eingerichtet, Stefanie schlief, bis die neuen Möbel geliefert werden würden, in einem zur Seeseite hin gelegenen Gästezimmer.

Die Treppenstufen knarrten leise, als Mathias sie in den ersten Stock trug. Sanft ließ er sie aufs Bett gleiten, strich ihr zärtlich eine blonde Locke aus der Stirn und zog die dünne braune Kaschmirdecke über ihre Schultern.

»Mathias ...« Stefanie streckte die Hand aus, ohne die Augen zu öffnen.

»Schlaf gut. Bis morgen.« Sein Kuss war zärtlich, doch ohne Leidenschaft. »Darf ich zum Frühstück kommen?«

»Ja.«

Unter halb geschlossenen Lidern sah sie ihm nach, als er das Zimmer verließ. Schade eigentlich, dass er so ein anständiger Kerl ist, ging es ihr bedauernd durch den Sinn, dann schlief sie wieder ein.

»Verdammt, diese Erbin ist genauso verstockt wie Katharina!« Mit langen Schritten ging Bruno von Ahlen in seinem Büro auf und ab. »Dabei hat dieses junge Ding sicher keine Ahnung von dem, was auf sie zukommen wird. So eine Pension an exponierter Stelle führt man nicht wie eine Würstchenbude.«

»Leider falsch, Paps. Sie ist gelernte Hotelfachfrau, hat sogar eine Hotelfachschule besucht.«

»Woher weißt du das?«

»Von Mathias.« Monika von Ahlens schönes Gesicht verzog sich zu einer Grimasse, und sie presste kurz die Lippen zu einem schmalen Strich zusammen. »Er ist hin und weg von dieser Stefanie.«

Bruno von Ahlen ließ sich mit einem Seufzer hinter seinen Schreibtisch sinken. »Dann können wir mit ihm also auch nicht rechnen.« Er warf seiner Tochter einen langen Blick zu. »Du solltest dich mehr um ihn kümmern, statt andauernd nach München zu fahren und dort Party zu machen. Wenn du mit ihm zusammen wärst, hätten wir vielleicht das Problem nicht. Wir könnten unter der Straße einen Tunnel bauen und so …«

»Hör auf, Paps, das wird nie und nimmer funktionieren.«

»Eventuell doch. Ich hab schließlich einen guten Freund auf dem Bauamt. Aber meine Tochter hat ja kein Interesse für das Hotel. Sie feiert lieber die Nächte durch.«

»Das geht dich gar nichts an.« Monika warf mit einer trotzigen Bewegung das lange schwarze Haar in den Nacken, das sie jede Woche in München bei einem Promifriseur pflegen ließ. Seidig schimmernd fiel es ihr über den Rücken. »Außerdem hab ich etliche gut betuchte Kundinnen auf diese Weise gewonnen. Sie kommen nicht nach Starnberg, weil es dort so toll ist, sondern weil sie exakt in meiner Boutique einkaufen wollen – und das tun sie auch nur, weil sie mit mir persönlich bekannt sind.«

»Das ist auch so ein Spleen von dir – eine Boutique musstest du haben! Und das auch noch am Starnberger See! Hättest ja auch hier in der Nähe was mieten können. Aber du wolltest ja weg von hier. Dabei wäre es für uns alle besser, wenn du mir hier im Hotel helfen würdest.«

Lässig winkte Monika ab. »Vergiss es, das gäb Mord und Totschlag zwischen uns beiden. Ich denke außerdem gar nicht dran, Zimmer zu inspizieren oder gar im Restaurant den Tellerträger zu spielen. Ich interessiere mich für Mode, nicht für deine Gäste.«

»Es gäb auch noch vieles andere zu tun.« Bruno von Ahlen schlug eine Unterschriftenmappe auf. »Aber was red ich – du hast ja doch deinen eigenen Kopf.«

»Du sagst es.« Auf eleganten schwarzen High Heels ging sie zur Tür. »Ich geh mal rüber zu Mathias. Seit einigen Wochen macht er sich rar, und ganz aus dem Sinn soll er mich ja doch nicht kriegen.« Ein laszives, selbstgefälliges Lachen folgte.

Der Hotelier nickte nur und sah ihr nach, wie sie sein Büro verließ. Sehr gut sah sie aus, seine Monika, chic gestylt und wie stets topmodisch gekleidet. Zu einer hautengen schwarzen Satinhose trug sie eine durchsichtige korallenrote Bluse, das schwarze Top darunter ließ erahnen, wie perfekt ihr Dekolleté war. Der Lippenstift hatte genau die Farbe der Bluse, ebenso die schmalen langen Ohrringe.

Er unterdrückte einen Seufzer. Mit diesem Outfit passte sie absolut nicht ins Hotel. Er selbst trug stets einen Trachtenanzug, die weiblichen Angestellten aparte Dirndl. Doch um nichts in der Welt wäre Monika bereit gewesen, sich so zu kleiden. Im Grunde passte ihre Lebensweise auch gar nicht zu der des sympathischen Kunstschreiners. Doch seit der Teenagerzeit war sie in Mathias verliebt. Und wenn sie ihn auch nur sporadisch traf, so war und blieb er doch ihre erste große Liebe. Mathias war ein paar Wochen lang mit ihr zusammen gewesen, doch dann hatte er sich getrennt, was bei Monika zu etlichen hysterischen Ausbrüchen geführt hatte.

Sie wird sich wieder eine Abfuhr holen. Aber sie hat auch ihren Dickkopf. Vielleicht schafft sie es ja doch noch, ihn rumzukriegen. Bruno von Ahlen war klar, dass diese Hoffnung ebenso gering war wie der Gedanke, dass Monika sich doch noch eines Tages für das Familienunternehmen interessieren würde.

Das Läuten des Telefons riss ihn aus seinen Gedanken. Es war der Leiter des Bauamtes, ein guter Spezi von ihm.

»Es geht um das Grundstück von der Katharina Holländer.« Der Anrufer kam sofort zur Sache. »Tut mir leid, da kann ich gar nix für dich tun. Der Bauantrag für die Erweiterung der Terrasse ist korrekt. Diesbezüglich hat die neue Eigentümerin alles richtig eingereicht.«

»Und die Umbauten innen?«

»Alles nach Vorschrift – soweit sie überhaupt unsere Genehmigung benötigte. Da kann man gar nix machen. Musst weiterhin versuchen, dich mit der Erbin zu einigen. Leg noch eine halbe Million drauf. Mehr kann ich dir nicht raten.«

»Pah, glaubst du, ich hätt die Millionen locker rumliegen?« Der Hotelier schnaufte laut hörbar durchs Telefon. »Die verdammte Katharina! Macht mir auch nach ihrem Tod noch das Leben zur Hölle.«

»Du hast sie mal geliebt, die Kathi. Das weiß ich genau. Also schimpf net über sie.«

»Verschon mich mit den alten Geschichten.« Bruno von Ahlens Gesicht färbte sich rot. »Tu mir einen Gefallen, und bleib an der Sache dran. Vielleicht findet sich ja doch noch ein Haar in der Suppe.« Er zögerte, dann fügte er leiser hinzu: »Du schuldest mir noch was, Moosgruber!«

»Schon gut. Ich tu, was ich kann. Bis heute Abend beim Stammtisch.«

Nach dem unerfreulichen Telefonat lehnte sich Bruno von Ahlen in seinem Schreibtischsessel zurück und schloss kurz die Augen. Er dachte an Katharina, die seine große Liebe gewesen war. Schon als Siebzehnjähriger hatte er sich in sie verliebt, in ihre weißblonden langen Haare, die sie zu einem Zopf gebunden trug, der bei jeder ihrer Bewegungen wippte. Und in ihre dunkelblauen Augen, die einen violetten Schimmer bekamen, wenn die Sonne sich darin brach. Und an ihren Mund, der von Natur aus rot war und keinen Lippenstift brauchte, um verlockend zu wirken ... Katharina war das schönste Mädchen weit und breit gewesen und er der reichste Erbe. Sie wären das ideale Paar geworden, doch was immer er auch getan hatte, um ihre Zuneigung zu erringen – es war vergeblich gewesen. Sein Herzschlag beschleunigte sich, als er daran dachte, wie er ihr an ihrem einundzwanzigsten Geburtstag einen Riesenstrauß roter Rosen geschenkt hatte. In der Mitte des Straußes hatte er ein Päckchen mit einer Kette versteckt gehabt. Ein großes Herz aus Silber hatte ihr sagen sollen, wie gern er sie mochte.

Doch Katharina hatte ihm die Kette zurückgegeben. »Danke für die Rosen, aber du musst so was nicht wiederholen«, hatte sie ihm gesagt und ihm das Schmuckstück in die Hand gedrückt. »Du bist einer von vielen

Schulfreunden für mich, mehr aber nicht, Bruno. Begreif's endlich.«

Doch er wollte nicht akzeptieren, dass sie ihn, der von so vielen Mädchen begehrt wurde, nicht lieben konnte. Noch drei Körbe holte er sich im Lauf der nächsten fünf Jahre, dann heiratete Katharina den Johann Holländer. Das war der schwärzeste Tag seines Lebens!

Aus der Ferne musste er mit ansehen, wie glücklich sie mit ihrem Mann war, während er mit seiner Frau, einer reichen Bauerntochter aus dem Chiemgau, eine reine Vernunftehe führte. Die Cilli brachte Geld mit in die Ehe, doch sie war weder warmherzig noch charmant. Als sie kurz nach Monikas Geburt starb, war er kaum imstande zu trauern.

Er stürzte sich noch mehr in die Arbeit, hatte Erfolg und wurde noch wohlhabender. Doch so glücklich wie Katharina und ihr Mann war er nicht. Als die Kathi nach zweiundzwanzig Jahren ebenfalls Witwe wurde, näherte er sich ihr nochmals, doch wieder machte sie ihm klar, dass sie in ihm niemals einen Lebensgefährten sehen könnte.

Sein Frust wandelte sich in blanken Hass, er versuchte alles, um Katharina zu schaden, doch sie blieb unangreifbar.

Und jetzt biss er sich an dieser Nichte, diesem jungen Ding, die Zähne aus!

»So leicht geb ich nicht auf«, murmelte er. »Du wirst noch bereuen, dich mit mir angelegt zu haben, Stefanie Holländer.« Schwerfällig stand er auf und trat ans Fenster, sah mit brennenden Blicken hinüber zum *Katharinenhof*, wo sich die Handwerker wieder einmal die Klinke in die Hand gaben.

Zwei Tage lang hatte es ununterbrochen geregnet, doch an diesem Samstagmorgen schien endlich wieder die Sonne, trocknete die nassen Wiesen und Straßen und ließ den Ammersee silbern glänzen.

Die Touristen, die sich in den letzten Tagen gelangweilt und nur selten aus den Hotels gewagt hatten, bevölkerten Straßen und Cafés, und auch die Ausflugsboote waren wieder voll besetzt, kreuzten mit Seglern und den unzähligen Paddel- und Tretbooten der Touristen über die Seen der Region.

Stefanie freute sich ebenso wie alle anderen über das sommerlich warme Wetter, bei dem es sich gleich viel besser arbeiten ließ. Sie putzte seit einer Stunde die neuen Fenster und sah lächelnd zur Straße hin, wo Mathias auftauchte und ihr schon von Weitem zuwinkte.

Sie hatten sich gestern nicht getroffen, da er zu einem Kunden nach Gauting hatte fahren müssen. Stefanie hatte, gut beraten von Anni Burgmer, neue Stoffe für die Übergardinen im Frühstücksraum und in dem geräumigen Aufenthaltsbereich ausgesucht. Anni besaß wirklich einen exzellenten Geschmack und verstand ihren Job. Sie beriet Stefanie ganz ausgezeichnet, versprach ihr auch einen angemessenen Rabatt, da der Auftrag ziemlich umfangreich war. Stefanie mochte Anni sehr und hoffte, dass sie eines Tages so was wie Freundinnen werden könnten.

»Hallo, Schatzi.« Fest zog Mathias sie in die Arme und küsste sie lange und verliebt.

»Pass auf, sonst wird deine Jacke nass.« Stefanie hielt den Arm mit dem nassen Lederlappen in die Höhe.

»Lass ihn fallen. Heute wird nicht mehr gearbeitet. Ich weiß etwas viel Besseres.«

»Ich bin aber noch nicht fertig«, erwiderte sie zwischen zwei leidenschaftlichen Küssen.

»Die Fenster sind morgen auch noch da.« Er löste das Haarband, mit dem sie die blonden Locken gebändigt hatte, schob seine Finger kurz in die dichte Haarpracht. »Wir fahren nach Herrsching!«

»Und was machen wir da?« Sie ließ sich nur zu gern von der tristen Arbeit abhalten.

»Ich muss da einen restaurierten Schrank abgeben. Und eine maßgeschreinerte Eckbank.« Er hielt sie immer noch in seinen Armen. »Die Auftraggeber sind Besitzer eines großen Gestüts, sie haben herrliche Pferde. Magst du Pferde?« Forschend sah er sie an.

»Aber ja doch! Ich kann sogar reiten.«

»Du steckst voller Überraschungen.« Schnell küsste er sie noch einmal, ehe er sie von sich schob. »Zieh dich um, ja? Ich muss noch vor Mittag dort sein, und wir sind eine Weile mit dem Sprinter unterwegs.«

»Ich beeile mich. Nimm dir in der Küche Kaffee. Zwei Semmeln sind auch noch da.«

»Eine nehm ich gern.« Mathias ging hinüber zur Küche, während Stefanie sich rasch umzog. Zur hellblauen Jeans wählte sie eine zartgelbe Bluse. Die dünne Strickjacke in einem etwas dunkleren Gelb warf sie nur locker über die Schultern.

Jetzt noch rasch die Haare gekämmt und etwas Lippenstift und Rouge aufgelegt, dann war sie fertig. Sie war froh, am vorigen Abend die Haare frisch gewaschen zu haben.

»Ich muss noch beim Installateur anrufen. Er wollte eventuell heute kommen.« An der Haustür blieb sie stehen. »Ich hab eigentlich gar keine Zeit, um mit dir zu fahren.«

»Du musst mal raus hier, kennst dich doch noch gar nicht richtig aus in deiner neuen Heimat. Und den Louis ruf ich von unterwegs an, der kann am späten Nachmittag kommen, dann sind wir zurück.«

»Du kennst wohl alle Handwerker in der Gegend, was?«

»Klar doch! Wir sind ein richtiges Netzwerk, gerade wir Jüngeren. Und es hat sich bewährt.«

Er half ihr in den hohen Sprinter, gab ihr noch einen kleinen Kuss, dann fuhren sie los.

Das Wetter war herrlich, die Sonne stieg immer höher, verwandelte die frühsommerliche Landschaft in ein wahres Blütenparadies. Die Wiesen waren nach der ersten Mahd saftig grün, doch auf den höher gelegenen Almen blühten Adonisröschen, Ackerwinde, Wiesenschaumkraut und Schlüsselblumen.

»Als Kind hab ich immer große Sträuße Wiesenblumen gepflückt.« Stefanie sah hinüber zu einem breiten Hang, der voller gelber Schlüsselblumen war. »Daran kann ich mich noch genau erinnern.« Sie lachte leise. »Am liebsten würde ich das jetzt auch tun.«

»Dann halten wir auf der Rückfahrt einfach an.« Mathias warf ihr einen verliebten Blick zu.

»Ein paar Stängel würden reichen. Ich will dich nicht zu lange aufhalten, du musst doch sicher noch arbeiten.«

»Nein, heute nehm ich mir frei, sobald wir die Sachen auf dem Gestüt abgegeben haben.«

»Meinst du, ich kann mir ein paar Pferde ansehen?«

»Bestimmt. Und wenn du willst, können wir auch einen Ausritt machen. Baron Wetterberg hat einen großen Stall mit ruhigen Schulpferden.«

»Das Gestüt gehört einem Baron?«

»Ja. Rudolf Baron von Wetterberg. Er ist ein toller Typ, weder arrogant noch großspurig. Du wirst ihn mögen. Er kümmert sich selbst um alles und hat aus dem Besitz, den er ziemlich verwahrlost von einem Onkel geerbt hat, ein Mustergut gemacht.«

Davon konnte sich Stefanie wenig später selbst überzeugen.

Das Gut lag etwas oberhalb des Ammersees. Ein breiter Privatweg führte von der Straße aus zu dem weitläufigen Besitz.

Sie passierten ein wunderschönes schmiedeeisernes Tor, das in der Mitte ein vergoldetes Wappen zeigte. Hufeisen, ein paar Weinranken und zwei Schwerter waren kunstvoll miteinander verschlungen.

Etwa hundert Meter weiter stand das flache, weiß getünchte Gutshaus. Wenn man sich links hielt, hatte man von hier aus einen wunderbaren Blick hinüber zum See, auf dem unzählige Segelboote dahinglitten. Wie bunte und weiße Punkte wirkten die verschiedenen Segel.

»Der Ammersee ist ein absoluter Geheimtipp unter den Seglern und Windsurfern«, erzählte Mathias. »Die finden gerade hier perfekte Bedingungen vor.« Er ging zur Ladefläche und löste die Haltegurte, mit denen er die Möbel fixiert hatte. »Ich persönlich finde den Ammersee am attraktivsten von den fünf Seen der Umgebung. Er ist zum Teil noch unberührt und wirkt ursprünglich, so wie viele der kleinen Dörfer an seinen Ufern.«

»Ich mag ihn auch lieber als den Starnberger See. Dort herrscht mehr Trubel als hier bei uns.«

»Hallo, Mathias! Du bist früh dran.« Ein hochgewachsener Mann um die vierzig kam mit langen

Schritten auf sie zu. Er trug Reithosen und eine leicht abgewetzte braune Cordjacke zum hellblauen Hemd. »Wen hast du mitgebracht?«

»Das ist Stefanie Holländer. Sie lässt gerade den *Katharinenhof* umbauen. Stefanie, das ist Baron Wetterberg.«

»Ich hoffe, ich störe nicht.«

Der Gutsherr streckte ihr die Hand hin. »Absolut nicht. Wenn Sie mögen, gehen wir nachher mal in den Zuchtstall. Wir haben gerade zwei Fohlen bekommen. Vor drei Stunden erst hat unsere Loulou, das ist die beste meiner Zuchtstuten, ihr Fohlen geworfen.«

»Das würde ich mir zu gerne ansehen.«

»Dann laden wir erst mal ab, anschließend gehen wir zum Stall.«

Wenn Stefanie geglaubt hatte, der Baron würde einen seiner Angestellten rufen, um beim Abladen zu helfen, so sah sie sich getäuscht. Ungeniert packte er mit an und half Mathias, die Kommode und die Eckbank ins Haus zu tragen.

»Passt perfekt. Ich bin sicher, Sylvia wird begeistert sein, wenn sie das Erbstück sieht.« Kurz strich er mit der Hand über das schimmernde Kirschbaumholz der Kommode. »Sie hängt an dem Teil, das schon ihrer Urgroßmutter gehört hat.«

»Es ist wirklich ein schönes Stück. Ich hab lange nicht mehr so ein kostbares Teil restauriert.« Mathias lachte leise. »Aber ich hab mir auch bei der Bank Mühe gegeben. Sie ist stabil und doch gefällig in den Proportionen.«

»Die ist auch klasse. Darauf können sich unsere Buben beim Frühstück austoben.« Er lächelte in Stefanies Richtung. »Die Zwillinge sind fünf, der Älteste ist gerade acht geworden.«

»Dann geht es bei Ihnen sicher lebhaft zu.« Stefanie sah sich diskret in der geräumigen Wohnküche um, die, nur durch einen schmalen Flur getrennt, an den Wohnraum anschloss.

Aus den hohen Fenstern hatte man vom Wohnzimmer aus einen wunderbaren Blick hin zum Ammersee. Auf den Wiesen auf der linken Seite weideten etliche Pferde.

»Kommt, trinkt einen Schluck auf die Fohlen.« Der Baron ging zu einem schmalen Barschrank, nahm eine schwere Kristallkaraffe heraus und goss drei Gläser voll. »Marillenbrand. Selbst destilliert von einem alten Freund. Etwas ganz Spezielles.«

»Auf die Fohlen.« Mathias reichte Stefanie das Glas. »Und auf weitere Zuchterfolge, Rudi.«

»Darauf trinken wir.«

Der Marillenbrand war hervorragend, doch Stefanie und Mathias lehnten ein zweites Glas ab.

»Ich muss ja noch fahren.« Mathias legte den Arm um Stefanies Schultern. »Und wir wollen uns noch ein wenig in der Gegend umsehen. Stefanie war lange nicht mehr hier.«

»Aber zunächst möchte ich mir die Pferde anschauen, wenn ich darf.«

»Sicher doch.« Der Baron brachte sie zu den Stallungen. In großen Boxen standen die Mutterstuten mit ihren Fohlen auf frischem Stroh. Eine der Stuten wieherte freudig, als sie Baron Rudi bemerkte.

»Das ist Sternschnuppe«, erklärte er. »Ich habe sie vor Jahren halb verhungert aus einer privaten Zucht weggekauft. Da hatte sie nur wenig Ähnlichkeit mit dem Tier, das ihr jetzt hier seht. Sie hat gute Papiere, aber die Leute, die mit ihr züchten wollten, hatten weder Geld noch Pferdeverstand.« Er schnaubte kurz durch die Nase. »Ich habe dafür gesorgt, dass dieser Betrieb geschlossen wurde.« Er ging in die Box und tätschelte Sternschnuppes Hals. Die dunkle Stute, deren sternförmige Blesse ihr zu dem Namen verholfen hatte, rieb kurz ihren Kopf an der Schulter des Mannes.

»Das ist ja rührend«, sagte Stefanie. »Und das Fohlen ist wunderhübsch.«

»Das wird mal ein Springpferd erster Güte, wenn alles klappt. Der Vater ist einer der besten Deckhengste Deutschlands.« Der Baron führte sie zurück zu den Weiden. Er pfiff einmal kurz, und gleich drei Pferde kamen auf ihn zugetrabt. »Das sind die bravsten Schulpferde. Sucht euch zwei Tiere aus.«

Stefanie wählte eine zierliche Apfelschimmel-Stute, während sich Mathias für einen braunen Wallach entschied.

»Mich müsst ihr leider entschuldigen, ich warte auf den Tierarzt.« Baron Rudi winkte einem Angestellten. »Hubert wird euch beim Satteln helfen.«

»Machen wir wirklich keine Umstände?« Stefanie tätschelte der Stute den Hals.

»Aber nein. Genießt einfach einen Ausritt. Später könnt ihr die Tiere an Hubert zurückgeben, der ist meist in der Nähe der Stallungen.«

»Auf jeden Fall.« Der grauhaarige Stallknecht half Stefanie dann noch galant in den Sattel und wünschte ihr viel Vergnügen beim Ausritt. »Die Zügel nicht zu stramm nehmen«, mahnte er. »Die Hella ist weich im Maul.«

»Ich bin vorsichtig.«

Langsam und zunächst im Schritt ritten sie vom Gutshof. Mathias saß sicher im Sattel, während Stefanie zunächst noch unsicher war.

»Meine Güte, ist das lange her, dass ich geritten bin«, rief sie Mathias zu.

»Egal. Reiten verlernt man ebenso wenig wie Radfahren.« Er zeigte auf eine Baumgruppe. »Wollen wir einen Galopp versuchen?«

»Einverstanden.«

Stefanie gab ihrem Pferd die notwendigen Hilfen, und die Stute reagierte sofort. Sicherer als gedacht saß Stefanie im Sattel, und sie genoss es, über die weitläufigen Wiesen zu galoppieren.

Nach einer halben Stunde mahnte Mathias zur Umkehr. »Wenn du dich verausgabst, kriegst du einen gehörigen Muskelkater.«

»Den kann ich nicht gebrauchen.« Stefanie beugte sich über den Hals des Pferdes. »Aber es hat riesigen Spaß gemacht.«

Sie war noch ganz euphorisch, als sie wieder im Auto saßen und hinüber zum Kloster Andechs fuhren. Das prachtvolle Barockgebäude war schon von Weitem gut auszumachen.

»Die Benediktinermönche haben ihr Kloster an exponierter Stelle gebaut.« Mathias wies zu dem weitläufigen Bau. »Noch heute nennt man den Hügel den ›heiligen Berg‹. Und seit mehr als fünfhundert Jahren pilgern die Menschen hierher.« Er lachte leise auf. »Viele sicherlich, um zu beten, etliche aber auch, um sich an dem selbst gebrauten Bier der Mönche und den köstlichen Schmankerln, die man hier serviert bekommt, zu laben.«

Wie auf Kommando knurrte Stefanies Magen. »Das kann ich nachvollziehen.« Sie lachte.

»Hunger?«

»Offen gestanden, ja. Ich hab heute Morgen nur eine halbe Semmel gefrühstückt.«

»Dann lass uns erst mal was essen, danach können wir uns in der Kirche umsehen. Es gibt dort etliche wertvolle Reliquien.«

»Von dem Andechser Heiligtumsschatz hat mir Tante Katharina mal erzählt, nachdem sie eine Wallfahrt hierher gemacht hat«, fiel es Stefanie wieder ein. Sie sah sich interessiert um, während Mathias den Wagen parkte.

Im *Bräustüberl* herrschte Hochbetrieb, eine große Gruppe japanischer Touristen saß an den blank gescheuerten Holztischen und genoss Weißwürste und Klosterbier.

»Wir gehen raus, hier ist es zu laut.« Mathias lotste Stefanie hinaus auf die Terrasse, wo auch schon etliche Tische besetzt waren. Doch sie fanden noch einen guten, windgeschützten Platz.

»Hier muss man auf jeden Fall ein Bier trinken«, meinte Mathias. »Was möchtest du?«

»Ein Weißbier.«

»Das nehm ich dann auch.« Er verzog leicht den Mund. »Ein alkoholfreies allerdings. Ich will meinen Führerschein nicht riskieren.«

»Ach geh, eine halbe Maß kannst du ruhig trinken, wenn du was isst.« Stefanie legte ihm die Hand auf den Arm.

»Lieber nicht.« Mathias lehnte sich auf der Bank, die vor einer halbhohen Mauer stand, zurück und sah hinüber zu der Alpenkette, die zum Greifen nahe schien. »Die Mönche wussten schon vor tausend Jahren, wo es sich gut leben lässt.«

»So alt ist das Kloster?«

»Es wurde erstmals im Jahre 1080 erwähnt.« Ein älterer Herr, der neben ihnen saß, beugte sich leicht vor.

»Seit fünfhundertfünfzig Jahren gehört es zu den bekanntesten Wallfahrtsstätten Deutschlands.«

»Danke. Sie kennen sich aus.« Stefanie lächelte dem weißhaarigen Herrn, der einen grauen Lodenjanker trug, zu.

»Freilich. Ich wohne gleich da drunten, und schon als Bub hab ich hier oben die Messe gedient.« Er stand auf. »Aber jetzt muss ich weiter. Will noch rüber zur Klosterbrennerei. Euch noch einen schönen Tag.« Lächelnd nickte er ihnen zu, griff nach einem alten knorrigen Wanderstock und ging davon.

»Ihnen auch!«, rief ihm Stefanie nach.

Der alte Mann hob kurz den Stock.

»Hey du, schau keinen fremden Männern nach. Wohin mit meiner Eifersucht?« Mathias legte fest den Arm um Stefanies Schultern und zog sie an sich.

»Othello!«

»Hm. Wie willst du mich versöhnen, Desdemona?«

»So vielleicht?« Flüchtig küsste sie ihn auf die Wange.

Mathias' Griff wurde noch fester. »So küsst man nicht«, flüsterte er, und ungeachtet der vielen Touristen ringsum küsste er sie lange und leidenschaftlich.

»Unser Essen.« Lächelnd löste sich Stefanie aus seinem Arm und sah gespannt auf den Teller mit duftendem Leberkäse, zu dem sie sich eine Brez'n bestellt hatte. »Magst ein Stück probieren?«

»Danke, ich freue mich auf den Rollbraten mit Sauerkraut. Das schmeckt hier fast so gut wie früher bei meiner Mutter.«

»Ist sie schon lange tot?«

Er nickte. »Vor acht Jahren ist sie an Krebs gestorben, mein Vater hat das nie verwunden und ist ihr wenig später gefolgt.« Er zuckte leicht mit den Schultern. »Wirklich krank war er nicht, der Arzt meinte, er hätte einfach keinen Lebenswillen mehr gehabt.«

»Ich hab auch keine Eltern mehr.« Stefanie lehnte den Kopf an seine Schulter. »Tante Katharina war meine letzte Verwandte.«

Mathias strich ihr zärtlich über die Wange. »Jetzt haben wir uns.« Er griff nach seinem Besteck. »Und darum: Keine trüben Gedanken mehr. Ich hab Hunger.«

»Dann lass es dir schmecken.«

Stefanie aß mit Appetit, dabei dachte sie darüber nach, wie vertraut sie und Mathias schon miteinander waren. Dabei kannten sie sich doch kaum. Und doch hatte sie das Gefühl, dass er genau der Mann war, mit dem sie ihr Leben lang zusammen sein könnte.

Verrückt war das! Sie kannte sich selbst nicht mehr. Nie zuvor hatte sie sich so rasch und so bedingungslos verliebt.

»Woran denkst du?« Mathias schob sich den letzten Bissen in den Mund.

»An dich.« Sie lachte.

»Lügnerin! Aber ich höre es trotzdem gern.«

Nachdem sie sich gestärkt hatten, saßen sie noch eine Weile in der Sonne und schauten hinüber zu den Bergen, die in der Ferne majestätisch aufragten. Über ihnen zogen zwei Raubvögel ihre Bahnen, was die Spatzen und Amseln im nahen Gebüsch zu aufgeregtem Schilpen veranlasste.

»Ich bin froh, dass ich aus München fort bin«, sagte Stefanie nach einer Weile.

»Du hast noch nicht sehr viel über deine Arbeit dort erzählt.«

»Der Job war total in Ordnung, das Hotel sehr gut,

die meisten Gäste nett. Die Kollegen auch, bis auf …« Sie zögerte, dann erzählte sie, was sie bewogen hatte, spontan zu kündigen.

»Du hättest den Kerl anzeigen sollen.« Mathias presste die Lippen aufeinander. »So ein mieser Typ! Dem muss man seine Grenzen aufzeigen.«

»In Grunde hast du recht. Aber ich wollte nur noch weg aus seiner Nähe.« Sie lächelte Mathias zu. »Und dann bin ich sofort dir begegnet.«

»Was einfach super ist.« Kurz sah Mathias auf die Uhr. »Wollen wir weiterfahren?«

»Einverstanden.« Stefanie trank noch einen Schluck Bier. »Du musst sicher noch arbeiten.«

»Nein. Heute ist mein freier Nachmittag.« Er lachte kurz auf. »Hab ich mir selbst bewilligt. Schließlich will ich dir ja noch ein bisschen mehr von der Gegend zeigen.«

»Und wohin geht's?«

»Überraschung.«

Zehn Minuten später fuhren sie am Seeufer entlang. Auf dem Wasser, das von kleinen Wellen gekräuselt wurde, glitten noch mehr Segelboote dahin als sonst. Der leichte Wind, der aufgekommen war, versprach ideales Segelwetter.

»Der Ammersee ist bei Wassersportlern extrem beliebt.« Mathias zeigte auf eine Reihe von weißen Segeln, die sich im Wind bauschten. »Das ist die Segelschule vom Hattinger Klaus. Er und Anni sind seit Jahren befreundet, und wenn ich mich nicht irre, wird er ihr bald einen Antrag machen.«

»Das würde mich für die Anni freuen.«

»Bist nicht mehr eifersüchtig?«, fragte er augenzwinkernd.

»War ich nie!«, erklärte Stefanie ernsthaft.

»Du lügst.« Er verringerte das Tempo und bog in einen schmalen Seitenweg ein, der von der Straße aus kaum zu erkennen gewesen war.

»Wohin fährst du?« Stefanie sah sich um. Sie waren von hohem Schilf umgeben, das den Kastenwagen noch überragte.

»Hier bin ich schon als Elfjähriger mit meinen Freunden gewesen.« Mathias stellte den Motor ab. »Den Rest müssen wir laufen.«

»Das ist aber kein öffentlicher Badeplatz, oder?«

Er lachte. »Nein. Und wir müssen aufpassen, dass wir nicht erwischt werden.« Er zog Stefanie mit sich. Nach etwa vierzig, fünfzig Metern gingen sie über einen kaum wahrnehmbaren Trampelpfad, dann waren sie am Wasser.

»Wow! Das ist ja super!« Stefanie sah sich begeistert um. Eine kleine schmale Bucht tat sich vor ihr auf, feiner Kies bedeckte den Boden.

»Das sind nur knapp sechs Quadratmeter, aber es genügt uns für ein Sonnenbad, oder?« Mathias breitete eine Decke, die er aus dem Auto mitgenommen hatte, auf dem Kies aus. »Zieh dich ruhig aus, hier sieht uns niemand.« Er wies auf die hohen Gräser, die die Bucht wie ein Schutzschild umgaben. »Wir dürfen nur nicht weit rausschwimmen, sonst wird man auf uns aufmerksam.« Er zog Stefanie, die noch zögerte, zu sich auf die Decke. »Aber ich habe auch nicht ans Schwimmen gedacht«, raunte er.

Stefanie streckte sich auf der Decke aus und blinzelte in die Sonne, die ihren Zenit überschritten hatte und langsam gen Westen wanderte.

»Du bist wunderschön.« Mathias beugte sich über sie und küsste sie leidenschaftlich.

Stefanie schlang die Arme um seinen Nacken und zog ihn noch fester an sich. Sie spürte seinen Herzschlag. Spürte seine Erregung, die ebenso groß war wie ihre eigene.

Sie wehrte sich nicht, als Mathias ihr die Bluse und das Top auszog und andächtig ihre Brüste zu küssen begann. Seine Hände brannten auf ihrer Haut, und sie drängte sich ihm noch mehr entgegen.

Niemand störte sie in den nächsten Minuten, doch dann, gerade als Mathias Anstalten machte, Stefanie ganz zu erobern, ertönten übermütige Stimmen ganz in der Nähe. Rasch zog sich Stefanie wieder an.

»Später«, flüsterte sie Mathias zu. »Daheim stört uns niemand.«

Dann richtete sie sich auf, schlang die Arme um die angezogenen Knie und sah zu dem Schwanenpaar hinüber, das ganz in der Nähe sein Nest gebaut hatte und jetzt langsam an Land kam. Die lauten Menschen, die ihrem Nest viel zu nahe kamen, mussten intensiver beobachtet werden.

»Hast du schon mit deinen Eltern gesprochen?« Spielerisch ließ Klaus Hattinger die Hand über Annis Rücken gleiten. Sie lagen, geschützt vor neugierigen Blicken, auf dem Boden des schnittigen Segelbootes. Anni trug nur ein gelbes Bikinihöschen und ließ sich bräunen.

»Das solltest du tun.« Sie drehte kurz den Kopf. »Oder willst du nicht offiziell um meine Hand anhalten?« Sie verbarg das Gesicht in den gekreuzten Armen, damit er ihr Grinsen nicht sehen konnte. »Hast du Angst vor meinem Vater?«

»So ein Unsinn!« Klaus stand kurz auf und korrigierte den Kurs. »Wir sind seit drei Jahren zusammen, für deine Eltern ist klar, dass wir heiraten werden.«

»Und was ist mit mir?« Anni richtete sich auf. »Ich werde nicht gefragt?«

Lachend zog er sie hoch und küsste sie. »Ich weiß doch die Antwort«, flüsterte er dicht an ihren Lippen.

»Eingebildet bist du gar nicht.« Anni vergrub die Hände in seinen blonden Locken, die wie immer ein wenig zu lang waren und einen tollen Kontrast zu seiner gebräunten Haut bildeten.

»Ich liebe dich. Und du mich. Und deshalb ...« Er ließ sich auf den Boden fallen und zog sie über sich. »Deshalb werden wir noch im Herbst heiraten. Sobald die Saison vorüber ist und ich ein bisschen mehr Zeit habe. Schließlich wollen wir eine Hochzeitsreise machen. Oder nicht?« Er wartete keine Antwort ab, sondern umfasste ihre festen Brüste mit beiden Händen, zärtlich glitt der Daumen über die kleinen dunklen Spitzen, die sich sofort hart aufrichteten. »Du willst doch, oder?«

Anni nickte. »Ja.« Sie lachte. »Klar will ich. Heiraten und die Hochzeitsreise. So einen Typen wie dich lass ich doch nicht von der Angel!«

»Musst du auch nicht.« Er zog sie noch fester an sich, küsste ihre Brüste, die kleine Delle an ihrem Hals, dann endlich voller Begehren ihre Lippen, die sich willig öffneten.

Anni hatte das Gefühl, als ob ein elektrischer Schlag durch ihren Körper liefe, als sie seine harte Erektion spürte und er mit zitternden Fingern versuchte, ihr den Slip abzustreifen.

Sie stand kurz auf und zog das kleine Stück Stoff aus.

Als sie sich auf ihn legen wollte, drehte er sich um und stand mit einer geschmeidigen Bewegung auf.

»An Bord bin ich der Boss«, meinte er grinsend und drückte sie sanft zu Boden.

»Eingebildeter Kerl.« Sie lachte leise. Bereitwillig nahm sie ihn in sich auf. Ihre Umarmung dauerte eine kleine glückliche Ewigkeit, und wie fast immer, wenn sie zusammen waren, erreichten sie gemeinsam den Höhepunkt.

»Ich liebe dich«, raunte Klaus ihr ins Ohr, ehe er aufstand. »Aber jetzt muss ich dringend nach den Segeln sehen.«

Anni nickte, verschränkte die Arme hinter dem Kopf und sah ihm blinzelnd nach. Wie sehr sie ihn liebte! Während sie sich sonnte, überlegte sie, wo und wie sie die Verlobungsparty feiern wollte.

Es war noch früh am Morgen, und Stefanie gönnte sich auf der Terrasse einen ersten Kaffee. Die Sonne hatte noch nicht allzu viel Kraft, und Stefanie fröstelte ein wenig in ihrem kurzen Sleepshirt. Aber der Blick auf den See, der wie ein silbrig schimmernder Spiegel vor ihr lag, war einfach zu schön, um schon wieder ins Haus zu gehen.

Die Terrasse, die sie neu gestalten und vergrößern lassen wollte, befand sich noch im Rohbau, erst vor einigen Tagen war Beton gegossen worden. Zum Glück war der Belag inzwischen trocken, sodass sie den Bereich begehen konnte, von dem man einen herrlichen Blick weit über den See hatte.

Für einen kurzen Moment zuckte sie zusammen, als

fünf Enten, von irgendetwas aufgescheucht, über die Wasseroberfläche flogen und sich dann etliche Meter vom Ufer entfernt auf der glitzernden Wasserfläche niederließen. Sekunden später bemerkte sie den großen schwarzen Hund, der urplötzlich aus dem Wasser kam, einmal kurz bellte und dann Tausende kleiner glitzernder Tropfen aus seinem Fell schüttelte.

»Strolch, komm her, du verdammter Mistköter!« Die dunkle Männerstimme kam vom Nachbargrundstück. »Hierher! Fuß!«

Der Hund zögerte, dann folgte er der Aufforderung mit eingezogenem Schwanz.

Stefanie ging ein paar Schritte zurück, sie wollte nicht entdeckt werden. Aber auch den Hundehalter konnte sie nicht sehen. Wahrscheinlich ging er auf dem schmalen Pfad, der ihr Grundstück von dem des *Seeschlösschens* trennte, zurück zur Straße.

Langsam trank Stefanie ihren Kaffee aus, dabei sah sie hinüber zu einem Fischerboot, das sich noch in Ufernähe befand, dann hoch zum Himmel, der sich in einem perfekten Blau zeigte. Nur ein paar weiße Schönwetterwolken waren, wie zufällig hingetupft, zu erkennen.

Sie zuckte zusammen, als das Telefon im Haus klingelte.

Mit wenigen Schritten war sie im ehemaligen Speisesaal. Auf einer kleinen Kommode, die den Handwerkern als Ablageplatz diente, stand der altmodische Apparat, der sogar noch eine Wählscheibe hatte.

Ein wenig atemlos meldete sie sich.

»Frau Holländer, hier ist Moosgruber. Sie erinnern sich … ich leite das Bauamt.«

»Ich … ja, ich weiß. Guten Morgen, Herr Moosgruber. Was kann ich für Sie tun?«

Ein kurzes Räuspern, dann sagte der Anrufer: »Es tut mir leid, aber ich muss Ihnen mitteilen, dass meine Behörde die Bauarbeiten an Ihrer Terrasse zunächst einmal stoppen wird. Ich habe den Harresberger schon früh am Morgen angerufen und diesbezüglich unterrichtet.«

»Und wieso das?« Stefanies Herz raste. »Alle Unterlagen waren korrekt, der Architekt hat mir versichert, dass es keine Schwierigkeiten geben wird. Und auch Sie hatten doch keine Beanstandungen.«

»So sah es zunächst aus. Aber da gibt es noch einiges, was es zu klären gilt.« Wieder ein Räuspern. »In den nächsten Tagen schicke ich ein paar Männer zur exakten Nachmessung vorbei. Bis dahin ruht der Umbau.«

»Aber das können Sie doch nicht machen! Alles wird sich dann verzögern, die ganzen Terminpläne geraten durcheinander.«

»Ich bitte Sie, meine Anweisungen zu befolgen. Guten Tag.« Ein Knacken, und das Gespräch war beendet.

Sekundenlang stand Stefanie wie paralysiert in dem leeren Raum, den Hörer in der Hand. »Das darf doch nicht wahr sein«, murmelte sie und legte den grünen altmodischen Hörer wieder auf den Apparat zurück. »Das ist ein Irrtum – oder Schikane.«

Mit leicht zitternden Händen zog sie sich an, dann rief sie bei dem Bauunternehmer an, den ihr Mathias empfohlen hatte.

»Frau Holländer … ich wollte gerade zu Ihnen kommen.« Die Stimme des Mannes klang bedrückt. »Weiß der Kuckuck, was das soll. Als der Moosgruber mich eben anrief, bin ich aus allen Wolken gefallen. Ich kann mir einfach nicht erklären, was es für Beanstandungen seitens der Behörde geben könnte.«

»Ich auch nicht.« Stefanie seufzte. »Aber ich versuche, die Angelegenheit so rasch wie möglich zu klären.«

Das aber erwies sich als schwieriger als gedacht. Der Architekt, der alle Berechnungen angestellt und auch die Pläne beim Bauamt eingereicht hatte, war für vier Wochen im Urlaub in Kanada. Und der Leiter des Bauamtes, den sie persönlich aufsuchte, erklärte kühl: »Es ist so, wie ich schon am Telefon sagte: Die Berechnungen stimmen nicht, die Terrasse wird viel zu groß, der Untergrund könnte instabil werden und ...«

»Unsinn! Das sind doch alberne Ausflüchte! Die Berechnungen sind korrekt und von Ihnen schon vor Wochen abgenommen worden. Da hatten Sie nicht das Geringste an den Plänen auszusetzen.«

»Tut mir leid, Ihnen widersprechen zu müssen, aber diese Berechnungen, die mir vorliegen, sind nicht in Ordnung.« Er biss sich kurz auf die Lippe. »Der Kollege, der damals sein Okay gegeben hat, muss sich geirrt haben. Oder es fehlten noch Unterlagen. So was kommt leider immer wieder mal vor. Tut mir leid.« Er klopfte mit der flachen Hand auf einen hellblauen Ordner, der vor ihm auf dem altmodischen Schreibtisch lag. »Egal, was passiert ist. Die Berechnungen stimmen nicht, und deshalb ruht der Bau, wenn es nicht noch notwendig werden wird, ein gutes Drittel wieder abzureißen.«

Fassungslos sah Stefanie ihn an. »Das wagen Sie nicht!«, presste sie dann hervor, drehte sich mit einem Ruck um und stürmte aus dem Büro.

Tränen standen in ihren Augen, und sie blieb eine Weile reglos hinter dem Lenkrad ihres Wagens sitzen, ehe sie imstande war, zurück nach Hause zu fahren.

»Stefanie! Wo hast du gesteckt?« Mathias kam über

die Straße auf sie zugelaufen. »Seit Stunden versuche ich, dich zu erreichen, aber du hast dein Handy wohl auf lautlos gestellt.« Forschend sah er sie an. »Was ist passiert?«

Statt zu antworten, warf sie sich in seine Arme.

»Nun beruhige dich doch.« Hilflos streichelte Mathias ihre zuckenden Schultern. »Es ist doch sicher alles nicht so schlimm.« Er schob sie von sich. »Komm mit rüber zu mir, und erzähl in Ruhe, was passiert ist.«

Stockend, immer wieder von Schluchzern unterbrochen berichtete Stefanie, was vorgefallen war.

»Es kann doch nicht sein, dass der Architekt solch einen gravierenden Fehler gemacht hat, oder?« Aus tränennassen Augen sah sie Mathias an. Sie saßen im Schatten eines alten Ahornbaumes. Auf dem Freisitz, den Mathias erst vor zwei Jahren angelegt hatte, standen ein wunderschöner Holztisch und vier Stühle, die er ebenso wie den Tisch selbst hergestellt hatte. In einer grünen Keramikschale blühten hellrote Geranien und dunkelblaue Lobelien.

Für sich allein hätte Mathias nie irgendwelche Dekoration auf den Tisch gestellt, doch er wusste, wie sehr Stefanie Blumen liebte, und hatte vor einigen Tagen dieses Arrangement gekauft.

Heute hatte Stefanie allerdings keinen Blick für die Blumen. Sie rang die Hände und sagte immer wieder: »Es kann nicht sein, dass ich die Terrasse abreißen muss. Das wäre schrecklich. Die reinste Katastrophe!«

»Unsinn. So weit kommt es sicher nicht.« Mathias zögerte, dann fragte er: »Hast du mit dem Moosgruber persönlich gesprochen?«

»Ja.«

»Hm.« Er sah hinüber zu einem Spatzenpaar, das

sich um einen Regenwurm zankte. »Ich muss was nachsehen«, sagte er dann. »Bin gleich zurück.«

Im Haus führte er ein kurzes Telefonat, dann kam er zu Stefanie zurück.

»Was hast du gemacht?«

»Telefoniert. Mit meinem Onkel Andreas. Er wohnt inzwischen in Wolfratshausen, ist aber in Dießen zur Schule gegangen. In die gleiche Klasse wie der Moosgruber und Bruno von Ahlen.«

»Ach nein!« Stefanie straffte die Schultern. »Und du denkst, die ehemaligen Schulfreunde stecken unter einer Decke?« Mit einer knappen Bewegung wischte sie sich die Tränen weg.

»Wundern würde es mich nicht. Der Moosgruber wird in wenigen Wochen pensioniert. Er hat also nichts mehr zu verlieren, wenn er Mist im Amt baut.«

»Das ist eine ziemlich gravierende Unterstellung.« Stefanie lehnte sich zurück. »Das weißt du, gell?«

»Sicher. Und ich würde sie auch erst dann laut aussprechen, wenn ich hieb- und stichfeste Beweise dafür hätte, dass der Moosgruber seinem alten Spezi einen Gefallen tut.«

»Das ist mehr als ein Gefallen. Das ist, im weitesten Sinne, Amtsmissbrauch.«

»Klar. Und der von Ahlen wird es sich schon was kosten lassen, glaub mir.«

»Wenn du mit deiner Vermutung recht hast … was soll ich denn dann tun?« Verzweiflung stand in ihren Augen, und Mathias überlegte krampfhaft, wie er ihr helfen könnte.

»Versuch noch mal, den Architekten zu erreichen.«

»Der ist in Kanada.«

»Ich weiß. Aber sein Büro kann ihn sicher übers Mobiltelefon erreichen, falls er nicht gerade irgendwo in der Wildnis unterwegs ist.«

Stefanie sah auf die Uhr. »Morgen früh gehe ich gleich selbst hin und rede mit seiner Sekretärin. Wenn ich vor ihr stehe, kann sie mich nicht so leicht abwimmeln.« Wieder stieg ein Schluchzen in ihrer Kehle auf. »Ich darf gar nicht dran denken, was es für Konsequenzen hat, wenn der Umbau längere Zeit ruhen muss. Alle Termine, die ich mit Handwerkern gemacht habe, platzen dann, und an eine Eröffnung im Herbst kann ich nicht mal mehr denken. Das wird ein Desaster.«

»Noch ist es nicht so weit. Warten wir ab, was du morgen erreichen kannst.« Er zog sie an sich und wollte sie küssen, doch Stefanie schob ihn sacht von sich.

»Sei mir nicht bös, aber … mir ist nicht danach«, sagte sie. »Ich gehe rüber und räume ein bisschen auf. Das lenkt mich ab.«

»Das wollte ich auch gerade tun.« Mathias konnte seine Enttäuschung nur schwer verbergen.

»Ich weiß. Sei mir nicht böse.« Ein flüchtiger Kuss, dann nahm sie ihre Tasche und ging durch den Garten hinüber zu ihrem Haus.

Mathias sah ihr bedrückt nach. Zart und zerbrechlich sah sie aus in dem blauen Kostüm, das sie irgendwie fremd erscheinen ließ.

»Ich verwette meinen schönsten Intarsienschrank, dass der von Ahlen hinter der Sache steckt«, murmelte Mathias vor sich hin und ging ins Haus, um sich ein Bier zu holen. Doch wie sollten sie dem Hotelier eine Intrige nachweisen?

Drückende Schwüle lastete über dem Starnberger Fünf-Seen-Land. Kein noch so leichter Windhauch brachte Erfrischung, nur auf oder im Wasser fanden Menschen und Tiere Abkühlung.

Auf dem breiten Bootssteg, der zum Hotel *Seeschlösschen* gehörte, waren auch jetzt noch, am späten Nachmittag, viele Gäste. Sie sonnten sich nach einem Bad im See oder ließen sich von den beiden Kellnerinnen immer wieder kühle Drinks servieren.

Im Büro des Hoteldirektors war es heiß, und Bruno von Ahlen lockerte seine Krawatte, die ihm die Luft abzuschnüren schien. Doch nie im Leben hätte er dem Verlangen nachgegeben, sich lässiger zu kleiden. Schließlich konnte er schon in der nächsten Minute gebraucht werden, dann hatte er korrekt gekleidet zu sein. Seine Tochter lachte ihn stets aus wegen seiner altmodischen Einstellung, doch Bruno von Ahlen konnte nicht aus seiner Haut. Diesbezüglich war er eben noch ein Hotelier alter Schule.

In langen Zügen trank er ein Glas Wasser, dann blätterte er wieder in einigen Unterlagen.

»Verdammt, dem Otto ist auch nichts Gescheiteres eingefallen als diese plumpe Fälschung«, zischte er. »So ein Depp, so ein damischer.«

»Was fluchst du denn so, Paps?« Monika, die nach flüchtigem Anklopfen hereingekommen war, hauchte ihm einen Kuss auf die Wange. Dabei sah sie interessiert auf die Unterlagen. »Die sind vom Bauamt.« Ungeniert hockte sie sich auf die Schreibtischkante und ließ die langen, braun gebrannten Beine baumeln.

»Runter vom Schreibtisch«, knurrte Bruno nur.

»Puh, hast du heute wieder eine Laune!« Langsam glitt Monika vom Schreibtisch und ging zu einem der zwei Sessel, die auf der anderen Seite des wuchtigen Eichentischs standen. Lässig schlug sie die Beine übereinander. Sie trug ein schmal geschnittenes Leinenkleid in einem kräftigen Korallenrot, das ihren dunklen Typ perfekt unterstrich. Der breite Gürtel betonte die schmale Taille, der spitze Ausschnitt ließ einiges von ihren kleinen festen Brüsten sehen.

Die dunklen Haare hatte Monika lässig hochgesteckt, so kamen die an indischen Schmuck erinnernden Korallenohrringe noch besser zur Geltung.

»Nun sag schon, was liest du da? Willst du irgendwas umbauen?«

Ein dumpfes Schnauben kam über Brunos Lippen. »Du weißt genau, dass ich alle Möglichkeiten der Erweiterung ausgeschöpft habe. Ich brauche den Grund von der Katharina!«

»Die ist tot.«

»Verdammt noch mal, du weißt genau, was ich meine.« Er schlug mit der Hand auf den Tisch.

»Reg dich ab, Paps. Ich weiß ja, dass du in der Zwickmühle steckst.« Sie beugte sich vor und wies auf den Hefter mit den Bauamtsunterlagen. »Gibt's denn keine Möglichkeit, der Erbin den Spaß am *Katharinenhof* zu nehmen?«

»Ich hab getan, was ich konnte.« Bruno senkte die Stimme. »Der Moosgruber hat zunächst mal dafür gesorgt, dass die Bauarbeiten stocken. Aber lange lässt sich das nicht mehr rauszögern.«

»Tja, dann weiß ich auch nicht, was du noch unternehmen könntest.« Sie wippte mit dem rechten Fuß. »Anzünden kannst du das ganze Gebäude ja nicht so einfach. Obwohl das wohl am effektivsten wäre.«

»Red nicht so einen Unsinn. Wenn dich jemand

hört!« Bruno von Ahlen lehnte sich in seinem Schreibtischsessel zurück und musterte seine Tochter. »Ich kann nix mehr tun. Du aber schon.«

»Ich?«

»Der Kroller ist ganz scharf auf Katharinas Nichte. Fast täglich ist er bei ihr in der Pension oder sie bei ihm. Er hat ihr auch alle Handwerker besorgt. Die besten der ganzen Gegend.«

»Ich weiß.«

»Dann tu was gegen diese Freundschaft!« Der Hotelier sprang auf und trat ans Fenster. Von hier aus hatte er einen guten Blick auf das Nachbargrundstück. Niemand ahnte, wie viele Stunden er in den vergangenen Jahrzehnten hier schon gestanden und zum *Katharinenhof* hinübergesehen hatte. »Ich bin mit meinem Latein am Ende, jetzt bist du dran! Unternimm was, sonst halbiert sich dein Erbe rascher, als du jetzt denken kannst.«

»Du spinnst.« Monika stand auf und ging zur Tür. »Vergiss es.«

»Dann vergiss du den Mathias.« Langsam drehte sich Bruno von Ahlen um. »Du warst doch schon als junges Ding scharf auf ihn. Und vor ein paar Monaten wart ihr noch oft zusammen aus. Hast du mir selber erzählt. Willst du ihn der Stefanie Holländer jetzt wirklich kampflos überlassen?« Der Blick, mit dem er seine Tochter ansah, bekam etwas Lauerndes. »Das passt eigentlich nicht zu dir.«

»Was du nicht sagst!« Monika, die Hand schon auf der Türklinke, zögerte. »Aber vielleicht sollte ich Mathias wirklich noch mal besuchen. Er ist ein scharfer Typ, und wir hatten ziemlich viel Spaß zusammen. Wenn ich es recht bedenke …«

»So genau will ich es nicht wissen«, fiel ihr Bruno ins

Wort. »Unternimm irgendwas, das die Stefanie kränkt und sie vielleicht dazu bringt, hier doch noch alles aufzugeben.«

»Versuchen könnt ich es ja mal.« Monika lachte dunkel auf. »Wär schon ein reizvolles Spiel.« Sie öffnete die Tür. »Bis später, Paps.«

»Warum bist du eigentlich gekommen?«

Monika zuckte mit den Schultern. »Nur so.«

»Aha!« Er glaubte ihr nicht, sagte aber nichts mehr. Wenn sie insgeheim gehofft hatte, Mathias zu begegnen, war ihm das nur recht. Der Kunstschreiner war zwar nicht gerade der Schwiegersohn, den er sich gewünscht hätte, doch als Mittel zum Zweck war er schon ganz gut geeignet. Und ein gut situierter Hotelier war leider weit und breit nicht in Sicht.

Er sah Monika nach, die noch einmal kurz die Hand zum Gruß hob, ehe sie sein Büro verließ.

Aufseufzend ließ sich Bruno von Ahlen wieder in seinen Sessel sinken. Die Hitze setzte ihm mächtig zu, er hatte das Gefühl, ersticken zu müssen. Kurz zögerte er, dann nahm er die Krawatte ab und öffnete die obersten beiden Hemdknöpfe.

Als Monika von Ahlen das Hotel verließ, kamen ihr etliche Hotelgäste entgegen, die sie jedoch nur knapp grüßte.

»Gleich gibt's ein Unwetter.« Eine ältere Dame in einem zu knapp sitzenden Dirndlkleid schob ihren Mann durch die breite Tür. »Ein Glück, dass wir rechtzeitig die Kahnfahrt abgebrochen haben, Gerhard.«

Der Mann nickte und drängte sich an Monika vorbei. Er hatte es sichtlich eilig, ins Haus zu kommen.

Vor dem Hotel war ein üppig bepflanztes Rosenbeet angelegt worden – ein aparter Blickfang vor dem Eingangsbereich. Monika ging rechts um das Beet herum, dabei sah sie kurz zum Himmel, wo sich die ersten Wolkentürme bildeten. Ein Gewitter zog hinter den Bergen herauf und würde hoffentlich Abkühlung bringen.

Sie zögerte, überlegte, ob sie gleich hinüber zu Mathias gehen oder noch warten sollte.

»Ach was, ich gehe gleich zu ihm.« Sie verzog die perfekt geschminkten Lippen zu einem Lächeln. »Mal sehen, ob er schon in seiner Wohnung ist oder noch arbeitet.«

Aus der Werkstatt, die sich hinter dem Haus befand, drang kein Laut, also nahm Monika an, dass Mathias daheim war.

»Und wenn nicht … auch egal.« Sie ging zur Haustür und läutete, doch drinnen regte sich nichts.

Monika zögerte nicht lange, sie umrundete das Haus und ging zu der alten Regentonne, die links neben einer Steintreppe stand, die ins Kellergeschoss führte. Unter der Regentonne lag seit Jahr und Tag der Reserveschlüssel für die Hintertür. Schon seit Schulzeiten wusste sie das.

Ungeniert nahm sie den Schlüssel an sich und schloss die hell gebeizte, mit kleinen Ornamenten versehene Hoftür auf.

»Mathias? Hallo, bist du da?« Anstandshalber rief sie dreimal seinen Namen, ohne eine Reaktion zu erhalten. Er war also wirklich nicht zu Hause.

Aus der Ferne hörte sie leises Donnergrollen, das Gewitter zog sehr rasch herauf. Sie schaute sich um. Die Wohnung sah aus wie immer. Spießig und altmodisch. Für eine Sekunde verzog sie den Mund. Mathias lebte noch in den Möbeln seiner Eltern. Nur die Küche war modern und funktionell eingerichtet. Aber nichts interessierte Monika weniger als die Küche. Sie ging leidenschaftlich gern aus. Nicht nur, um gut zu essen, vor allem wollte sie unter Leute. Sie genoss die bewundernden Blicke fremder Männer – und die neidischen der meisten Frauen, die nicht annähernd eine so perfekte Figur hatten wie sie.

Ein Blick auf die Uhr – Mathias müsste bald Feierabend machen. Wenn er nicht in der Werkstatt war, dann war er bestimmt auf irgendeiner Baustelle bei Kunden.

Als sie aus dem Küchenfenster schaute, das zur Straßenseite hinausging, sah sie das grelle Aufzucken von drei kurz hintereinander folgenden Blitzen. Im nächsten Moment folgte ein ohrenbetäubender Donnerschlag.

Monika biss sich auf die Lippe. Seit frühester Kindheit hatte sie einen gewissen Horror vor Gewittern. Als kleines Mädchen hatte sie sich stets in ihrem Bett verkrochen und sich die Decke über die Ohren gezogen.

Als sie sich daran erinnerte, lachte sie leise auf. »Warum nicht auch jetzt?«

Ungeniert ging sie in den ersten Stock hinauf, wo sich die Schlafräume befanden. Mathias' Zimmer lag zum Garten hin. Es war ein großer Raum mit hellen Ahornmöbeln, die Mathias alle selbst gezimmert hatte. Das breite Bett stand links von der bodentiefen Fensterfront. Eine Tür führte hinaus auf den weitläufigen Balkon. Am Geländer hingen Blumenkästen, in denen hellrote Geranien, Fuchsien und Männertreu blühten. Eine Liege, ein kleiner Tisch und zwei bequeme Sessel hatten auf dem Balkon Platz.

Als erneut ein Blitz über den Himmel zuckte, dem ein einziger, aber überlauter Donnerschlag folgte, presste Monika sekundenlang die Lippen zusammen. Dann aber straffte sie sich und schleuderte geschickt die Schuhe von den Füßen. Das Kleid fiel achtlos zu Boden, nachdem sie den langen Reißverschluss geöffnet hatte.

Auf einen BH hatte Monika verzichtet, nur ein winziges Höschen aus schwarzer Spitze behielt sie an. Dann kuschelte sie sich unter die dünne Decke. Die Seidendecke war angenehm kühl. Monikas Finger krallten sich sekundenlang in den Stoff. Früher, als Teenager, hatte sie einige Male mit Mathias geschlafen. Damals hatte sie sich insgeheim über das Blümchenmuster der Bettwäsche amüsiert. Er hatte also dazugelernt! Jetzt war das Bett mit hellbrauner Seidenwäsche bezogen. Ob das mit dieser Stefanie zusammenhing?

Ein Schatten flog über Monikas makellose Züge. Dieser Fremden, die sich hier am Ammersee einnisten wollte, würde sie die Suppe schon versalzen! Das Mittel, das sie heute einsetzen wollte, war zwar uralt, musste aber deshalb nicht weniger wirksam sein.

Lässig verschränkte sie die Arme hinter dem Kopf und sah hinaus. Der Himmel wurde immer dunkler, das Gewitter befand sich fast genau über dem Ort. Die Blitze zuckten in immer kürzeren Abständen auf, und das Donnergrollen wollte kein Ende nehmen.

Gerade als sie beschloss, noch einmal aufzustehen und sich in der Küche eine Erfrischung aus dem Eisschrank zu holen, hörte sie das Klappern der Haustür. Mathias kam heim!

Sie hatte seinen Wagen gar nicht gehört und legte sich rasch zurück ins Bett. Das schwarze Haar drapierte sie auf dem hellbraunen Kopfkissen. Wie ein Fächer breitete es sich auf der kühlen Seide aus.

Ein verführerisches Lächeln lag auf Monikas Lippen, während sie auf die Geräusche lauschte, die von unten zu ihr heraufdrangen.

In München war von dem starken Gewitter, das sich über dem Ammersee und dem Wörthsee austobte, nichts zu spüren. In der Innenstadt herrschte der übliche Trubel, die vielen Straßencafés waren überfüllt, und im Englischen Garten genossen all jene, die es sich leisten konnten, den Tag im Freien.

Stefanie war am Morgen spontan nach München gefahren. Sie hatte das Gefühl gehabt, die Decke falle ihr auf den Kopf. Wenn sie sich auf der Baustelle umschaute, die seit fast zehn Tagen brach lag, kamen ihr regelmäßig die Tränen. Immer wieder hatte sie versucht, den Architekten zu erreichen, doch er befand sich an einem einsam gelegenen See in den Weiten der kanadischen Wälder, dort gab es keinen Empfang.

»Ich kann Ihnen leider gar nicht weiterhelfen«, hatte die Sekretärin Stefanie erst gestern wieder erklärt. »Es tut mir unendlich leid, aber Sie müssen sich gedulden.« Kurz hatte sie sich auf die Lippe gebissen. »Ich will nichts sagen, aber ich glaube, an der ganzen Sache ist was faul. Seit mehr als fünfzehn Jahren arbeite ich hier, und noch nie hat der Chef einen so gravierenden Fehler gemacht.«

»Ich hoffe ja auch, dass alles ein Irrtum ist – und dass sich bald alles aufklärt.«

»Das wird es. Ganz bestimmt.«

»Können Sie denn nicht mal in den Unterlagen nachsehen?«

»Das würde nichts helfen. Ich verstehe nichts von den Berechnungen, tut mir leid. Aber der Chef ist ja bald zurück.«

Doch mit diesen tröstenden Worten war Stefanie nicht gedient. Zum wiederholten Mal versuchte sie, auf dem Bauamt einen Termin mit Herrn Moosgruber zu bekommen, doch der Beamte ließ sich ganz offensichtlich verleugnen.

Frustriert hatte sie deshalb beschlossen, nach München zu fahren und sich dort ein wenig abzulenken.

Elmar Kornbrenner, der alte Chefportier, strahlte, als sie auf ihn zukam.

»Das ist mal eine freudige Überraschung!« Er kam um den Tresen herum und zog Stefanie in die Arme. Forschend sah er sie dann an. »Blass bist du, Mädel. Und schmal geworden. Stimmt was nicht?«

Stefanie seufzte auf. »So einiges, leider. Aber das kann ich jetzt und hier nicht erzählen. Und da Sie ja noch nicht zu mir nach Dießen gekommen sind, hab ich gedacht, ich besuche Sie hier.«

»Gute Idee!« Er sah auf die Uhr. »Ich hab noch mindestens drei Stunden Dienst.« Kurz überlegte er. »Ach was, ich nehme mir einfach frei. Heute sind drei Mädels da, die können mich locker vertreten.«

»Aber …«

»Kein Aber. Warte hier, ich kläre das schnell mit dem Stadler.«

»Sie kriegen Ärger, wetten?«

Der alte Portier winkte ab. »Macht nix. In vier Wochen gehe ich in Rente, da kann er mir gar nichts mehr.«

»So bald schon?«

Elmar Kornbrenner zuckte knapp mit den Schultern. »Ich gehe früher. Ist besser so.«

Stefanie fragte nicht weiter. Sie sah dem Portier nach, der in Richtung der Büros verschwand.

»Ach nein! Du wagst dich her?« Unbemerkt war Christian Peuser hinter sie getreten und packte sie hart am Arm. »Du bist hier nicht erwünscht«, zischte er.

»Willst du mir Hausverbot erteilen?« Stefanie drehte sich langsam zu ihm um. »Wag es nicht! Dagegen würde ich angehen und mich bei Direktor Stadler persönlich beschweren.«

»Das tust du nicht!«

»Lass es einfach drauf ankommen.«

Er sah gut aus, war wie immer gebräunt und trug einen eleganten dunklen Anzug aus Sommerkaschmir. Doch sein Blick flackerte, und hektische rote Flecken erschienen auf seinen Wangen.

»Was willst du überhaupt hier?«

»Ich wollte kurz mal mit Herrn Kornbrenner sprechen.«

»Der hat zu arbeiten und keine Zeit für Privatgespräche.«

»Er nimmt sich gerade einen halben Tag frei.« Stefanie deutete lächelnd auf den Portier, der ihnen quer durch die Halle entgegenkam. Er hatte seine Dienstkleidung gegen ein leichtes Sommerjackett eingetauscht und lächelte Stefanie an.

»Alles geregelt. Wir können los.«

»Wunderbar.« Stefanie ging ihm zwei Schritte entgegen. »Ich freue mich.« Christian nickte sie nur knapp zu. »Tschau.«

»Leck mich doch!«, murmelte er wütend vor sich hin. Verstohlen ballte er die Hände zu Fäusten und ging rasch in Richtung Bar, wo er sich einen Obstler genehmigte. Er hatte die Demütigung, die ihm Stefanie zugefügt hatte, noch immer nicht verwunden und ärgerte sich maßlos, dass er sie nicht wirklich aus dem Hotel weisen konnte. Doch er ahnte, dass sie ihre Drohung wahr gemacht und sich wirklich über ihn beschwert hätte, wenn er es versucht hätte.

Hoffentlich musste er sie so rasch nicht wiedersehen! Für den Rest des Tages würden die Mitarbeiter unter seiner schlechten Laune zu leiden haben.

Stefanie und Elmar Kornbrenner spazierten zu einem Biergarten, der ganz in der Nähe lag, und suchten sich einen ruhigen Tisch im Schatten einer alten Kastanie.

»Nun erzähl mal, was dich bedrückt«, forderte Elmar, nachdem er die Bestellung aufgegeben hatte.

Stefanie zögerte, dann aber, als der Kornbrenner ihr liebevoll die Hand drückte, brach es aus ihr heraus: »Ich hab mich übernommen«, schluchzte sie. »Das mit dem Umbau sah zunächst gar nicht so schlimm aus, aber jetzt … jetzt stecke ich ganz gehörig in der Klemme.« Sie stockte und biss sich auf die Lippe.

»Was ist denn passiert? Haben die Handwerker geschlampt? Du, das passiert immer wieder mal, Kindchen, darüber darfst du dich gar nicht so aufregen.«

»Das ist es ja nicht.« Sie hielt inne, da gerade die Bedienung kam und für Elmar eine Maß Bier servierte. Stefanie hatte ein Glas Apfelschorle bestellt und trank jetzt einen ersten großen Schluck. »Der Innenausbau ist schon ganz gut angelaufen. Die Männer, die mir Mathias empfohlen hat, haben gut gearbeitet, da hat er wirklich nicht übertrieben.«

»Wer ist Mathias?«

Eine zarte Röte stieg in ihre Wangen. »Ein Kunstschreiner. Er wohnt direkt gegenüber und hat mir bei allem bisher sehr geholfen.«

»Das ist ja schon was wert«, warf Elmar ein und nahm noch einen tiefen Schluck. Dabei sah er sein Gegenüber verstohlen an. Als sie den Nachbarn erwähnte, hatte Stefanies Stimme beinahe zärtlich geklungen. »Wenn der Mann seriös ist und es gut mit dir meint, wenn du ihm vertrauen kannst …«

»Kann ich. Bestimmt.«

»Und was ist es dann, was dir solche Sorgen bereitet?«

»Das Bauamt.« Nervös spielte sie mit dem noch halb vollen Glas Apfelschorle. »Die haben mir von jetzt auf gleich den Bau stillgelegt. Stellen Sie sich das mal vor!«

»Was? Das geht doch nicht so einfach!«

»Doch. Wenn die Pläne falsch sind, oder wenn Unterlagen fehlen, geht das schon.«

»Aber du hast doch einen Architekten beauftragt, oder?«

»Ja. Aber der macht gerade längere Zeit Urlaub. In Kanada. Irgendwo in der Wildnis. Man kann ihn nicht erreichen, und seine Bürokraft weiß auch nicht, was man noch machen könnte. Sie sagt allerdings, dass ihrem Chef noch nie ein so gravierender Fehler unterlaufen wäre wie jetzt angeblich bei mir.«

»Dann hast du einen Feind. Jemanden, der dir schaden will und eine Intrige angezettelt hat.« Er griff über den Tisch hinweg nach ihrer Hand. »Hast du, Stefanie?«

Sie nickte. »Ob er ein richtiger Feind ist, weiß ich nicht. Aber meinen Nachbarn ärgert es schon, dass ich renoviere und alles modernisieren will. Er hat wohl gehofft, mir alles abkaufen zu können. Fünf Millionen hat er geboten.«

»Fünf …« Elmar Kornbrenner verschlug es den Atem. »Jo mei, das ist Geld!«

Stefanie nickte. »Ich hab vorher nicht gewusst, wie wertvoll der Besitz von meiner Tante ist – zumindest für Leute wie den Hotelier von nebenan. Aber das Grundstück liegt direkt am See, man kann vom Garten aus ins Wasser, und das ist schon was wert in der Gegend.«

»Sicherlich. Und dein Nachbar möchte also deine Pension.«

»Nein, die nicht. Er besitzt ein großes Hotel, das *Seeschlösschen.* Aber er will seit Jahren anbauen, hat mir der Mathias erzählt. Einen Wellnessbereich mit Schwimmhalle und Beautyfarm. Dafür möchte er den Grund, denk ich. Am Gebäude selbst ist er gar nicht so sehr interessiert.«

»Dann wundert es mich nicht, dass er dir so eine Summe geboten hat. Die Fläche rund um deine Pension ist ja auch ziemlich groß, oder?«

»Ja. Vorn die Auffahrt ist ziemlich großzügig gestaltet, und der Garten erstreckt sich von der Terrasse bis ans Wasser. Das sind mehr als zweihundert Meter.« Sie zögerte. »Tante Katharina hat das alles nur als Liegewiese genutzt. Ich möchte es schon etwas aufwendiger gestalten. Zeitgemäßer, besser gesagt.«

Der alte Portier nickte. »Dieses *Seeschlösschen* steht sicher schon länger, nicht wahr?«, fragte er dann.

»Ja. Ich glaube, in der dritten Generation gehört es den von Ahlens.«

»Und er wohnt schon immer da am Ammersee, gell?«

»Ich denke schon. Worauf wollen Sie raus?«

»Na ja …« Elmar Kornbrenner trank die halbe Maß leer. »Dann hat er als gut situierter Hotelier sicher viel Einfluss in der Gemeinde. Und etliche Freunde an exponierter Stelle – und in wichtiger Position. So ist das nun mal. Das ist nix Neues.«

Stefanie nickte. »Stimmt. Der Leiter des Bauamtes und der Hotelier sind zusammen zur Schule gegangen. Das hat der Mathias rausgefunden.«

»Ja dann!«

»Was meinen Sie?«

»Da hat bestimmt ein Spezi dem anderen einen Riesengefallen getan.« Er kratzte sich am Kinn. »Möchte nur wissen, wie sie es angestellt haben, den Bau stillzulegen. Wenn der Architekt gut gearbeitet hat, wäre das schwierig geworden.«

»Ich weiß es nicht.« Stefanie biss sich auf die Lippe. »Ich weiß nur, dass es eine Katastrophe ist, dass es nicht weitergeht. Die Eröffnung zur Herbstsaison kann ich mir abschminken. Unter diesen Umständen kann ich ja noch nicht mal Personal für den September einstellen. Wer lässt sich auf so eine vage Sache ein?«

Elmar Kornbrenner lächelte. »Na, ich zum Beispiel.«

»Sie?«

»Warum nicht?« Er schmunzelte. »Demnächst hab ich Zeit. Mehr wahrscheinlich, als mir lieb ist. Da wäre so ein Rentnerjob in reizvoller Umgebung doch ideal! Was meinst du?«

Stefanie begann zu strahlen. »Das wäre wundervoll! Oh, Herr Kornbrenner, Sie ahnen ja nicht, wie sehr Sie mir damit helfen würden!«

Statt zu antworten, winkte er die Bedienung heran. »Darauf trinken wir noch eine halbe Maß. Was möchtest du?«

»Ausnahmsweise ein Glas Prosecco. Das muss gefeiert werden!«

»Aber erst mal müssen wir rauskriegen, wer dir diese Steine in den Weg zu legen versucht. Geh noch mal ins Architekturbüro. Dort muss es doch Kopien von allen

Unterlagen geben.« Er verzog leicht den Mund. »Die Mitarbeiterin war vielleicht nur zu bequem, sie dir rauszusuchen.«

Als Stefanie am frühen Abend zurück an den Ammersee fuhr, summte sie eine Melodie von Frank Sinatra vor sich hin. Sie fühlte sich so gut wie lange nicht mehr. Das Treffen mit Elmar Kornbrenner hatte ihr gutgetan. Und die Aussicht, in ihm einen versierten Mitarbeiter zu bekommen, war wie ein Silberstreif am Horizont. Alles schien plötzlich nicht mehr ganz so dramatisch zu sein, die Ärgernisse würden sich überwinden lassen, ganz bestimmt!

Je näher sie ihrem neuen Zuhause kam, umso dunkler wurde der Himmel. Kurz vor Herrsching setzte ein heftiger Platzregen ein, der ihr beinahe die Sicht nahm. Regentropfen zerplatzten auf der Windschutzscheibe, und in der Ferne sah sie die Blitze des Gewitters, das sich direkt über dem See entlud.

Langsam und vorsichtig fuhr Stefanie die restlichen Kilometer bis nach Hause. Beim Anblick der Baustelle sank ihre gute Laune wieder ein wenig. Doch sie wollte nicht erneut in Depressionen verfallen, das Treffen mit Elmar Kornbrenner hatte sie motiviert.

Sie sah zu Mathias' Haus hinüber, das im Dunklen lag. Ob er noch nicht aus Wolfratshausen zurück war? Dort hatte er einen wichtigen Termin mit einem Antiquitätenhändler gehabt; beide versprachen sich viel von einer Zusammenarbeit.

Kurz zögerte Stefanie, dann beschloss sie, in seinem Haus auf Mathias zu warten, dort war es im Moment sowieso gemütlicher als bei ihr, wo überall Sachen der Handwerker herumlagen.

Als sie die Haustür aufschloss, bemerkte sie den Lichtschein, der aus dem oberen Stockwerk drang.

»Mathias? Ich bin zurück! Wo steckst du? Ich hab ein paar Delikatessen aus München mitgebracht.«

Als sie keine Antwort erhielt, stieg sie die Treppe in den ersten Stock hinauf. »Hallo, Mathias?« Sie sah sich um und bemerkte im letzten Moment, wie im Schlafzimmer eine kleine Lampe gelöscht wurde.

Langsam, zögernd ging sie auf die nur halb geschlossene Tür zu, drückte sie auf – und stieß einen unterdrückten Schrei aus. »Was machen Sie hier? Wer sind Sie?«

Langsam, ganz bewusst zögernd griff Monika von Ahlen nach der Decke und zog sie halb über sich.

»Sorry.« Nur schwer konnte sie ein triumphierendes Lächeln verbergen. »Ich bin eine alte Freundin von Mathias und mit ihm verabredet. Er kommt leider etwas später. Das Unwetter …« Sie richtete sich auf, die Seidendecke rutschte herunter, und Stefanie konnte ihre perfekten Formen sehen. »Darf ich fragen, was Sie hier machen? Und wie Sie ins Haus gekommen sind?«

»Das sollte ich wohl eher Sie fragen.« Stefanies Stimme zitterte. »Ich zumindest habe einen Schlüssel.«

»Dann haben wir ja was gemeinsam.« Monika lachte kehlig. »Aber so war Mathias schon immer: großzügig, ein wenig leichtsinnig, aber ein toller Typ. Wann immer wir uns treffen, haben wir viel Spaß zusammen.« Jetzt zog sie die Decke wieder hoch. »Übrigens, ich bin Monika von Ahlen. Mathias und ich mögen uns seit vielen Jahren. Und haben den besten Sex zusammen, den man sich nur denken kann.« Sie sah auf ihre Designeruhr. »Er wird sicher bald da sein. Schließlich weiß er, wie sehnsüchtig ich auf ihn warte.« Sie wies auf den kleinen Nachttisch neben dem Bett. Dort standen in einem Sektkübel eine Flasche und zwei Gläser. »Ich habe zumindest alles vorbereitet.«

Stefanie drehte sich um. »Dann will ich nicht stören.« Ihre Stimme klang gepresst.

»Nett von Ihnen.« Monika lehnte sich zurück, in ihren Augen war ein böses Leuchten, als sie Stefanie nachsah, die hastig die Treppe hinunterlief.

Das Unwetter tobte immer noch mit aller Gewalt über dem See, wie ein dichter Schleier aus grauen dicken Tropfen fiel der Regen vom Himmel. Gespenstisch leuchteten die Umrisse der Häuser und Bäume auf, wenn ein Blitz die Landschaft erhellte. Das Wasser des Sees war schwarz wie der Himmel.

Schnell lief Stefanie hinüber zum *Katharinenhof*, das Gesicht nass vom Regen und ihren Tränen.

Das Licht der beiden Außenlampen flammte auf, als Mathias mit dem dunkelbraunen Kastenwagen auf den Hof fuhr. Das Unwetter zog langsam ab, der Regen hatte nachgelassen, und auch das Donnergrollen wurde schwächer.

Mit langen Schritten hastete Mathias ins Haus. Er war in Wolfratshausen, wo er bei dem Antiquitätenhändler noch einen kleinen Sekretär aufgeladen hatte, ziemlich nass geworden. Die Klamotten klebten ihm feucht und unangenehm auf der Haut, und er sehnte sich nach einer heißen Dusche – und nach Stefanie, die aus München zurück war. In ihrer Wohnung brannte Licht, wie er gesehen hatte. Doch erst einmal musste er duschen.

Als er das Licht bemerkte, das aus seinem Schlafzimmer drang, glitt ein Leuchten über seine müden Züge.

»Stefanie! Das ist eine Überrasch…« Das Wort blieb ihm im Hals stecken, als er Monika in seinem Bett bemerkte. »Du? Was treibst du hier? Bist du verrückt?«

»Nun tu doch nicht so!« Monika streckte beide Arme nach ihm aus, dabei rutschte die Decke herunter, und er konnte ihre Kurven bewundern. »Es ist schließlich nicht das erste Mal, dass ich in deinem Bett liege.«

»Es ist mindestens drei Jahre her, dass wir zusammen waren. Und es war nur eine Laune, das weißt du doch.« Er blieb an der Tür stehen. »Los, raus.«

»Ich habe aber Sehnsucht nach dir.« Ihre Stimme klang wie die eines kleinen Mädchens und passte nicht zu der lasziven Pose, die sie eingenommen hatte.

»Ach, Monika, hör auf mit dem Theater. Das zieht bei mir nicht, das solltest du wissen.« Er drehte sich um. »Wenn ich aus dem Bad zurück bin, bist du verschwunden.«

»Nein!«

»O doch!« Mit drei langen Schritten war er am Bett und zog ihr die Decke fort. »Raus!«

Sie räkelte sich provozierend. »Ich hab aber Sehnsucht nach dir, Darling.« Langsam stand sie auf und stellte sich dicht vor ihn. Es konnte doch nicht sein, dass er ihren Reizen auf Dauer widerstand. Das war bisher noch keinem Mann gelungen, den sie hatte haben wollen.

Mathias schluckte. Sie war wirklich verführerisch schön, doch er ließ sich nicht provozieren. Er konnte Monikas schweres Parfüm riechen, spürte ihre kleinen festen Brüste an seinem Oberkörper, nahm ihren Atem wahr, denn ihr Mund kam dem seinen sehr nahe. »Du bist der einzige Mann, der es mir jemals richtig besorgen konnte, der mich total befriedigt hat. Du hast mir ...«

»Sei endlich still! Ich will nichts mehr hören. Geh, ehe ich dich rauswerfe.«

»Das wagst du nicht!«

»Leg es nicht drauf an!«

»Mistkerl!« Von einer Sekunde zur anderen verzog sich ihr Mund, der ihn eben noch so verlockend angelächelt hatte, zu einem schmalen Strich. »Du bist widerlich!«

»Damit kann ich leben.« Versöhnlich wollte er ihr übers Haar streichen. »Komm, Monika, sei nicht albern. Wir wollen doch Freunde bleiben. Also vergessen wir das alles hier und ...«

»Niemals! Das wirst du noch bereuen! So geht man mit mir nicht um. Nicht mit mir!« Sie warf das dunkle Haar in den Nacken, ging zurück zum Bett und hockte sich auf die Bettkante.

Mathias zuckte lässig mit den Schultern. »Dann eben nicht.« Er drehte sich zur Tür. »Ich bin im Bad.« Damit sie gar nicht erst auf den Gedanken kam, ihm zu folgen, fügte er hinzu: »Und ich schließe ab.«

Ein wütendes Fauchen, das dem einer gereizten Tigerin ähnelte, kam über ihre Lippen. Wütend sah sie ihm nach, als er das Schlafzimmer verließ, ohne ihr auch nur einen Blick zuzuwerfen.

Ihre Hände zitterten vor Zorn, als sie sich anzog und die Treppe hinunterging. Erst draußen auf der Straße, als ihr ein kühler Wind Regentropfen ins Gesicht wehte, beruhigte sie sich wieder. Hämisch grinsend sah sie zum *Katharinenhof* hinüber, wo im ersten Stock zwei Fenster erleuchtet waren.

»Verdammtes Miststück!«, murmelte Monika. »Dir verdanke ich sicher diese Abfuhr. Hoffentlich schiebst du jetzt ebenso großen Frust wie ich.«

Das Gewitter war weitergezogen, und auch der Regen hatte aufgehört. Nur noch das Tropfen des Wassers, das aus der defekten Dachrinne direkt in den Garten lief, war als monotones Geräusch zu hören.

Langsam stand Stefanie vom Bett auf, ging ans Fenster und öffnete weit beide Flügel. Tief atmete sie die frische Luft ein, die ihren Kopf gleich klarer machte.

Gegenüber waren jetzt alle Fenster im ersten Stock hell erleuchtet. Mathias war wieder daheim!

Ob er sich jetzt mit Monika von Ahlen vergnügte?

»Nein!« Sie schüttelte den Kopf. Jetzt, wo sie den ersten Schock überwunden hatte und wieder klar denken konnte, war sie sich sicher, dass die schöne Hotelierstochter ihn hatte überrumpeln wollen. Mathias hatte ihr schon vor etlichen Tagen erzählt, dass er mal einen heißen Flirt mit Monika gehabt hatte.

»Sie ist ein tolles Dirndl, das muss man ihr lassen. Aber sie und ich, das passt nicht«, hatte er gesagt und Stefanie fest in die Arme genommen. »Es war ein Flirt, mehr nicht. Wir haben es beide schnell gemerkt und uns wieder getrennt. Das alles ist Jahre her. Jetzt sind wir so was wie Freunde.«

»So was wie Freunde …« Stefanie biss sich auf die Lippe, als sie leise seine Worte wiederholte. »Das sieht sie aber ganz anders, Mathias.« Wieder schossen ihr Tränen in die Augen, die sie sich trotzig abwischte, ehe sie sich langsam vom Fenster abwandte.

Auf dem breiten Bett lagen etliche Papiere. Sie trugen oben das Logo des *Seeschlösschens.* Es war der Vorvertrag, den ihr Bruno von Ahlen bei seinem letzten Besuch in die Hand gedrückt hatte.

»Nehmen Sie und lesen Sie ihn sich durch. Vielleicht ändern Sie ja doch noch Ihre Meinung«, hatte er erklärt.

Stefanie hatte das Papier achtlos in die Schublade des alten Sekretärs geworfen, der in ihrem Schlafzimmer stand. Das Erbstück war wunderschön, kostbare Intarsien schmückten den Deckel, mit dem man die Schreibunterlage abdecken konnte.

In ihrer ersten Wut hatte sie den Vertrag herausgeholt und schon ihren Vornamen unter das Papier gesetzt. Aber dann hatte doch die Vernunft gesiegt, und sie hatte den Vertrag von sich geworfen, so, als hätte sie sich daran verbrannt.

Nein, sie würde sich nicht zu einer spontanen Handlung hinreißen lassen, nur weil sie diese Monika in Mathias' Bett vorgefunden hatte. Jetzt, da sie wieder klar denken konnte, war sie sicher, dass die attraktive Hotelierstochter einen ganz bestimmten Zweck damit verfolgte.

Es war nur zu hoffen, dass Mathias sich nicht von ihr verführen ließ.

Von dem Klingeln an der Haustür wurde sie aus ihren Gedanken gerissen. Und von draußen hörte sie Mathias rufen: »Mach bitte auf, Stefanie! Ich bin's!«

Ein Leuchten huschte über ihr Gesicht, vertrieb die dunklen Schatten, die für eine Stunde ihr Denken beherrscht hatten. In Windeseile lief sie hinunter, entriegelte die Tür – und lag in seinen Armen.

»Das ist ein Empfang!« Mathias zog sie fest an sich und schob mit dem Fuß die Tür zu.

»Du bist da ...« Stefanie sah kurz zu ihm auf, Tränen

standen wieder in ihren Augen, doch ehe er Fragen stellen konnte, küsste sie ihn lange.

»Meine Süße, was ist denn passiert?« Behutsam schob er sie von sich. »Hattest du etwa Angst bei dem heftigen Gewitter?«

»Nein.« Sie zog ihn mit sich zur Treppe. »Das war es nicht.« Noch ein inniger Kuss, ehe sie hoch zum Schlafzimmer gingen.

»Hattest du Ärger in München? Oder was ist passiert?«

Als sie nicht sofort antwortete, stieß er einen kleinen Fluch aus. »Monika! Du hast Monika bei mir gesehen. Ist es das?«

Sie nickte, hielt den Kopf gesenkt und presste die Lippen zusammen.

»Diese miese Intrigantin!« Er hockte sich auf die Bettkante und zog Stefanie neben sich. »Das hat sie ganz bewusst provoziert. Entweder solltest du sie in meinem Bett finden, oder sie wollte mich überrumpeln.«

»Das ist ihr ja auch gelungen.«

»Stimmt. Aber nicht so, wie sie es sich vorgestellt hat.« Er legte den Arm um Stefanies Schultern und bettete ihren Kopf an seiner Brust. Liebevoll strich er ihr übers Haar und den Rücken. »Ich habe sie rausgeworfen.«

»Ehrlich?«

»Ja.« Er lachte kurz auf. »Damit hatte sie wohl nicht gerechnet.«

Stefanie hob den Kopf. »Sie ist wunderschön. Und sehr, sehr attraktiv.«

»Und sehr kaltherzig und berechnend. Eben ganz die Tochter ihres Vaters.« Liebevoll legte er einen Finger unter Stefanies Kinn und sah ihr in die Augen. »Was ist passiert? Was hat sie mit dir gemacht?«

»Gemacht? Nichts.« Stefanie atmete tief durch. »Als ich nach Hause kam, war ich unheimlich happy. Ich wollte zu dir und bin ins Haus gegangen. Du hattest mir ja den Schlüssel gegeben.«

»Klar doch.«

»Na ja ...« Stefanie zögerte. »Ich hatte ein paar leckere Sachen gekauft und wollte sie anrichten, aber dann sah ich Licht in deinem Schlafzimmer. Also bin ich hoch.« Für einen Moment hielt sie inne. »Da lag sie dann ... in deinem Bett. Fast nackt und ... so aufreizend, so schön und attraktiv.«

»Du bist schöner. Und für mich die attraktivste Frau der Welt.« Ein langer Kuss folgte. »Du hast dich von ihr ins Bockshorn jagen lassen, ja?«

Stefanie schüttelte den Kopf. »Nein, nicht wirklich.« Sie zögerte, dann gestand sie: »Na ja, im ersten Moment war ich schon ziemlich geschockt.«

»Sie ist und bleibt ein Biest.« Mathias drückte Stefanie sacht aufs Bett und beugte sich über sie. »Aber jetzt vergessen wir Monika.«

Stefanie antwortete nicht, sie genoss seine Nähe, seine Hände, die sich sanft unter ihre Bluse schoben, ihre Brüste zärtlich streichelten, während er nicht aufhörte, sie zu küssen.

Seine Leidenschaft weckte rasch auch ihr Verlangen. Als seine Zunge die ihre liebkoste, durchliefen sie heiße Schauer, und sie konnte es kaum erwarten, dass er ihr die Bluse und den BH abstreifte. Seine warmen Lippen wanderten über ihren Hals zum Ansatz ihrer Brüste, zärtlich küsste er die dunklen Spitzen, die schon hart waren.

Stefanie seufzte unterdrückt auf, als er jeden Zentimeter ihrer Haut mit kleinen Küssen bedeckte. Überall, wo er sie mit seinen Lippen oder seiner Zunge berührte, begann ihre Haut zu prickeln, und ihr Verlangen wurde immer heftiger.

Sie umschlang Mathias mit beiden Armen, drängte sich ihm entgegen und signalisierte so, dass sie noch mehr von seinen leidenschaftlichen Zärtlichkeiten wollte.

In dem Moment, als er aufgestanden war, um ihr die Jeans auszuziehen und auch sich von den Kleidern zu befreien, klingelte das Telefon.

Stefanie fuhr hoch.

»Lass es klingeln.«

Sie zögerte. »Wenn es aber wichtig ist …«

»Nichts ist wichtiger als wir zwei.« Er zog ihr den Slip aus und strich dann sanft über die Innenseite ihrer Schenkel, eine Berührung, die Stefanie das Läuten des Telefons wirklich vergessen ließ. Sie fühlte nur noch Mathias' Küsse überall auf ihrer Haut, hörte die kleinen verrückten Zärtlichkeiten, die er ihr zuraunte, wenn er Luft holen musste.

Ihre Umarmung dauerte eine kleine Ewigkeit, und wie fast immer, wenn sie zusammen waren, erreichten sie gleichzeitig den Gipfel der Lust.

Erschöpft, aber glücklich lagen sie dann nebeneinander.

»Erzähl mal, wie es bei deinem neuen Kunden war.« Stefanies Finger glitten sacht über Mathias' nackte Brust.

»Gut und erfolgreich. Er hat einen großen Kundenstamm und mir gleich noch einen lukrativen Auftrag verschafft. Ich denke, das wird eine lange und gute Zusammenarbeit.«

»Ich freue mich für dich.«

»Und wie war es in München? Hast du mal abschalten können?« Er lächelte sie an. »Warst du shoppen? Ich hab mal gelesen, dass Frauen ihren Frust am besten beim Schuhekaufen abarbeiten können.«

»Das ist ein albernes Klischee.« Stefanie drehte sich zur Seite und sah ihn an. »Ich war nur ein paar Leckereien einkaufen. Dann bin ich kurz ins Hotel gegangen, in dem ich früher gearbeitet habe.«

»Warum das denn?«

»Ich wollte mit Herrn Kornbrenner reden. Der Chefportier war immer ein väterlicher Freund für mich. Zum Glück war er da, wir haben uns lange unterhalten.«

»Du hast mal von ihm erzählt.«

»Ja, er ist ein ganz wunderbarer Mensch. Und er kündigt in einem Monat seine Stellung. Er geht in den Vorruhestand, weil ihm die Arbeitsatmosphäre einfach nicht mehr zusagt.«

»Schade.«

»Gar nicht.« Stefanie rückte ein wenig von ihm ab. »Stell dir vor, er will dann hier arbeiten und mich unterstützen. Das ist einfach super! Er ist der ideale Mann für die Rezeption. Außerdem hat er gemeint, dass an der Sache mit den falschen Berechnungen was faul ist.«

»Da hat er recht. Ich bin sicher, dass der Moosgruber was manipuliert hat, um seinem Spezi einen Gefallen zu tun. Aber das wird sich rausstellen. Dein Architekt kommt schon nächste Woche zurück. Das ist meine Neuigkeit!«

»Tatsächlich? Woher weißt du das?«

»Von einem alten Freund.« Mathias streichelte ihre Wange. »Alles wird gut, ganz bestimmt.«

»Wohin fahren wir?« Entspannt lehnte sich Anni in die Polster des alten Cabrios zurück. Der Wagen, fast dreißig Jahre alt, gehörte Klaus' Vater. Er hütete das wertvolle Auto wie seinen Augapfel, und es war ein kleines Wunder, dass er ihn heute verliehen hatte. »Dass dein Vater uns sein Cabrio gegeben hat, ist super!« Sie blinzelte gegen die grelle Sonne.

Klaus Hattinger lachte. »Es war nicht einfach, ihm den Wagen abzuschwatzen. Aber als er hörte, dass ich mit dir ins Paradies fahren will, hat er nachgegeben. Ich soll dich übrigens von ihm grüßen.«

»Danke. Ins Paradies willst du mit mir?« Zärtlich sah ihn Anni an. »Da waren wir doch schon.«

Er streckte den Arm aus und strich ihr über die gebräunte Wange. »Richtig. Aber es gibt noch ein Fleckchen Erde, das auch so heißt. Und dahin fahren wir.«

»Und wohin genau?« Anni blieb hartnäckig.

»Es ist nicht weit. Aber lass dich überraschen.« Sicher lenkte er den Oldtimer durch den starken Nachmittagsverkehr. Das Wetter war wunderschön, und außer den Touristen, die mit ihren Autos die Gegend erkundeten, waren auch viele Einheimische unterwegs, die von der Arbeit nach Hause fuhren.

Die Sonne stand schon tief im Westen, hatte aber noch sehr viel Kraft, und Anni genoss es, den leichten Fahrtwind auf der Haut zu spüren. Sie hatte den ganzen Tag über im Atelier gesessen und genäht.

Ganz bewusst fuhr Klaus über Landstraßen, vorbei am Pilsensee, an dessen westlichem Ufer die Bundesbahnstrecke lag. Der kleine See gehörte in früheren Jahrtausenden noch zum Ammersee, doch nach und nach hatte sich eine Landzunge gebildet, schließlich war das neue Gewässer entstanden.

»Weißt du noch, wie wir als Kinder da Schlittschuh gelaufen sind? Damals fror der See noch regelmäßig zu.« Anni wies zum See hinüber, dessen Wasseroberfläche in der Spätsonne glitzerte. Etwas weiter entfernt erhob sich Schloss Seefeld, ein prächtiges Anwesen, das oberhalb des Sees lag und das ein kulturelles Zentrum der Gegend war.

»Ja. Und wie du beinahe eingebrochen wärst als Fünfzehnjährige, weil du dem Hannes vom Trautbergerhof beweisen wolltest, dass du besser laufen kannst als er. Du hast dich, obwohl schon Tauwetter einsetzte, auf das schon brüchige Eis gewagt.«

Anni lachte. »Damals hast du mich aus dem Wasser gezogen und mir den ersten Kuss gegeben.«

»Das war eine lebensrettende Maßnahme.«

»Weiter nix? Das enttäuscht mich aber!«

»Hast du dir was anderes eingebildet?«

»Klar doch. Schließlich hast du versucht, mir deine Zunge in den Mund zu stecken, was ich schrecklich eklig fand.«

»Und heute?«

»Aussage verweigert.« Sie lachte und lehnte den Kopf an seine Brust. »Aber ich bin froh, dass du jetzt besser küssen kannst als damals.«

»Warte noch ein paar Minuten, dann üben wir weiter.«

Annis Geduld wurde auf keine große Probe gestellt, schon ein paar Minuten später sah sie den Wörthsee vor sich, der um einiges größer war als der Pilsensee. Und als Klaus den Wagen auf die Wörthseestraße lenkte, ahnte sie auch, wohin er sie bringen wollte.

»Dieses Paradies mag ich auch.« Sie reckte sich in den Polstern. »Und ich habe, offen gestanden, ziemlich großen Hunger. Zu Mittag gab's nur einen Obstsalat.«

»Dann hab ich ja das Richtige ausgesucht.«

Zum Glück fanden sie auf dem Parkplatz, der zum *Paradiesgarten* gehörte, wie der bekannte Biergarten genannt wurde, noch einen Parkplatz für das Cabrio.

»Aber einen Platz mit Blick aufs Wasser ergattern wir nicht mehr«, stellte Anni bedauernd fest, als sie die vielen anderen Gäste sah, die an den Tischen zur Seeseite saßen.

»Abwarten.« Klaus winkte einer älteren Bedienung zu. »Ich hab auf den Namen Hattinger reserviert.«

»Natürlich.« Die Bedienung, die ein blaues Dirndl mit hellrosafarbener Schürze trug, wies auf einen Tisch am Ende der Terrasse. »Der da ist allein für euch«, fügte sie augenzwinkernd hinzu.

Überrascht sah Anni dann, dass auf dem Tisch ein kleiner Strauß zartgelber Rosen stand. Und in einem Sektkühler steckte eine Flasche.

»Wow! Da hast du dir aber was einfallen lassen!«

»Hast du mir so viel Phantasie nicht zugetraut?« Er zwinkerte ihr zu. »Ich fürchte, du kennst mich immer noch nicht, mein Schatzi.«

»Oder ich muss noch ein paar deiner Geheimnisse ergründen.« Sie hob kurz die Vase mit den Rosen hoch und roch daran.

»Kannst du gerne machen.« Klaus sah sie zärtlich an. »Auch wenn wir uns nach der Schulzeit aus den Augen verloren haben, weiß ich noch einige deiner Geheimnisse.«

»Ach ja?«

»Ja. Zum Beispiel, dass du total auf die Beatles stehst, obwohl schon unsere Eltern sie gehört haben. Und dass du davon träumst, mal nach Kanada zu fliegen.« Er lächelte. »Ich weiß auch, dass du vor allem gelbe Blumen magst.« Er deutete auf die gelben Rosen.

»Gelb ist meine absolute Lieblingsfarbe.« Anni nickte. Sie trug gern gelbe Kleidung, was ihr sehr gut zu dem schwarzen Haar stand. Zudem bekam ihre Haut schon nach kurzer Zeit in der Sonne einen sanften Bronzeton.

»Weiß ich doch.« Er griff nach ihrer Hand. »Deshalb auch das hier ...« Und schon streifte er ihr einen schmalen Ring über den Finger. Ein einzelner gelber Stein glitzerte in der Mitte. »Ein Goldtopas. Er hat mal meiner Großmutter gehört, die Steine sind inzwischen sehr selten.«

»Klaus, das ist ...«

»Ein Verlobungsring. Ich hab ihn neu für dich fassen lassen.« Zärtlich drückte er ihre Hand. »So ein Ring gehört schließlich dazu, gell?«

Tränen glitzerten in Annis Augen, als sie Klaus ansah. »Danke. Er ist wunderschön.« Sie hob die Hand noch einmal hoch, dann sah sie Klaus wieder an. »Ich liebe dich«, flüsterte sie und hauchte ihm einen Luftkuss zu.

»Ich liebe dich auch, mein Floh.« Zärtlich drückte er ihre Hand.

Die Bedienung unterbrach die Verliebten, als sie die Speisekarten brachte. »Soll ich die Flasche schon öffnen?« Sie zeigte auf den Sektkübel.

»Gern.«

Sie tranken sich zu. »Ich wäre jetzt lieber mit dir allein«, flüsterte Klaus.

»Später.« Annis Magen knurrte laut und vernehmlich. »Ich muss einfach erst was essen. Dann gehört dir die ganze Nacht.«

Doch nach dem Essen blieben sie noch eine Stunde im Lokal sitzen und verfolgten, so wie die anderen Gäste, den phantastischen Sonnenuntergang, den man von ihrem Tisch aus besonders genießen konnte.

Rotgolden versank der Feuerball am Horizont, es schien, als würde die glühende Sonne vom Wasser des Sees verschlungen.

Dieser Sonnenuntergang erzeugte eine romantische Stimmung, der sich kaum jemand entziehen konnte.

Klaus hatte sich neben Anni gesetzt und den Arm um sie geschlungen. »So will ich in fünfzig Jahren auch noch mit dir hier sitzen«, sagte er.

»Ich auch.« Anni ließ keinen Blick von der Sonne, die gerade ihre letzten Strahlen übers Wasser schickte, das schon Minuten später die Farbe von dunkelblauem Samt annahm. »Ich könnte ewig so hier sitzen.«

»Dagegen hab ich was.« Klaus grinste und vertrieb die romantische Stimmung. »Ich wüsste nämlich noch was viel Besseres. Bei mir zu Hause gibt es auch Sekt. Aber wir könnten es uns noch viel gemütlicher machen.«

Anni lachte und küsste ihn übermütig. »Einverstanden. Dann lass uns gehen.«

»Sie schon wieder!« Die Sekretärin des Architekten, eine schmallippige Mittfünfzigerin, sah ärgerlich auf, als Stefanie nach kurzem Anklopfen ihr Büro betrat. »Sie wissen doch, dass Herr Ebert nicht da ist.«

»Ich weiß. Aber ich bin sicher, dass auch Sie mir ein paar Unterlagen heraussuchen können.« Sie wies auf das Fläschchen Nagellack, das auf dem Schreibtisch stand. »Falls es Ihre Zeit erlaubt«, fügte sie ironisch hinzu.

Ein leichtes Rot stieg in die Wangen der Sekretärin. »Ich habe jetzt Frühstückspause.«

»Tut mir leid, aber die muss ich unterbrechen. Meine Zeit ist auch knapp.« Stefanie war entschlossen, sich diesmal nicht abweisen zu lassen. »Falls Sie mir allerdings sagen, wo ich die Akten finden kann, hole ich sie mir selber aus dem Regal.«

»So weit kommt's noch!«

»Bitte!« Stefanie trat dicht an den Schreibtisch heran. »Verstehen Sie mich doch, ich muss endlich wissen, was los ist. Sie haben vor einigen Tagen selber angedeutet, dass an der Sache was nicht stimmen kann. Erinnern Sie sich?«

Die Sekretärin biss sich auf die Lippe. »Das war reine Spekulation. Außerdem hab ich Ihnen gesagt, dass ich von der Materie viel zu wenig verstehe, um die Unterlagen wirklich beurteilen zu können.« Sie stand auf und ging zu einem Rollschrank, der noch verschlossen war. »Aber bitte, hier sind die Kopien. Aber ich kann sie Ihnen nicht mitgeben, das müssen Sie verstehen.« Sie zögerte, griff nach einem Ordner und legte ihn auf die breite Ablage rechts neben dem Regal. »Sie werden auf Anhieb keinen Fehler finden, da bin ich sicher«, sagte sie. »Man muss die Akten vergleichen.«

»Nichts anderes will ich tun!«

»Aber Sie verstehen doch auch viel zu wenig von alledem.« Ihre Miene wurde freundlicher. »Warten Sie, bis der Chef zurück ist. Ich verspreche, dass ich ihm Ihre Angelegenheit gleich als Erstes vorlegen werde.«

Mit feuchten Augen sah Stefanie sie an. »Ich bin total verzweifelt«, gestand sie. »Der Bau ruht, der ganze Zeitplan gerät durcheinander … und ich muss hilflos zusehen, wie meine Existenz gefährdet wird.«

»So schlimm wird es schon nicht kommen. Ich bin sicher, dass sich rasch alles aufklären wird.« Sie wies auf die drei leeren Schreibtische, die im Büro standen. »Wie Sie sehen, sind die anderen Architekten auch nicht da. Offiziell sind Betriebsferien angesagt. Ich halte hier die Stellung.«

Stefanie sah ein, dass sie hier nichts weiter ausrichten konnte. »Danke Ihnen. Und bitte vergessen Sie nicht, Ihren Chef gleich auf mein Problem anzusprechen«, sagte sie und verließ deprimiert das Architekturbüro.

Sie war ganz in der Nähe gewesen und hatte sich spontan entschlossen, noch mal nachzufragen. Dass es mit dem Umbau nicht voranging, deprimierte sie und trübte ihr junges Glück mit Mathias.

Als sie an ihn dachte, wurde ihre Miene gleich wieder heiterer. Er war ein wunderbarer Mann, ein ebenso sanfter wie leidenschaftlicher Liebhaber, der sie restlos glücklich machte, wenn sie in seinen Armen lag.

So groß ihr Ärger wegen des Umbaus und der Querelen mit dem Hotelier vom *Seeschlösschen* auch war, das Glück mit Mathias überwog das alles bei Weitem!

»Ganz ohne Ärger geht ein Umbau nie ab.« Tröstend legte Anni die Hand auf Stefanies Arm. »Glaub mir, es wird sich alles bald aufklären. Und bis dahin bringen wir einfach innen alles in Ordnung. Im Atelier hab ich ein paar Überstunden angeordnet, die neuen Bezüge der Stühle und die Gardinen können wir schon übermorgen bei dir vorbeibringen.«

»Danke, das hilft mir schon sehr weiter. Du bist wirklich eine gute Freundin, Anni.«

»Das hoffe ich doch sehr, dass du mich als Freundin betrachtest.« Anni lachte und winkte der Bedienung. »Darauf gönnen wir uns noch ein Glas Prosecco.«

Die beiden jungen Frauen saßen in einem Café am Jachthafen von Dießen. Von hier aus hatten sie einen wundervollen Blick über den See. Hinter ihnen, im Ort, erhob sich weithin sichtbar das bekannte Marienmünster.

»Es ist wunderschön hier.« Stefanie sah sich um. »Ich glaube, dass ich bald heimisch werden kann.«

»Da bin ich sicher.« Anni lächelte ihr zu. »Was ich dazu tun kann, mach ich. Versprochen.«

»Danke. Ich bin froh, in dir eine Freundin gefunden zu haben.«

Nach ihrem Besuch im Architekturbüro hatte Stefanie im Geschäft von Annis Eltern angerufen und gefragt, ob Anni Zeit für einen Kaffee hätte. Sie musste einfach mit jemandem reden! Die Unterbrechung kam Anni gerade recht, und sie verabredeten sich am Jachthafen.

»Da drüben, das sind die Boote von Harald Reichinger. Der hat meinem Klaus eine Partnerschaft angeboten, weil er nach dem zweiten Herzinfarkt nicht mehr fit ist. Er will nur noch stiller Teilhaber sein.« Sie wies hinüber zum Wasser, wo ein gutes Dutzend Segelboote in Richtung Seemitte dahinglitt. Etwas weiter entfernt zogen im leichten Wind andere Boote ihre Bahnen. Rote und blaue Segel wirkten wie Farbtupfer auf der dunklen Wasseroberfläche. »Der Reichinger hat den größten Betrieb weit und breit, auch drüben am Starnberger See besitzt er eine Segelschule. Ich bin sicher, dass die anderen Boote schon draußen sind. Jedenfalls liegt keine seiner Jachten noch hier.«

»Das klingt doch super! Ich freue mich für euch. Das wird ein tolles Geschäft für deinen Klaus.«

Annis Miene war allerdings nicht ganz so freudig, wie man es hätte erwarten können. »Da gibt's noch einen Haken«, sagte sie zögernd. »Der Reichinger hat einen Neffen, der wohnt in München und würde gern alles übernehmen. Doch er ist seit Jahren mit dem Onkel zerstritten, wegen irgendeiner Erbschaftssache.«

»Wie so oft.«

»Ja. Traurig, aber das kommt wirklich viel zu häufig vor. Na ja, der Typ hat jetzt schon ein paarmal bei Klaus angerufen und ihm unverhohlen gedroht, falls er sich auf das Geschäft einlassen sollte.«

»Das ist doch … das kann er doch nicht machen! Das ist allein die Angelegenheit vom Besitzer der Segelschule. Und der ist ja noch so fit, dass er selbst bestimmen kann, was passiert.«

»Das sagt Klaus auch, und er ist entschlossen, in das Geschäft einzusteigen.« Kurz sah sie auf ihre Uhr. »Gegen elf wollten sich die Männer treffen. Jetzt ist schon Mittag, aber er hat sich noch nicht bei mir gemeldet.«

»Das ist kein schlechtes Zeichen.« Stefanie nickte der Bedienung, die gerade den Prosecco servierte, dankend zu.

»Hoffentlich hast du recht.« Anni griff nach ihrem Glas und prostete Stefanie zu. »Aber irgendwie hab ich ein ungutes Gefühl.« Sie war ungewöhnlich ernst, immer wieder sah sie auf die Uhr.

»Ruf ihn doch einfach an.«

»Ich will aber nicht stören.«

»Unsinn. Er wird verstehen, dass du wissen möchtest, wie alles gelaufen ist. Und vielleicht kann er dann herkommen und mit uns anstoßen.«

»Na gut.« Anni griff nach ihrem Handy, doch sie erreichte nur die Mailbox.

»Dann musst du dich eben gedulden. So wie ich.« Stefanie trank ihr Glas leer. »Du, ich muss jetzt los. Gegen zwei will der Installateur kommen. Ich lasse jetzt doch, weil sich eh alles verzögert, noch neue Toiletten im unteren Bereich einbauen.«

Anni nickte. »Auch keine schlechte Idee.« Wieder sah sie auf die Uhr. »Ich warte hier noch ein bisschen. Geh du nur, ich zahle schon alles.«

»Danke.« Stefanie griff nach ihrer Tasche. »Wir sehen uns dann spätestens übermorgen. Aber ruf mich nachher mal an, und berichte, was Klaus erreicht hat.«

»Mach ich.« Anni, die sonst immer gut gelaunt war, wirkte ungewöhnlich ernst. Sie hob kurz die Hand und winkte Stefanie zu, dann blickte sie wieder angespannt hinaus auf den See.

Stefanie ging quer über den großen Parkplatz, der zur Segelschule gehörte, hinüber zur Straße. Sie hatte noch nicht einmal hundert Meter zurückgelegt, als sie das Klingeln eines Handys hörte.

Irritiert schaute sie sich um, doch außer einer alten Dame war niemand zu sehen. Langsam, mit zögernden Schritten ging Stefanie dem Geräusch des Mobiltelefons nach.

In dem Büro von Harald Reichinger herrschte bedrückende Enge. Überall lagen Prospekte herum, und auf den beiden Sesseln vor dem übervollen Schreibtisch standen Aktenordner. Eine Telefonanlage blinkte, und auf einem schmalen Tablett standen zwei Kaffeebecher.

»Tut mir leid, Klaus, aber bei mir ist zurzeit der Teufel los. Meine Mitarbeiterin ist schwanger und fällt immer wieder aus. Schwangerschaftsübelkeit!« Er schnaubte laut durch die Nase. »Die hatte meine Frau, Gott hab sie selig, auch, als sie mit unseren Zwillingen schwanger war. Aber sie hat nicht einen einzigen Tag lang im Geschäft gefehlt.« Ein Schatten huschte über sein gebräuntes Gesicht, und er wischte sich zum wiederholten Mal etliche Schweißtropfen von der Stirn. »Na ja, weißt ja eh, dass alle net mehr leben.«

Klaus nickte nur. Er wusste, dass Haralds Frau und die Töchter bei dem verheerenden Tsunami in Thailand ums Leben gekommen waren. Die beiden Mädchen hatten sich diesen Urlaub zum bestandenen Abitur gewünscht gehabt – es wurde eine Reise in den Tod.

Harald Reichinger hatte diesen Schicksalsschlag nie verwunden, seither litt er an starken Herzbeschwerden, die es ihm unmöglich machten, selbst noch Segelunterricht zu geben. Er leitete den theoretischen Unterricht, beschäftigte aber für die praktischen Unterrichtsstunden zwei Segellehrer.

»Genug davon.« Er zog unter einem Stapel Akten einen schmalen Schnellhefter hervor. »Das hier sind die Verträge. Sieh sie dir in Ruhe durch, und besprich dich eventuell noch mit deinem Anwalt. Wenn alles in Ordnung ist, können wir schon nächste Woche zum Notar gehen.«

Kurz überflog Klaus den Text, dann nickte er zustimmend. »Klingt alles ganz okay«, meinte er. »Danke, Harald, für dein Vertrauen.«

»Schon recht.« Mit einem Seufzer ließ er sich in seinen Sessel fallen. »Bin froh, wenn ich die ganze Last net mehr tragen muss.«

»Und dein Neffe? Was sagt der dazu?«

»Der soll mich mal gernhaben. Hab erst vor einigen Wochen erfahren, dass er mal wieder im Knast war. Schlägereien in den Münchner Bars scheinen zu seinem Leben zu gehören.« Er schüttelte den Kopf. »Nein, nein, Klaus, der Typ kriegt mein Lebenswerk nicht in die Finger. Da könnt ich ja zusehen, wie er alles in Grund und Boden wirtschaftet.«

»Aber er wird sauer sein.«

»Soll er doch! Ich bin immer noch Herr meiner Sinne und kann mit meinem Besitz machen, was ich will.« Er stand auf und streckte Klaus die Hand hin. »Schlag ein, Partner.«

Klaus ergriff die Hand und drückte sie kräftig. »Dann ruf ich dich an, sobald ich alles durchgelesen habe, Harald.« Er ging zur Tür. »Bis bald.«

Draußen, im hellen Sonnenschein, stieß er einen kleinen Freudenschrei aus. Diese Partnerschaft eröffnete ihm die Möglichkeit, stärker zu expandieren und sich auch am größeren Starnberger See zu etablieren. Er freute sich schon darauf, die beiden Sportstudenten, die sich als Aushilfskräfte angeboten hatten, einstellen zu können. Gerade in der Hauptsaison würden sie das Team komplettieren.

Die herrliche Neuigkeit musste er sofort Anni mitteilen.

Aufgeregt und immer noch mit einem Lächeln im Gesicht suchte er in der Hosentasche nach seinem Handy, als ihn ein bulliger Mann von der Seite her anrempelte.

»Hallo, aufpassen!« Klaus war viel zu gut gelaunt, um sich über den unachtsamen Zeitgenossen zu ärgern.

Der allerdings grinste ihn provozierend an und zeigte dabei zwei Goldzähne.

»Was willst du? Ärger? Kannste haben.« Noch bevor Klaus etwas klarstellen konnte, riss ihm der ganz in Schwarz gekleidete Typ das Handy aus der Hand, zerrte ihn hinter einen der geparkten Wagen und versetzte ihm einen gezielten Schlag mitten ins Gesicht. Wie ein Boxer im Ring ging Klaus zu Boden. Feurige Ringe tanzten vor seinen Augen, und er schmeckte Blut auf den Lippen.

»Was soll das? Was willst …« Weiter kam er nicht. Ein weiterer Faustschlag traf ihn an der Schläfe, der nächste unters Kinn, ein weiterer in die Magengrube. Die brutalen Fußtritte, die ihm sein Angreifer verpasste, als er am Boden lag, spürte er schon nicht mehr, er verlor das Bewusstsein. Er merkte auch nicht, dass ihm der bullige Mann einen Zettel in die Tasche seiner Jeans steckte.

Als er wieder zu sich kam, bemerkte er als Erstes das besorgte Gesicht einer älteren Dame über sich.

»Was ist … passiert?« Er versuchte, sich aufzurichten, sank aber mit einem Schmerzenslaut wieder zurück auf den Asphalt.

»Ruhig liegen bleiben, der Krankenwagen ist schon unterwegs. Und die Polizei auch.« Die alte Dame hielt ein Handy in die Höhe. »Der Typ kommt nicht weit. Ich hab ihn von meinem Wagen aus fotografiert.« Ein kleines Lächeln glitt über ihr Gesicht. »Ein Glück, dass mir mein Enkel gezeigt hat, wie das mit dem Ding hier geht.«

»Meine Nase …« Wieder versuchte Klaus aufzustehen, doch dann wurde ihm übel, und er verlor erneut das Bewusstsein.

Das nächste Mal kam er in der Notaufnahme der Klinik zu Bewusstsein. Ihm war noch immer ein wenig schlecht, der Kopf dröhnte, und es schien keine einzige Stelle an seinem Körper zu geben, die nicht schmerzte.

»Da sind Sie ja wieder!« Eine junge Frau mit hellem Haar beugte sich über ihn und lächelte berufsmäßig freundlich. »Alles in Ordnung?«

»Sagen Sie es mir.« Er runzelte die Stirn und sah die Fremde fragend an. »Was ist mit mir passiert?«

»Sie sind ziemlich brutal zusammengeschlagen worden. Aber Sie hatten Glück im Unglück, es sind keine Rippen gebrochen, und die Nase ist zum Glück auch nur stark geprellt. Aber da hilft Kühlen am besten.« Sie lächelte. »Oh Verzeihung, ich hab mich noch nicht vorgestellt: Doris Reichel und im Moment Ihre behandelnde Ärztin.«

»Klaus Hattinger. Im Moment noch Ihr Patient.« Er machte Anstalten aufzustehen.

»Der Moment wird noch ein wenig länger dauern, Sie Scherzbold.« Die Ärztin drückte ihn entschlossen zurück auf die Liege. »Sie sind zwar ein zäher Bursche, scheint mir, aber wir müssen noch abklären, ob Sie nicht doch eine Gehirnerschütterung haben. In wenigen Minuten holt Sie eine Pflegerin ab zum CT.«

»Und ich werde da nicht gefragt?«

»Nein. Es ist zu Ihrem Besten, glauben Sie mir.« Sie drückte seinen Arm. »Außerdem tut es gar nicht weh.«

»Wenn Sie's sagen ...« Suchend griff er um sich. »Mein Handy ... wo ist es? Ich muss dringend meine Verlobte anrufen.« Und als die Ärztin zögerte, fügte er ein »Bitte, es ist wichtig« hinzu.

»Na gut.« Sie ging zu einem Stuhl, auf dem seine Sachen lagen. »Hier. Aber bitte nur ganz kurz, Sie werden gleich abgeholt.«

Das Gespräch mit Anni dauerte wirklich nur zwei

Minuten. Als sie hörte, was passiert war und wo Klaus sich befand, sagte sie nur: »Ich bin gleich bei dir«, und unterbrach die Verbindung.

Sie wartete schon auf dem Flur auf ihn, als er von der CT-Untersuchung zurückkam.

»Klaus!« In ihren dunklen Augen standen Tränen, als sie sich über ihn beugte und zu küssen versuchte.

»Vorsicht, seine Nase.« Die Pflegerin hielt Anni zurück. »Unsere Frau Doktor hat sie zwar untersucht und die Blutung gestillt, Sie sollten aber nicht riskieren, dass er mit einer schiefen Nase vor dem Altar steht, falls doch ein paar kleine Haarrisse vorhanden sind.«

»Sie haben gut lachen«, murmelte Klaus und sah die grauhaarige Pflegerin mit einem leidenden Blick an.

»Sollten Sie auch tun. Erstens, weil Ihnen nichts wirklich Schlimmes fehlt, und zweitens, weil die Polizei diesen Mistkerl, der Sie so zugerichtet hat, schon gefasst hat.«

»Dann hat er keine Brüche, keine schwerwiegenden Verletzungen?« Anni griff nach dem Arm der Pflegerin.

»Nein. Näheres kann Ihnen aber Frau Doktor sagen.« Sie schob die Rollliege in einen leeren Untersuchungsraum. »Und Sie, junger Mann, können sich wieder anziehen.« Sie grinste und deutete kurz auf seinen gebräunten Oberkörper. »Der Body ist zwar sehenswert, aber ich will nicht riskieren, dass Sie sich erkälten.«

»Dann muss ich nicht bleiben?« Klaus schwang schon die Beine von der Liege. Für Sekunden hatte er das Gefühl, dass der blaugrüne Fußboden auf ihn zugeschwebt kam, doch sein Kreislauf stabilisierte sich schnell.

»Sie können nach Hause.« Durch eine Seitentür kam die blonde Ärztin herein. »Das CT hat keine Auffälligkeiten ergeben, Sie haben also höchstens eine leichte Gehirnerschütterung, die sich aber mit zwei, drei Tagen Bettruhe auskurieren lässt. Die geprellten Rippen werden Ihnen noch längere Zeit Schmerzen bereiten, aber da hilft nur Geduld.«

»Und sein Gesicht?« Mitleidig sah Anni in Klaus' geschwollenes Gesicht. Die Nase war mit einem schmalen Verband versehen worden. Das linke Auge, halb zugeschwollen, verfärbte sich immer mehr zum Blau-Lila hin.

»Die Nase ist nicht gebrochen, doch stark geprellt. Ich hab nur ein bisschen fixiert, damit der Patient sich nicht versehentlich daran stößt und neues Nasenbluten auslöst. Ansonsten hat er unheimliches Glück gehabt.« Sie sah zu Klaus auf, der sie um mehr als einen Kopf überragte. »Haben Sie eine Ahnung, wer Sie so zugerichtet hat?« Mit der Hand wies sie kurz auf Anni. »Vielleicht ein Rivale?«

»Nein.«

»Nein, auf keinen Fall«, versicherte Anni. Sie half Klaus, das weiße Poloshirt überzustreifen.

»Die Polizei hat den Kerl zum Glück ja schon dingfest gemacht«, warf die Krankenschwester ein. »Eine alte Dame hat ihn mit ihrem Handy fotografiert.« Sie griff in ihre Kitteltasche. »Das ist ihre Nummer. Sicher wollen Sie sich bei ihr bedanken.«

»Auf jeden Fall.« Klaus nahm den Zettel entgegen. »Auch Ihnen herzlichen Dank.« Er wollte sich nach seiner Lederjacke bücken, die zu Boden gefallen war, doch ein heftiger Schmerz ließ ihn innehalten.

»Die Rippen.« Die Ärztin lächelte verhalten. »Aber das gibt sich wieder, Sie müssen sich nur ein wenig vorsehen, um Schmerzen zu vermeiden.«

»Bis zur Verlobungsfeier bin ich aber wieder fit, hoffe ich.«

»Und wann ist die?«

»In drei Wochen.«

»Dann können Sie Ihre Braut schon wieder über die Tanzfläche wirbeln.«

»Das muss nicht sein.«

»Typisch Mann«, erwiderten die Ärztin und die Krankenschwester im Duett.

Draußen vor der Klinik blieb Anni für einen Moment stehen. »Sag mal, hast du wirklich keine Ahnung, wer dir das angetan haben könnte?«

»Nicht den leisesten Schimmer.«

»Ich wüsste auch nicht, dass wir irgendwelche Feinde haben.« Sie hakte sich bei ihm ein. »Wir sollten Anzeige erstatten, wenn du dich ein bisschen ausgeruht hast.«

»Wir gehen jetzt sofort.« Klaus ging entschlossen auf Annis Kombi zu, der das Logo ihres Geschäftes trug. »Der Kerl ist ja schon dingfest gemacht worden. Also kann man auch rauskriegen, warum er mich angegriffen hat.«

»Oder wer sein Auftraggeber war«, warf Anni ein.

»Da sagst du was!«

Mitten im Schritt blieb Anni stehen. »Überleg mal ... wem hast du in letzter Zeit auf die Füße getreten? Irgendwen muss es ja geben.«

Es dauerte allerdings noch eine Weile, und sie hatten bereits die Polizeiwache erreicht, als Klaus sagte: »Der Neffe! Es könnte dieser Neffe vom Reichinger sein. Harald hat selbst gesagt, dass der Mann sich in München in zweifelhafter Gesellschaft rumtreibt.«

Diese Vermutung wurde ihnen wenig später von den

Beamten, die den Schläger dingfest gemacht und eine erste Vernehmung vorgenommen hatten, bestätigt.

»Er ist geständig«, erklärte der ältere Polizist. »Glaubt wohl, damit seine Strafe mindern zu können.«

»Da hat er mit Zitronen gehandelt«, warf ein anderer Beamter ein. »Sein Strafregister kann sich sehen lassen. Körperverletzung, Nötigung, Erpressung ... da kommt einiges zusammen.«

»Wieso hat er mich zusammengeschlagen?« Klaus schüttelte den Kopf. »Ich kenne ihn überhaupt nicht.«

»Er hatte den Auftrag von einem Barbesitzer aus München.« Wieder ein kurzer Blick in die Akten. »Reichinger heißt der Kerl. Auch kein unbeschriebenes Blatt.«

»Also doch!« Annis Gesicht rötete sich vor Empörung. »Wenn das sein Onkel erfährt.«

»Dann wird er vollständig enterbt, davon kannst du ausgehen.« Ehe die Beamten Fragen stellen konnten, erläuterte Klaus rasch, wer Harald Reichinger war und in welchem Verhältnis er zu ihm stand.

»Dann ist ja alles klar.« Der ältere Polizeibeamte zog die Computertastatur näher heran. »Dann sollten wir jetzt eine detaillierte Anzeige aufsetzen.«

Eine Viertelstunde später war auch das erledigt, Anni und Klaus konnten endlich heimfahren.

»Du bleibst heute aber bei mir«, beharrte Anni.

»Gern.« Er grinste etwas verzerrt. »Mein Kopf dröhnt, ehrlich gestanden, und ich hab gegen ein bisschen liebevolle Pflege nichts einzuwenden.«

»Die kriegst du.« Anni stellte sich auf die Zehenspitzen und küsste ihn. »Soweit du sie in deinem Zustand vertragen kannst, natürlich nur«, fügte sie mit einem Augenzwinkern hinzu.

Klaus seufzte unterdrückt auf. »Im Moment will ich mich wirklich nur langlegen«, gab er zu. »Mein Kopf dröhnt, und die Rippen tun verdammt weh.«

»Armer Schatz.« Anni öffnete die Autotür. »Dann schone dich erst mal. Verwöhnen kann ich dich später immer noch.«

»Ich werde dich dran erinnern«, erwiderte er mit leicht gequältem Gesichtsausdruck zurück.

Stefanie stand unter der Leiter und reichte Anni den letzten Vorhang. Geschickt zog die Dekorateurin den schweren Stoff in die richtigen Falten und befestigte die Gardinen mit einem Feststeller.

»Geschafft.« Noch oben auf der Leiter stehend, sah sie sich in dem geräumigen Frühstücksraum um, der jetzt wesentlich heller und freundlicher wirkte als noch vor Wochen. Die neue Bestuhlung war vorgestern geliefert worden, auf dem hellgrauen Laminat lagen drei Teppiche in hellem Graublau. Der Farbton harmonierte perfekt mit dem zartgelben Gardinenstoff und der gelbblauen Stuhlbespannung.

»Du hast mich gut beraten.« Auch Stefanie blickte sich um. »Ich hätte wahrscheinlich nicht den Mut zu den Farben gehabt.«

Kräftiges Läuten an der Haustür drang laut durch das ansonsten stille Haus. Die drei Installateure, die schon seit vier Tagen in den Waschräumen arbeiteten, waren bereits heimgegangen. Es war Freitag, da beendeten sie die Arbeit schon am Mittag.

»Wow, da hat's aber einer dringend.« Anni kletterte von der Leiter und sah Stefanie nach, die in Richtung der weitläufigen Eingangshalle ging. Auch hier war der Fußboden erneuert worden. In Annis Körben lagen noch die Gardinen für die beiden Fenster, die sich rechts und links neben der Eingangstür befanden.

Gerade als der Türgong wieder anschlug, zog Stefanie die Tür weit auf. Überrascht sah sie sich Bruno von Ahlen gegenüber.

»Sie, Herr von Ahlen? Was gibt es denn?« Sie musste sich um einen höflichen Tonfall bemühen.

Ungeniert schob sich der Hotelier an ihr vorbei und durchquerte die Halle.

»Sie renovieren also weiter«, stellte er fest, als er Anni bemerkte, die gerade einen der Körbe hochhob, um ihn in die Halle zu bringen.

»Natürlich.« Stefanies Herz raste, doch sie bemühte sich um Ruhe und Gelassenheit. »Es gibt keinen Grund, damit aufzuhören.«

»Sie sind ja völlig realitätsfremd!« Bruno von Ahlens Gesicht rötete sich. »Wann werden Sie endlich vernünftig?«

Stefanie sah ihn offen an. »Ich denke, ich bin ganz vernünftig. Und deshalb werde ich auch mit den Renovierungsarbeiten weitermachen. Hier drinnen ist schon fast alles fertig, wie Sie sehen können. Und die Terrasse …« Sie zuckte mit den Schultern. »Das Problem lässt sich bestimmt auch bald lösen.«

»Träumen Sie weiter.« Bruno von Ahlen, der wie immer einen Trachtenanzug trug, griff sich hinter den Hemdkragen und versuchte, ihn zu lockern. Er sah seriös aus und strahlte einen gewissen Wohlstand aus. Der Anzug saß perfekt, das eisgraue Haar war exakt geschnitten und frisiert, und das weiße Hemd bildete einen guten Kontrast zum gebräunten Gesicht des Hoteliers. Bruno von Ahlen war ein attraktiver Mann, und es gab nicht wenige Frauen, die sich Hoffnungen darauf machten, dem gut situierten Witwer näherkommen zu können.

Doch Bruno von Ahlen war an keiner neuen Partnerschaft interessiert. Hin und wieder gönnte er sich ein kleines, harmloses Abenteuer, doch dies geschah stets außerhalb der Region um den Ammersee. Diskretion war ihm nicht nur im Berufsleben wichtig.

»Bitte kommen Sie zur Sache, Herr von Ahlen.« Stefanie wies hinüber zu Anni, die wartend im Türrahmen stand. »Ich habe zu tun.«

»Wie Sie wollen.« Der Hotelier zuckte leicht mit den Schultern. »Wo können wir unter vier Augen sprechen?«

»Sagen Sie ruhig, was Sie zu sagen haben. Ich habe vor der Anni keine Geheimnisse.« Stefanie zeigte auf eine kleine Sesselgruppe in einer Ecke des Eingangsbereichs. »Wenn Ihnen der Platz genügt … wir können aber auch in die Küche gehen. Dort ist es ruhig.«

»Meinetwegen.« Es missfiel Bruno von Ahlen sichtlich, dass Stefanie ihn deutlich spüren ließ, dass er sie störte. Es geschah ihm nicht oft, dass ihm so unverhohlen demonstriert wurde, dass er mit seinem Geld nicht beeindrucken konnte. Er ging zu dem kleinen runden Glastisch, um den drei Sessel gruppiert waren. Ein Tablett mit Gläsern und einer Wasserkaraffe stand auf dem Tisch.

»Möchten Sie einen Schluck Wasser?« Stefanie griff schon nach der geschliffenen Glaskanne.

»Nicht notwendig. Danke.« Bruno von Ahlen setzte sich und sah sich um. Die Halle war noch kahl, an den hellen Wänden hingen noch keine Bilder, kein Teppich dämpfte die Schritte. Die Empfangstheke allerdings, von Mathias Kroller gebaut, war schon installiert, ebenso die moderne Telefonanlage und der Computer.

»Also, Herr von Ahlen, was führt Sie hierher?«

Der Mann räusperte sich zweimal, dann stieß er hervor: »Ich erhöhe mein Angebot um eine weitere halbe Million.« Er machte eine alles umfassende Handbewegung. »Dann sind Sie den ganzen Trouble hier los und können Ihr Leben genießen.« Wieder ein Räuspern. »Machen Sie doch nicht den gleichen Fehler wie Ihre Tante, Frau Holländer. Die Katharina war stur, sie hat sich um so viel Freude in ihrem Leben gebracht ... Ich hoffe, Sie sind klüger und machen sich mit dem Geld, das ich Ihnen biete, ein tolles Leben.«

Stefanie zögerte. Sie hatte schon eine ablehnende Bemerkung auf der Zunge, dann aber sagte sie: »Wie ist es denn mit Ihnen, Herr von Ahlen? Könnten Sie sich nicht auch zur Ruhe setzen? Geld haben Sie doch offensichtlich genug.«

»Was fällt Ihnen ein! Mein Hotel ist mein Leben.«

Stefanie lächelte. »Sehen Sie, mir geht es ganz ähnlich mit dem *Katharinenhof.* Er ist jetzt schon mein Lebensinhalt – und wird es von Tag zu Tag mehr werden, wenn erst die Renovierungsarbeiten abgeschlossen sind und die ersten Gäste sich angemeldet haben.«

»Darauf können Sie aber noch lange warten!«

»Das glaube ich nicht.« Stefanie schob sich eine blonde Haarsträhne hinters Ohr. »Mein Architekt ist in wenigen Tagen zurück, dann wird sich alles aufklären. Bis dahin arbeiten wir innen weiter.«

Für einen Moment verlor Bruno von Ahlen die Fassung. »So bald schon ist er zurück?«

»Ja. Überrascht Sie das?« Stefanies Lächeln war

voller Ironie. »Das durchkreuzt Ihre Pläne, gell?« Und ehe Bruno von Ahlen etwas erwidern konnte, fuhr sie fort: »Zudem … Ihr Angebot ist eine Frechheit, Herr von Ahlen. Ich weiß inzwischen, wie hoch die Seegrundstücke gehandelt werden. Vor allem dann, wenn jemand wie Sie nicht expandieren kann, ist er bereit, das Vielfache zu zahlen.« Sie erhob sich. »Der Wert des *Katharinenhofs* beläuft sich auf siebeneinhalb bis acht Millionen Euro. Das ist verbrieft. Also beleidigen Sie bitte meine Intelligenz nicht, indem Sie versuchen, mich über den Tisch zu ziehen. Und jetzt müssen Sie mich entschuldigen.« Sie wies zur Tür. »Guten Tag.«

Ihr selbstsicheres Auftreten verschlug Bruno von Ahlen die Sprache. Er presste nur ein knappes »Wir sprechen uns noch« hervor, dann fiel die schwere Eichentür hinter ihm ins Schloss.

»Wow, dem hast du es aber gegeben! So eine Behandlung ist der feine Herr aber gar nicht gewohnt. Bravo!« Anni umarmte die Freundin. »Daran hat er noch eine Weile zu knabbern.«

»Hoffentlich war ich nicht zu vorschnell. Sieben Millionen … die hätte er garantiert gezahlt. Und so eine Summe ist einfach gigantisch.« Sie seufzte unterdrückt auf. »Vielleicht hat er sogar recht. Ich könnte es mir gut gehen lassen, hätte keine Sorgen mehr und …«

»… und wärst unzufrieden und gelangweilt. Nein, nein, du hast alles richtig gemacht.«

»Aber ich hätte nicht so unhöflich sein sollen. Er ist schließlich mein direkter Nachbar, und mit dem möchte ich eigentlich keinen Dauerstreit.«

Anni schüttelte den Kopf. »Unsinn, du warst klasse! So einen Dämpfer hat der arrogante von Ahlen schon ewig nicht mehr einstecken müssen. Außerdem wird er irgendwann schon wieder normal werden und sich mit den Gegebenheiten abfinden, da bin ich sicher.« Sie zögerte, dann fügte sie hinzu: »So, wie ich sicher bin, dass der Typ irgendwas gedreht hat, um den Bau kurzfristig lahmlegen zu können. Und um dich kleinzukriegen.«

»Das schafft er nicht.« Stefanie warf den Kopf in den Nacken. »Er bekommt den *Katharinenhof* nicht. Um kein Geld der Welt!«

Es war ein Sommertag wie aus dem Bilderbuch. Der bayerische Himmel leuchtete strahlend blau. Wie hingetupft segelten kleine Wolken in Richtung Süden. Unzählige Schiffe zogen ihre Bahnen auf dem Starnberger See und dem Ammersee. Die Touristen genossen dieses Vergnügen vor der traumhaften Alpenkulisse immer wieder gern.

Stefanie stand auf der halb fertigen Terrasse und sah verträumt zum Wasser hin, wo sich gerade ein paar Motorboot-Besitzer ein Rennen lieferten. Sie hörte das Lachen der jungen Leute, bemerkte aber auch die drei Segler, die vorsichtshalber rasch ihren Kurs änderten.

Stefanie blinzelte gegen das helle Licht, dann sah sie auf die Uhr. Mathias wollte sie gegen zehn zu einem Ausflug abholen. Ob sie vorher kurz im See schwimmen ging?

Vom Nachbargrundstück drangen Stimmen und Lachen zu ihr herüber. Auf der Terrasse des *Seeschlösschens* herrschte bereits Hochbetrieb. Viele Gäste genossen ihr Frühstück im Freien. Für einen Moment verdüsterte sich Stefanies Miene. Sie dachte daran, dass sie in diesem Sommer keine Gäste haben würde, niemand konnte vorhersagen, ob es überhaupt noch in diesem Jahr zur Neueröffnung des *Katharinenhofs* kommen konnte.

»Guten Morgen, Schönheit!« Gut gelaunt kam Mathias durch den Garten und schwang sich geschickt auf die Terrasse hoch. »Genießt du die Aussicht?«

Sie nickte nur.

»Und warum dann die tiefe Falte auf deiner Stirn?« Zärtlich nahm er sie in die Arme, küsste erst die Sorgenfalte fort, dann verschloss er ihre Lippen mit einem langen, innigen Kuss.

Stefanie schmiegte sich an ihn. Wenn er bei ihr war, verschwanden die Sorgen und Ängste um die Zukunft mit einem Schlag. Sie schlang ihm die Arme um den Nacken und schnupperte verstohlen.

»Wonach riechst du?« Sie sah ihn an.

»Nach einem speziellen Lösungsmittel wahrscheinlich. Tut mir leid, aber der Geruch ist so intensiv, den wird man nicht so leicht los. Dabei hab ich mich geduscht und auch noch mal umgezogen.« Er trug eine nachtblaue Leinenhose und ein weißes Hemd mit blauen Applikationen am Kragen und an der Brusttasche. Er sah unverschämt gut aus, fand Stefanie. Und auch der Dreitagebart, den er sich hin und wieder wachsen ließ, stand ihm ausgezeichnet.

»Hast du heute denn schon gearbeitet?«

»Nein. Aber den Topf mit diesem Mittel umgestoßen.« Er verzog leicht den Mund. »Pech! Jetzt musst du mich so ertragen.«

»Gern!« Sie lachte. »Hast du gefrühstückt?« Sie zog ihn ins Haus. »Ich hab noch Kaffee da und auch zwei Croissants.«

»Da sag ich nicht Nein. Isst du mit?« Er setzte sich an den breiten Küchentisch, auf dessen blank polierter

Holzplatte eine zartgelbe Tischdecke lag. Am Tischrand stand ein dunkelblauer Tonkrug, in den Stefanie gelbe Ranunkeln gepflanzt hatte.

Sie ging zur Kaffeemaschine und goss Mathias und sich ein. »Ich bin schon satt, aber ich trinke noch einen Kaffee zur Gesellschaft mit.«

»Dann zieh dir was an, während ich esse.« Er zupfte an ihrem kurzen Sleepshirt. »Obwohl ich dich so ausgesprochen sexy und reizvoll finde.«

»Danke!« Sie schob seine Hand, die sich unter das Shirt schieben wollte, sanft zur Seite. »Du wolltest frühstücken.«

»Das kann ich später auch noch.« Seine Stimme bekam einen dunklen, sehnsüchtigen Tonfall. »Jetzt weiß ich was Besseres.« Er zog sie auf den Schoß und begann, ihr Gesicht mit kleinen Küssen zu bedecken. Seine Linke umfasste ihre Taille, die rechte Hand glitt unter das Shirt, und zärtlich streichelte er den kleinen festen Busen.

Stefanie stöhnte auf, als er mit dem Daumen sanft über ihre Brustspitzen rieb, die unter seinen Berührungen bereits hart geworden waren.

»Zieh das aus.« Jetzt war seine Stimme ein wenig rau, wie immer, wenn er erregt war.

Stefanie gehorchte und sah unter halb geschlossenen Lidern zu, wie Mathias sich die Hose abstreifte, dann zog er sie wieder auf den Schoß, vergrub das Gesicht zwischen ihren Brüsten und streichelte zärtlich ihren Nacken.

Stefanie seufzte auf, als er sie hochhob und ins Schlafzimmer trug. Fest umklammerte sie seinen Nacken und rieb das Gesicht an der stoppeligen Wange.

»Es ist wundervoll, dass ich dich kennenlernen durfte«, flüsterte sie.

»Mir geht's ebenso.« Sanft ließ er sie aufs Bett gleiten. »Du machst mich glücklich, Sternchen.«

Es war das erste Mal, dass er sie so nannte, und Stefanie vergaß für die nächste halbe Stunde alle Sorgen, die sie eben noch gequält hatten.

Der Kaffee war kalt, als sie zurück in die Küche kamen, doch Mathias wehrte ab, als sie anbot, neuen zu kochen.

»Wir trinken unterwegs Kaffee«, meinte er. »Jetzt trink ich einfach ein Glas Wasser zum Croissant.«

»Orangensaft ist besser.« Stefanie, in einer grünen Chinojeans, zu der sie eine grün-weiß-gestreifte Leinenbluse gewählt hatte, goss ihm ein Glas Saft ein. »Wohin willst du eigentlich fahren?«

»Nach Possenhofen.« Ein wenig zögernd sah er sie an. »Oder bist du vielleicht kein Sisi-Fan?«

»Doch, doch, ich bediene da jedes Klischee. Ich hab alle Filme mit Romy Schneider gesehen und dabei geheult.« Sie lachte. »Dabei weiß ich, dass die Wirklichkeit mit der rührseligen Filmgeschichte nur wenig gemeinsam hat. Aber ich hab's dennoch gern gesehen.«

»Wusste ich's doch!« Mathias küsste sie kurz auf die Nasenspitze. »Alle Frauen wollen dorthin.«

»Ach ja? Dann bin ich also nicht die Erste, mit der du einen solchen Ausflug machst.«

In gespielter Verzweiflung hob er die Arme. »Ertappt. Und ich bitte um Verzeihung.«

»Ausnahmsweise.« Sie schob ihn zur Tür. »Lass uns fahren. Ich bin wirklich gespannt auf das Gebäude. Im Film war ja nicht mal der Originalbau zu sehen.«

»Was du alles weißt!«

»Du kennst mich eben noch nicht sehr gut.«

»Das wird sich ändern.«

Hand in Hand gingen sie hinüber zu seinem Wagen, in dem es wie immer ein wenig nach Holz und Leim roch. Auf der Rückbank lag ein längliches Paket, das nur locker mit einer Kordel zusammengebunden war.

»Wir müssten einen ganz kleinen Umweg fahren und das da abgeben.« Mathias deutete auf das Paket. »Ein Freund von mir ist gerade in Perchting bei Verwandten. Für ihn hab ich die Madonna gemacht.«

»Du kannst schnitzen?« Überrascht sah ihn Stefanie an. »Das hab ich ja noch gar nicht gewusst.«

»Ich habe noch einige verborgene Talente, die du nicht kennst.« Er startete den Motor. »Aber ich schnitze nur zum Vergnügen, und ich bin wahrhaftig kein Meister. Aber den Leuten gefällt es, und der Richard verkauft in seinem Laden in Garmisch ein paar von meinen Arbeiten.«

»Darf ich die Madonna mal sehen?«

»Sie ist nichts Besonderes.« Mathias winkte ab. »Modern und viel zu schlank, wenn du mich fragst. Aber der Kunde wollte es genau so.«

»Ich bin trotzdem neugierig«, gab Stefanie zu.

Bevor sie in Perchting vor einem großen Grundstück ausstiegen, das einen herrlichen Baumbestand hatte, wickelte Mathias die Madonna aus.

Staunend nahm Stefanie die etwa siebzig Zentimeter große Figur in die Hand. »Sie ist wunderschön. Du bist ein echter Künstler, Mathias.«

»Ach was, ich bin nur nicht ungeschickt, das ist alles.«

»Sei nicht so bescheiden.« Sacht strich Stefanie über das glatte Holz. Die Madonna war tatsächlich sehr schlicht gehalten, der Umhang hatte nur einen leichten Faltenwurf, doch das Gesicht zeigte einen innigen Ausdruck, der sofort berührte.

»Hast du noch mehr Figuren geschnitzt?«, wollte Stefanie wissen.

»Nur noch zwei. Die sind noch nicht fertig.« Mathias ging zum breiten schmiedeeisernen Tor und läutete. »Ich hab nicht so viel Zeit für dieses Hobby.« Zärtlich lächelte er Stefanie an. »Und jetzt erst recht nicht.«

Ein schlanker Mann um die sechzig kam zum Tor. »Grüß Gott. Herr Kroller?«

Mathias nickte.

»Ich bin der Hausmeister, Triborn mein Name. Die Herrschaften sind bereits zum Essen gefahren. Ich soll Ihnen sagen, dass es Herrn Hagen leidtut, dass er nicht warten konnte. Darf ich Ihnen die Madonna abnehmen?«

»Na klar.« Mathias reichte dem älteren Mann das Paket. »Grüßen Sie Richard herzlich. Er soll mich anrufen.«

»Ich richte es aus.«

Als er zu Stefanie zurückkam, meinte Mathias bedauernd: »Schade, dass du Richard nicht kennenlernen konntest. Er ist ein netter Kerl, zudem ein absoluter Frauentyp.«

»Dann ist es wirklich schade.« Stefanie schmunzelte.

»Stimmt. Er ist witzig und charmant, klug und liebenswert … und schwul«, fügte er grinsend hinzu.

Stefanie zuckte mit den Schultern. »Das würde mich nicht stören. Das sind meist die nettesten Männer. Und für uns Frauen die treuesten Freunde.«

»Für mich ist er das auch. Außerdem ein Geschäftspartner, auf den ich mich verlassen kann. Er verkauft nicht nur meine Schnitzereien, sondern vermittelt auch etliche interessante andere Aufträge.« Mathias fuhr zurück auf die Ausfallstraße. »So, gleich sind wir in Pöcking, von da aus ist es nur noch ein Katzensprung bis Possenhofen. Das Schloss ist der berühmteste Adelssitz in der gesamten Region.«

»Und eine Touristenattraktion, kann ich mir denken.«

»Richtig. Der Schlosspark ist sehr schön angelegt, leider befindet sich das Schloss selbst in Privatbesitz und kann nicht besichtigt werden.«

Doch schon der Anblick des imposanten Gebäudes, dessen erste Gemäuer bereits im 16. Jahrhundert errichtet worden waren, begeisterte Stefanie. Das rötlich schimmernde Walmdach mit den vier markanten Ecktürmen war beeindruckend. Schneeweiß leuchteten die Mauern in der Sonne, die grünen Fensterläden bildeten einen guten Kontrast.

»Wer immer das Haus gekauft und restauriert hat, hat Geschmack bewiesen«, sagte sie. »Weißt du, wer hier wohnt?«

»Nein. Ich weiß nur, dass nach der Sanierung etliche Eigentumswohnungen im Gebäude verkauft wurden.«

»So eine Wohnung könnte mir auch gefallen.«

»Du könntest sie dir leisten.« Mathias lenkte den Wagen auf einen kleinen Parkplatz in der Nähe des Gebäudes. »Du bist eine wohlhabende Frau.« Er küsste sie auf die Wange, als er ihr aus dem Wagen half. »Ich muss froh sein, dass du dich auf mich eingelassen hast.«

»Dummkopf.« Sie blieb stehen. »Liebe hat doch nichts mit Geld zu tun.«

»Dann liebst du mich also?«

Sie antwortete mit einem langen Kuss, dann zog sie ihn weiter. »Ich kann mir gut vorstellen, dass die Kaiserin Sisi hier glücklich war.«

»In ihrer Kindheit bestimmt. Die Familie hat die Sommermonate fast immer in Possenhofen verbracht.

Im Bahnhof gibt es ein Sisi-Museum.« Er sah sie fragend an. »Dahin willst du aber nicht, oder?«

»Keine Angst, das erspar ich dir.« Stefanie lachte. »Das ist was für Mädels. Vielleicht geh ich mal mit der Anni dorthin.«

»Gott sei Dank!« Mathias atmete übertrieben laut auf. »Wollen wir durch den Park gehen oder gleich zum Biergarten?«

»Erst ein bisschen laufen.« Stefanie sah sich immer wieder um. »Die Bäume sind ja zum Teil uralt«, stellte sie fest.

»Ich denke schon. Zumindest haben einige von ihnen mitgekriegt, dass die Kaiserin Elisabeth sich hier aufgehalten hat. Und natürlich drüben, auf der Roseninsel.«

»Roseninsel? Davon hab ich noch nie gehört.«

»Das ist ein kleines Eiland, auf dem sich die Kaiserin angeblich oft mit König Ludwig dem Zweiten getroffen hat. Vom sogenannten Glockensteg aus gibt es ein Fährboot rüber zu der Insel.«

»Die sehen wir uns aber mal an, ja? Muss ja nicht heute sein.«

»Einverstanden. Das Inselchen ist wirklich sehenswert. Es gibt dort ein Casino und einen wunderschönen Rosengarten. Der wird von einem Gärtner gepflegt, der offiziell der einzige Bewohner der Roseninsel ist.«

»Und das Casino? Kann man dort spielen?«

Er schüttelte den Kopf. »Nein, der Name hat mit Glücksspiel nichts zu tun. Er leitet sich aus dem Italienischen ab und bedeutet, dass das Gebäude als Sommerresidenz genutzt wurde. Der Bauherr, ich glaube König Maximilian der Zweite, hat sich allerdings mit dem Architekten zerstritten, doch sein Sohn, der romantische

Ludwig, liebte die Roseninsel. Er hat dort viele Gäste empfangen, unter anderem Richard Wagner und natürlich Sisi. Und eine russische Zarin war auch mal Gast dort, aber den Namen weiß ich nicht mehr.«

»Du weißt viel. Könntest glatt als Reiseführer arbeiten.«

Er lachte. »Zu viel der Ehre. Ich hab noch schnell mal nachgelesen, was Possenhofen und die Umgebung zu bieten haben, ehe ich mit dir hierhergekommen bin.«

»Trotzdem ... ich bin beeindruckt.«

»Die Belohnung für meine Mühen hol ich mir später.« Er legte ihr den Arm um die Schultern, und eng umschlungen schlenderten sie durch den Park. Sie waren nicht die einzigen Besucher, und hin und wieder grüßte Mathias einige Bekannte. »Jetzt haben sie was zum Tratschen.« Er lächelte, als zwei ältere Ehepaare an ihnen vorübergingen. »Sicher spekulieren die beiden Damen jetzt darüber, wer du bist.«

»Du kennst sie näher?«

»Es sind Kunden. Der weißhaarige Herr besitzt einen alteingesessenen Friseursalon in Tutzing am Starnberger See, der Salon wird aber inzwischen von seiner Tochter geführt. Ich habe ihm voriges Jahr einen Sekretär restauriert.« Er grinste. »Zu Ostern ist ihnen eine Flasche Eierlikör darin ausgelaufen.«

»Igitt. So eine Schweinerei.«

»Es war nicht so schlimm. Aber mir hat dieser Auftrag noch einige andere Kunden gebracht, denn der alte Herr hat in seinem Salon Werbung für mich gemacht.« Er wies auf ein paar junge Leute, die aus einem Seitenweg kamen. »Die waren im Paradies schwimmen.«

»Noch ein Paradies? Ein Biergarten heißt doch auch so, glaub ich. Anni hat mir davon erzählt.«

»Ja, den gibt es. Und das Schwimmbad hier auf der Insel. Das ist aber nur eine von diversen Attraktionen. Im Sommer finden vor dem Casino Jazzkonzerte statt, die viel Anklang finden. Magst du Jazz?«

»Sehr. Ein Onkel von mir hatte Platten von Nat King Cole und Glenn Miller. Die hab ich besonders geliebt und immer gehört, wenn ich als Kind bei ihm zu Besuch in der Pfalz war.«

»Dann werd ich mal sehen, wann wieder ein Konzert stattfinden wird.«

»Ich merke, es gibt noch viel zu erkunden.« Stefanie blieb stehen. »Wollen wir uns da hinten ein bisschen hinsetzen? Gerade ist eine Bank am Rosenrondell frei geworden. Und von dort aus hat man einen tollen Blick aufs Schloss.«

»Einverstanden.« Eng umschlungen saßen sie in der Sonne und sahen zu dem imposanten Schlossgebäude hinüber. Stefanie bewunderte die herrlich duftenden Rosen, die in dem großen Rondell in verschwenderischer Fülle blühten, dann schlug Mathias vor, etwas essen zu gehen.

»Ehrlich gesagt hab ich einen Mordshunger«, gestand er.

»Appetit hab ich auch. Also lass uns rübergehen.«

Im gemütlichen Biergarten stärkten sie sich, danach schlenderten sie zurück zur Fähre und ließen sich aufs Festland zurückbringen.

»Hier am See gibt es auch noch Pfahlbauten, ähnlich wie die am Bodensee«, erzählte Mathias, während sie über das dunkle Wasser fuhren. »Die sind sogar UNESCO-Welterbe und fast genauso bekannt wie die Bauten in Unteruhldingen.«

»Die zeigst du mir später.« Stefanie sah auf die Uhr.

»Es ist schon spät. Und ich hab ein schlechtes Gewissen, wenn ich den ganzen Tag nichts tue.«

»Ach was.« Mathias drückte ihr einen Kuss auf den Mund. »Einen Nachmittag lang darfst du die Pflichten mal vergessen. Das gibt neue Kraft.«

»Du kannst es dir leisten.« Kurz huschte ein Schatten über ihr Gesicht, das schon einen leichten Bronzeton angenommen hatte. »Morgen ist der Architekt zurück, ich hoffe, dass er sich dann gleich um meine Angelegenheiten kümmert.«

»Wird er, ganz sicher.« Mathias strich ihr liebevoll über die Wange. »Denk heute mal nicht an die Probleme, die der Umbau mit sich bringt. Der Tag heute gehört uns. Und der Abend auch«, fügte er in zärtlichem Tonfall hinzu. »Wir kaufen unterwegs etwas zu essen, dann machen wir es uns auf deiner Luxusterrasse gemütlich und schauen in den Sonnenuntergang.«

»Bohr du noch in meinen Wunden!« Sie seufzte. »Ich gäb was drum, wenn die Terrasse auch nur halb fertig wäre. Hoffentlich muss sie nicht wirklich zu einem großen Teil abgerissen werden.«

»Bestimmt nicht.« Er fuhr in eine Seitenstraße. »Hier gibt es alles, was wir brauchen.« Er parkte vor einem Delikatessengeschäft. »Bleib sitzen, ich mach das schon.«

Lächelnd sah Stefanie ihm nach. Wie sehr sie ihn liebte! Er sah nicht nur klasse aus, er war liebenswert und charmant. Fürsorglich und zudem sehr klug. Es war gut, ihn an ihrer Seite zu haben – vor allem dann, wenn sie glaubte, mit den Schwierigkeiten nicht allein fertigwerden zu können, die der Pensionsumbau mit sich brachte.

An diesem Abend dachte sie allerdings nicht mehr an die Sorgen, die ihr die Renovierung bereiteten. Es war ein milder Sommerabend, und Mathias hatte aus dem Geräteschuppen zwei Liegestühle geholt, dazu einen etwas wackeligen Gartentisch.

»Der tut's aber auch nur noch heute.« Er lachte und stellte den Tisch ganz in Ufernähe auf, denn Stefanie wollte nur ungern auf der nicht fertigen Terrasse sitzen. »Voilà, Madame, es ist angerichtet.« Mit übertriebener Grandezza stellte er die Delikatessen auf den Tisch, dazu Sekt, Erdbeeren und Trauben.

»Das ist ein Luxusmenü!« Stefanie ließ sich vorsichtig in einen der Liegestühle sinken. »Puh, allzu sehr darf man sich hierin nicht bewegen, sonst kracht das Ding zusammen.«

»I wo, die sind stabiler, als es scheint. Aber auch die haben schon bessere Tage gesehen. Für heute aber reichen sie, meinst du nicht auch?«

Stefanie nickte. »Sicher doch. Und wenn sie doch zusammenbrechen, hocken wir uns eben ins Gras.«

»Das wird nicht passieren.« Mathias füllte die Gläser. »Auf uns, Sternchen.«

»Auf uns.« Stefanie streckte die Beine aus. »Es ist wunderschön hier!« Ihr Blick wanderte übers Wasser, auf das die untergehende Sonne einen goldenen Schleier geworfen hatte. Rotgolden schimmerten auch die wenigen Wolken, die über den dunklen Horizont zogen. Sie wirkten wie ein Gebirge aus Gold und Kupfer.

Noch waren etliche Boote auf dem Wasser. Segler genossen den leichten Abendwind, etliche Paddler ärgerten die zwei Schwanenpaare, die dicht am Ufer entlang ihre Bahnen zogen, gefolgt von grauen, noch ganz jungen Schwanenkindern. Zwei der Altschwäne reckten drohend die Hälse, und die Paddler beeilten sich, ihre Richtung zu ändern.

Und dann, ganz plötzlich, verschwand die Sonne, tauchte unter in den jetzt dunklen Fluten. An den Booten blitzten die Positionslampen auf, und an einigen der Ausflugsschiffe leuchteten nun bunte Laternen.

»Hoffentlich haben Anni und Klaus nächste Woche auch so gutes Wetter.« Stefanie griff nach ihrem Glas. »Das wird ja eine Riesenfete.«

Mathias lachte. »Es bleibt dem Klaus auch nichts anderes übrig. Er kennt durch den Segelklub eine Unmenge Leute, und auch Annis Familie ist bekannt hier in der Gegend. Außerdem wird er jetzt ja auch noch die Klubmitglieder aus Starnberg einladen müssen.«

»Ich freue mich auf das Fest.« Ein Windstoß ließ Stefanie leicht frösteln.

»Sollen wir reingehen?«

»Nein, nein, ich hole mir nur rasch eine Jacke.« Sie stand auf, beugte sich über Mathias und hauchte ihm einen Kuss auf die Wange. »Der Abend ist viel zu schön, um ihn drinnen zu verbringen.«

Als sie zurückkam, hatte Mathias die Stühle zur Seite gestellt und stattdessen eine große Thermodecke auf dem Gras ausgebreitet.

»So ist es noch gemütlicher«, meinte er augenzwinkernd und streckte die Hand nach Stefanie aus. »Die Decke hab ich im Schuppen gefunden, und auch noch zwei alte Schaffelle.« Er lachte. »Aber die hab ich schnell wieder weggelegt, ich glaube, darin lebt es.«

»Um Himmels willen, sag so was nicht! Der Schuppen muss irgendwann ausgemistet werden.« Mit hinter dem Kopf verschränkten Armen sah Stefanie zum dunklen Nachthimmel hoch, an dem die ersten Sterne leuchteten. »Aber das hat noch Zeit.«

»Finde ich auch.« Mathias beugte sich über sie. »Jetzt

hat das hier Vorrang.« Lange und zärtlich küsste er sie.

Aus der Ferne klangen Musikfetzen zu ihnen herüber. Dean Martin sang mit samtweicher Stimme *Everybody Loves Somebody*, und Stefanie schloss die Augen, als Mathias raunte: »Ich liebe nur dich, Sternchen.« Wieder ein langer, leidenschaftlicher Kuss. Und wie zur Bestätigung erklang der Song *That's Amore*.

Stefanie spürte ihr Herz bis zum Hals schlagen. Sie schmiegte sich fester in Mathias' Arme, und ihr Atem beschleunigte sich so wie seiner, als er sie an ihren empfindsamsten Stellen zu streicheln begann.

»Nicht hier«, flüsterte sie, als er versuchte, seine Hand unter ihren Hosenbund zu schieben.

»Niemand kann uns sehen«, gab er mit leicht heiserer Stimme zurück.

Stefanie sah sich blinzelnd um. Die hohen Hecken, die das Grundstück nach beiden Seiten hin abgrenzten, boten tatsächlich Schutz vor neugierigen Blicken. Dennoch bat sie:

»Lass uns nach drüben zu den Bäumen gehen.« Sie wies auf die drei Blautannen, die in der Nähe des Schuppens standen. »Da können wir auch vom Hotel aus nicht gesehen werden.« Sie blickte zu der Hausfassade des *Seeschlösschens* hoch. Wenn jemand im zweiten Stock auf den Balkon trat, konnte er doch einen guten Teil ihres Grundstücks einsehen.

»Ist gut.« Mathias sprang auf und zog die Decke in den Schutz der Bäume. Er konnte seine Erregung nur schwer verbergen und nahm Stefanie wieder in die Arme, kaum dass die Decke auf der Erde lag. »Komm, Sternchen, lass dich küssen.«

Das tat er ausgiebig, und Stefanie erwiderte seine

Küsse voller Hingabe. Ihre leicht geöffneten Lippen zitterten, als er sie für einen Moment freigab. Langsam ließ sie sich auf die Decke zurückfallen und streckte die Arme nach ihm aus. Sie konnte sich nicht erinnern, je zuvor einen Mann so begehrt zu haben wie Mathias. Nein, sie hatte nie zuvor so geliebt!

Als sie seine Lippen wieder auf ihrem Mund spürte, als seine Zunge ihr verliebtes Spiel begann, seufzte sie unterdrückt auf und drängte sich ihm entgegen.

Mathias küsste ihren Hals, an dem eine Ader aufgeregt pochte. Langsam glitten seine Lippen tiefer, vorsichtig schob er die Bluse und die Jacke zur Seite.

Stefanie wusste später nicht mehr, wie sie ihre Sachen ausgezogen hatte. Es spielte auch keine Rolle mehr. Irgendwann hockte sie vor ihm, mit nacktem Oberkörper und zitternd vor Erregung.

Der Mond, der hoch am Himmel stand, warf silbriges Licht auf ihre kleinen festen Brüste.

Langsam, zögernd fast streckte Mathias die Hand aus und umschloss die zarte Haut, dann streichelte er mit dem Daumen sanft über die harten Brustwarzen. Stefanie schloss die Augen und genoss diese intimen Berührungen mit allen Sinnen. Schließlich beugte sich Mathias weiter vor und ließ seine Zunge das Spiel der Finger wiederholen.

Stefanie umfasste seinen Kopf, presste ihn dicht an sich, während sie ihr Gesicht in sein Haar drückte, um so ein Stöhnen zu unterdrücken.

Für ein paar Sekunden zögerte Stefanie, als Mathias deutlich machte, dass er jetzt ganz zu ihr kommen wollte. Verstohlen sah sie sich um … nein, sie konnte sich sicher fühlen, es war unmöglich, sie hier bei den Tannen zu beobachten. Der Mond war der Einzige, der zusah, als Mathias sie mit seiner Liebe und Leidenschaft verwöhnte.

Schwer atmend lagen sie dann nebeneinander, sahen zum Himmel hoch, an dem die Sterne funkelten und dem Mond Gesellschaft leisteten bei seiner nächtlichen Reise.

Schließlich drehte sich Mathias zur Seite, er stützte den Kopf in die Hand und sah Stefanie zärtlich lächelnd an. Sie war wunderschön, wie sie so dalag – nackt, immer noch heftig atmend und ihn ein wenig verlegen anblinzelnd.

»Ich liebe dich«, sagte er und wunderte sich einmal mehr, dass er das so laut aussprach. Nie zuvor hatte er einer Frau gestanden, dass er sie liebe. Doch bei Stefanie fühlte es sich gut und richtig an. Sie löste die unterschiedlichsten Empfindungen in ihm aus: das Gefühl, für sie sorgen, sie beschützen zu müssen, doch auch Begierde und den Wunsch, immer mit ihr zusammen zu sein.

Stefanie setzte sich auf, schlang die Hände um die angezogenen Knie und sah ihn an. »Woran denkst du?«

»An dich … an uns«, korrigierte er sich.

»Schön.« Sie kuschelte sich an ihn.

»Ist dir kalt?«

»Ein bisschen.«

Er lachte. »Dagegen lässt sich was tun.« Ehe sie ihn daran hindern konnte, hob er sie hoch und trug sie ins Haus.

Fest schlang Stefanie die Arme um seinen Nacken. Es war ein gutes Gefühl, ihn in dieser Nacht bei sich zu haben.

»Das kannst du nie und nimmer wieder gutmachen!« Mit hochrotem Kopf stand der Leiter des Bauamtes vor Bruno von Ahlen. »Ich bin aufgeflogen. Der Architekt hat mit einem Blick meine Manipulationen erkannt und mir mit einer Anzeige gedroht. Und wenn ich das Schlimmste verhindern will, gehe ich so schnell als möglich in den Vorruhestand.«

»Ach geh, Bertl, so schlimm wird es schon nicht werden.« Der Hotelier lehnte sich in seinem Schreibtischsessel zurück. Er fühlte sich alles andere als wohl und hoffte, dass der alte Spezi wirklich übertrieb mit seiner Sorge.

»Schlimm! Schlimm ist untertrieben. Ich bin aufgeflogen ... wir sind aufgeflogen. Der Ebert hat mich total überrumpelt, als er gestern Abend in meinem Büro stand.« Nervös wischte er sich mit einem Taschentuch über die feuchte Stirn. »Ich hab gedacht, der Architekt ist noch ein paar Tage weg. Doch der Mistkerl ist gleich nach seiner Ankunft in meine Behörde gefahren und hat mir klar und deutlich erklärt, dass er mir Fehlverhalten nachweisen und mich zur Rechenschaft ziehen wird.«

»Wie soll er das anstellen?«

Der Bauamtsleiter seufzte auf. »Er hat die Akten verlangt. Und meine Sekretärin, diese blöde Kuh, hat sie ihm rausgelegt, ohne mit mir Rücksprache zu halten. Da war es für ihn nicht schwer, die fehlenden und zu deinen Gunsten korrigierten Papiere zu entdecken.«

»Wie hat er das denn geschafft? Warst du so unvorsichtig?«

»Unsinn! Aber er hat seine Unterlagen dabeigehabt und mit den uns vorliegenden Plänen verglichen.« Er stieß einen tiefen Seufzer aus. »Es war schnell klar, dass einiges fehlt und ich ein paar der Zahlen geändert hab.«

»Verdammt!« Bruno von Ahlen sprang auf und trat ans Fenster seines Büros. »Dann kann ich mir das Grundstück endgültig abschminken.«

»Das ist deine einzige Sorge, dieses verdammte Stück Land! Was ist mit mir, ha? Ich bin erledigt. Wenn ich Pech hab, zeigt er mich sogar an. Dann ist mein Ruf ein für alle Mal dahin.«

»Nun übertreib mal nicht. Es wird ja wohl möglich sein, diesen Fehler einem deiner Mitarbeiter in die Schuhe zu schieben.«

»Das hab ich versucht.« Bert Moosgruber ließ sich auf den Besucherstuhl vor dem imposanten Schreibtisch des Hoteliers sinken. »Er hat die Erklärung zur Kenntnis genommen, aber nicht wirklich akzeptiert, das war deutlich zu merken.« Er biss sich auf die Lippe. »Ich werde meinen vorzeitigen Rücktritt morgen bekannt geben, so wie es der Ebert mir nahegelegt hat.«

»Was?« Ruckartig drehte sich Bruno von Ahlen um. »Bist du verrückt? Das kommt doch einem Schuldeingeständnis gleich. Das machst du auf keinen Fall!«

»Mir bleibt nichts anderes übrig. Ich werde offiziell natürlich eine Erkrankung vorschieben, aber …«, wieder biss er sich auf die Lippe, »der Ebert weiß genau, dass ich Dreck am Stecken habe. Und nur so ist garantiert, dass er keine weiteren Schritte unternimmt.« Er sprang auf, ließ sich aber gleich wieder in den Sessel zurückfallen. »Mit meinem Arzt hab ich schon gesprochen. Er stellt mir ein Attest aus.«

»Du hast dich von diesem Ebert einschüchtern lassen, du Blödmann.« Bruno von Ahlens Gesicht war hochrot vor Zorn. »Wie konntest du nur!«

»Du hast gut reden, du warst ja nicht dabei. Leugnen war zwecklos.« In der Erinnerung an das unangenehme Zusammentreffen mit dem Architekten beschleunigte sich sein Herzschlag.

»Ich hätte mich jedenfalls nicht so einfach zum Sündenbock abstempeln lassen. Hoffentlich gibt es nicht noch Ärger mit deinen Mitarbeitern.«

Moosgruber schwieg. Bruno ahnte ja nicht, dass es nicht das erste Mal war, dass sein alter Spezi bei einer Manipulation ertappt worden war. Bislang hatte er immer noch alles verschleiern können, doch in diesem Fall war er chancenlos.

»Wird der Ebert was gegen dich unternehmen?«

Bertl Moosgruber schüttelte den Kopf. »Nein. Ich denke nicht. Ich hab ja alles abgestritten, was er mir allerdings nicht geglaubt hat. Deshalb hat er ja auch verlangt, dass ich in den Ruhestand gehe. Vorher muss ich aber noch die Baugenehmigung für den Umbau des *Katharinenhofs* unterzeichnen.«

»Verdammt! Warum hast du dich auf diesen Deal eingelassen? Abstreiten hättest du alles sollen, das wär geschickter gewesen!«

Der Beamte schwieg, doch er war entschlossen, seine vorzeitige Pensionierung zu beantragen.

»Vergiss nicht, dass du mir einiges versprochen hast.« Schwer atmend stand Moosgruber auf. »Egal, was wird, du bist mir im Wort.«

»Keine Sorge, du kriegst, was wir vereinbart haben. Auch wenn du mir keine Hilfe warst.«

»Dann sehen wir uns übermorgen beim Stammtisch.«

Der Hotelier nickte nur. Wütend und enttäuscht sah er seinem alten Freund nach, als dieser das Büro verließ.

Der Bauamtsleiter war seine letzte Chance gewesen, den *Katharinenhof* doch noch in seinen Besitz zu bringen. Wenn diese junge blonde Erbin jetzt doch weiterbauen und modernisieren konnte, war die Möglichkeit, endlich zu expandieren, für immer vertan.

»Verdammt und zugenäht, es ist auf niemanden mehr Verlass«, murmelte er und sah, wie so oft, mit brennenden Augen hinüber zum Nachbargrundstück.

Immer wieder schaute Anni besorgt zum Himmel, an dem sich im Osten bedrohlich dunkle Wolken zusammenballten. Kein Windhauch regte sich, und die Berggipfel in der Ferne wirkten wie von einem Tüllschleier umgeben.

Die warme Luft war erfüllt von Vogelgezwitscher. Aufgeregt klang es, nervös und mahnend, so, als ahnten die kleinen Tiere, dass ein Unwetter ihre Abendruhe bedrohte.

»Verflixt, was machen wir denn nur, wenn das Gewitter tatsächlich näher kommt?« Verzweifelt sah sich Anni in dem weitläufigen Gelände des Jachtklubs um.

»Dann feiern wir eben drinnen.« Klaus zog sie kurz an sich. »Keine Panik, Kleines, das kriegen wir alles hin.« Er nickte einem Kollegen zu. »Im Klubhaus ist Platz genug. Und vorsichtshalber hab ich eben mit ein paar Freunden schon Tische zusammengestellt. Sollte es wirklich ein Unwetter geben, lässt sich schnell alles ins Haus schaffen.«

»Es wär vielleicht besser gewesen, im Jachtklub von Starnberg zu feiern, da ist noch mehr Platz.« Anni hakte sich bei ihm ein.

»I wo. Das passt hier schon. Außerdem wohnen die meisten unserer Freunde hier in der Gegend.«

»Da hast du auch wieder recht.« Wieder sah sie zum Himmel auf. »Hoffentlich hält das Wetter.«

»Aber ja doch. Mach dir keinen Kopf.«

Doch so leicht ließ sich Anni nicht beruhigen. Seit dem Mittag waren Stefanie und sie mit den Vorbereitungen für das Verlobungsfest beschäftigt. Sie hatten die Tischdekorationen angebracht, Blumengestecke platziert, Lampions aufgehängt, die am Abend die improvisierte Tanzfläche beleuchten sollten, tellergroße flache Kerzen und Windlichter im Garten aufgestellt, die für eine romantische Stimmung sorgen sollten.

»Ich glaube nicht, dass es ein Gewitter gibt. Der Wetterdienst klang günstig.« Stefanie sah ebenfalls zu den Wolkenbergen hin. »Die ziehen weiter, denke ich.«

»Hoffentlich.« Anni biss sich auf die Lippe. »Es wäre zu schade, wenn wir nicht draußen feiern könnten.«

»Das wird schon. Sei nicht so pessimistisch.« Stefanie schaute auf die Uhr. »Wir sollten heimgehen und uns umziehen. In spätestens zwei Stunden trudeln die ersten Gäste ein.«

»Soll ich wirklich das gelbe Dirndl anziehen?« Anni, sonst stets selbstsicher und optimistisch, wirkte ausgesprochen bedrückt und angespannt.

»Na klar! Es steht dir supergut.« Stefanie lachte leise. »Jetzt sei nicht so nervös!«

»Du hast gut reden, du verlobst dich ja auch nicht.« In komischer Verzweiflung verzog Anni den Mund. »Klaus ist auch so gelassen, das macht mich ganz kirre. Er kümmert sich außer um die Getränke um gar nichts.«

Stefanie lachte. »Das reicht doch auch. Alles ist bestellt, das Büfett, die Band, die Aushilfskellner. Ich hab eben noch mal mit dem Chef des Klubrestaurants gesprochen, er hat alles im Griff.«

»Dein Wort in Gottes Gehörgang.« Noch einmal sah sich Anni prüfend um, doch es gab wirklich nichts mehr zu tun. Alles wirkte perfekt.

»Komm, es wird Zeit.« Stefanie zog die Freundin mit sich in Richtung Parkplatz.

In der Ferne zuckten ein paar Blitze über den Himmel, doch das Donnergrollen war kaum zu hören. Und der leichte Wind, der aufkam, begann zum Glück, die dunklen Wolken zu vertreiben. »In einer Stunde hole ich dich wieder ab.« Stefanie hielt vor Annis Elternhaus und drückte kurz den Arm der Freundin. »Keine Panik, alles wird gut.«

»Du musst mich nicht holen. Ich fahre mit meinen Eltern. Danke für deine Hilfe. Bis gleich.« Winkend verschwand sie hinter der breiten, hell gebeizten Holztür.

Und wirklich, als die beiden eine gute Stunde später zum Jachtklub zurückkamen, waren die dunklen Wolken verschwunden. Der frühe Abend war angenehm mild, die Stimmung der Gäste, die nach und nach eintrafen, ausgezeichnet.

Mathias stand an der improvisierten Bar, die an der linken Seite der Terrasse aufgebaut worden war, und trank ein erstes Glas Sekt. Ein zärtliches Lächeln glitt über sein Gesicht, als er Stefanie ansah, die gerade Annis Eltern begrüßt hatte und nun auf ihn zukam.

»Süß siehst du aus.« Er nahm ein Sektglas von der Theke und ging ihr entgegen. »Wenn ich mich nicht schon in dich verliebt hätte, jetzt würde ich es tun.«

»Danke.« Stefanie trank einen kleinen Schluck. »Das

Dirndl hab ich mir erst vor drei Tagen hier in einer Boutique gekauft.« Sie drehte sich einmal um die eigene Achse. »Heute ist doch der richtige Anlass, um es zu tragen, oder?«

»Unbedingt.«

Das Dirndl, in einem kräftigen Altrosa mit weinroter Seidenschürze, stand ihr hervorragend. Die weiße Spitzenbluse ließ ihr perfektes Dekolleté erahnen. Von ihrer Tante hatte sie eine Kette aus tiefroten böhmischen Granaten geerbt, die, zusammen mit kleinen, herzförmigen Ohrringen, den passenden Schmuck ergaben.

Viele der weiblichen Gäste trugen an diesem Abend ein Dirndl, und Stefanie war froh, sich auch dafür entschieden zu haben.

Nachdem alle Gäste eingetroffen waren, hieß Klaus sie in einer kurzen, launigen Rede willkommen.

»Und jetzt trinkt auf meine Anni«, meinte er zum Schluss. »Aber auch auf mich Glückspilz. Die tollste Frau der Welt gehört jetzt mir.«

»Das bildest du dir nur ein!« Lachend stellte sich Anni auf die Zehenspitzen und küsste ihn. Dann sah sie in die Runde. »Er ahnt ja noch nicht, was auf ihn zukommt.«

Die Gäste lachten und hoben ihre Gläser.

Auch Stefanie und Mathias prosteten den Freunden zu. Dann aber wurde Mathias von einem älteren Herrn zur Seite gezogen und in ein längeres Gespräch verwickelt.

Stefanie schlenderte, ihr Glas in der Hand, über die Terrasse Richtung Wasser. Auch hier steckten Fackeln im Sand, das Flackern des Feuers warf bizarre Schatten in den Sand. In der Ferne tuckerte der Schaufelraddampfer »Dießen« vorbei. Das Schiff war mit Fahnen und Lampions geschmückt, und als es nahe genug herangekommen war, gab es drei laute Sirenentöne von sich.

»Das ist der Hansi. Ein guter Freund vom Klaus. Mit dem Signal will der Kapitän der ›Dießen‹ gratulieren.«

Wie aus dem Boden geschossen, stand plötzlich ein Fremder neben Stefanie.

»Das ist eine hübsche Idee.«

»Hübsch. Ja.« Der Fremde sah sie intensiv an. Stefanie fühlte sich nicht ganz wohl unter diesem Blick und trat zwei Schritte zur Seite, wandte sich ab und sah wieder zu den Feiernden hinüber.

»Es ist ein tolles Fest. Ich denke, ich werde mal wieder rübergehen.«

»Mit hübsch meinte ich wahrhaftig nicht das Fest.« Sein Blick glitt ungeniert über ihre zierliche Gestalt. »Du siehst ungemein fesch aus. Bist aber nicht von hier, gell?«

»Inzwischen doch.« Stefanie schaute ihn mit leicht schräg gelegtem Kopf an. »Sie sind aber fremd in der Gegend, oder?«

»Nein. Und du kannst mich auch ruhig duzen. Das ist hier so üblich.« Er grinste und streckte ihr die Hand hin. »Ich bin der Stadler Daniel, schon seit Urzeiten mit dem Klaus befreundet. Er hat wohl noch nix von mir erzählt, oder?«

»Nein, ich glaub nicht. Ich heiße Stefanie Holländer.« Sie deutete hinüber zur feiernden Gesellschaft. »Bist du auch eingeladen?«

»Klar doch. Bin, wie gesagt, ein Freund vom Klaus.« Er zögerte, dann fügte er mit einem verunglückten Grinsen hinzu: »Diese vollkommene Harmonie kann ich im Moment aber nur schwer ertragen. Hab grade eine Trennung hinter mir.«

»Das tut mir leid.« Stefanie musterte ihn verstohlen. Daniel Stadler sah sehr gut aus. Er war groß, mindestens einen Kopf größer als sie. Sein dunkelblondes Haar war einen Tick zu lang, doch das stand ihm gut, ebenso das weiße Hemd mit den dezenten Trachtenmotiven an der Knopfleiste. Dazu trug er schwarze Jeans. Das markante Gesicht mit den etwas zu buschigen Augenbrauen war stark gebräunt, überhaupt wirkte der Mann sehr sportlich.

»Und? Hab ich bestanden?«

Für eine Sekunde war Stefanie verlegen, dann lachte sie. »Ja. Zumindest fürs Erste.«

»Darauf sollten wir was trinken.« Sein Lächeln war umwerfend, und er wirkte gar nicht mehr bedrückt, als er nach ihrer Hand griff und sie zurück zur Terrasse zog. Der jungen Kellnerin, die ihnen mit einem gefüllten Tablett entgegenkam, nahm er zwei Gläser ab.

»Auf unsere Bekanntschaft, Stefanie.« Er trank sein Glas in einem Zug leer. »Magst du tanzen?« Ehe sie antworten konnte, nahm er ihr das Sektglas, aus dem sie nur einen Schluck genommen hatte, ab und stellte es auf einen der hohen Bistrotische.

»Da bist du ja!« Anni und Klaus kamen auf sie zu. »Du hast unseren Playboy vom Dienst also schon kennengelernt.« Klaus schlug dem Freund kurz auf die Schulter. »Nimm dich in Acht vor ihm, Stefanie, er sammelt fesche Dirndl wie unsere Väter einst Briefmarken.«

»Und bricht ihnen die Herzen im Akkord«, fügte Anni hinzu. Doch in ihrer Stimme war von der heiteren Ironie, die aus Klaus' Worten geklungen hatte, nichts zu merken. »Manchmal denke ich, dass das hemmungslose Flirten sein einziges Hobby ist. Sieh dich also vor.«

»Mach mich nicht so schlecht, Anni. Das hab ich nun auch nicht verdient.« Daniel lachte ungeniert, er nahm ihr die etwas bissige Bemerkung offensichtlich nicht übel.

»Stefanie ist mit Mathias befreundet. Sie hat den *Katharinenhof* geerbt, der seiner Werkstatt gleich gegenüberliegt«, fügte Anni hinzu, und es klang wie eine Mahnung.

Fragend sah Stefanie die Freundin an, doch Anni schaute unentwegt in Daniels Gesicht.

»Ach ja?« In den dunklen Männeraugen blitzte es auf, und kurz hob sich seine linke Augenbraue ein wenig. »Da hat er sich ja beeilt, der Gute.«

»Lass es, Daniel.« Klaus Hattinger schüttelte leicht mahnend den Kopf. »Ich will heute keinen Streit.«

»Schon gut, ich bin ja schon still.« Daniel Stadler zuckte mit den Schultern. »Und jetzt gehe ich was essen.« Er sah Stefanie an. »Hast du auch Appetit? Soll ich dir was mitbringen?«

»Danke, ich warte noch ein bisschen.«

»Gut, wie du willst. Wir sehen uns. Den Tanz holen wir später nach.« Er hob die Hand, schlenderte dann betont lässig hinüber zum Haus, wo ein üppiges Büfett aufgebaut worden war.

Stefanie sah ihm kurz nach, dann meinte sie, zu Anni gewandt: »Du kannst ihn nicht leiden, oder täusch ich mich?«

»Na ja …« Kurz sah sie zu ihrem Verlobten hin. »Klaus und Daniel kennen sich gut, schon seit der Schule, glaub ich. Außerdem haben sie geschäftlich miteinander zu tun. Er ist ein Playboy, und dass er gut aussieht, weiß er auch. Aber offen gestanden ist er nicht mein Typ.«

»Das will ich auch hoffen«, warf Klaus lächelnd ein.

»Er ist charmant.« Stefanie nahm ihr Glas wieder an sich. »Ich kann mir gut vorstellen, dass er bei den Frauen ankommt.«

»Leider geht er dabei ziemlich hemmungslos vor.« Anni machte keinen Hehl daraus, dass ihr Daniel nicht sympathisch war. »Vor allem musst du aufpassen, dass Mathias und er nicht aneinandergeraten. Die können sich gar nicht leiden.«

»Wieso?«

»Vor Jahren hat ihm Mathias mal die Freundin ausgespannt. Genauer gesagt die Monika vom *Seeschlösschen.*« Anni verzog den Mund. »Sie hat wohl gedacht, dass er ihr mehr zu bieten hätte als Daniel. Obwohl der damals schon der größere Casanova war. Aber vor sechs, sieben Jahren stand das Sportgeschäft seiner Eltern in Tutzing kurz vor der Pleite, und Daniel hat im Winter als Skilehrer gejobbt, um sich über Wasser zu halten. Das hat ihr nicht gepasst, und ihrem Vater erst recht nicht. Der hat gedacht, dass Mathias die bessere Partie wäre, wenn es schon kein Hotelier sein sollte für die Monika. Schließlich besitzt Mathias ein recht großes Grundstück, und das liegt zumindest ganz in der Nähe vom *Seeschlösschen.*«

»Hör auf mit den alten Geschichten, Anni.« Klaus legte ihr den Arm um die Schultern. »Das ist doch Schnee von gestern. Daniel hat das Geschäft wieder in Gang gebracht, und den Skilehrer mimt er doch nur noch, weil es ihm Spaß macht.«

»Und weil er so noch hemmungsloser flirten kann als eh schon.«

»Monika und Mathias sind ja auch schon lange nicht mehr zusammen«, beeilte sich Klaus zu erklären.

»Zum Glück hat Mathias erkannt, was für eine blöde Gans sie ist! Oberflächlich und egoistisch. Bildet sich Gott weiß was ein. Nur frag ich dich, worauf?«

»Na, sie ist doch eine ganz erfolgreiche Geschäftsfrau.«

»Nimm sie ruhig in Schutz! Du musst es ja wissen.« Annis Augen blitzten zornig auf. »Sie hat alles von ihrem Vater finanziert gekriegt, arbeitet doch nicht wirklich.«

»Jetzt bist du ungerecht. Ihre Boutique läuft ziemlich gut. Und das kommt nicht von allein. Dafür muss man arbeiten.«

Anni schob sich eine Locke hinters Ohr. »Jetzt sag mir noch, dass du auf sie stehst, dann kriegst du gleich deinen Ring zurück.« Ihre dunklen Augen waren fast schwarz geworden vor Zorn.

Stefanie, die die Freundin noch nie so erregt gesehen hatte, trank ihr Glas leer. »Streitet euch nur nicht«, mahnte sie. »Das ist heute nun wirklich nicht der richtige Tag.« Sie machte eine wegwerfende Handbewegung. »Ist ja auch egal, wer was mit Monika hatte oder nicht. Und dieser Daniel ist mir total egal. Ich werde ihn sicher nach dem heutigen Abend nicht mehr wiedersehen.« Noch einmal blickte sie zum Haus hinüber. Daniel Stadler stand, einen Teller in der Hand, im breiten Rechteck der Terrassentür und sah zu ihnen herüber.

»Komm, wir gehen tanzen, Schatzi.« Klaus zog Anni fester an sich und küsste ihr die kleine Zornesfalte von der Stirn.

Für einen Moment zögerte Anni. Sie warf der Freundin einen fragenden Blick zu.

»Geht schon.« Stefanie wies hinüber zur Tanzfläche, wo schon etliche Paare tanzten. »Ich sehe mal nach

Mathias.« Langsam schlenderte sie in Richtung Wasser. Hier hatte sie vor Kurzem noch Mathias gesehen, wie er mit zwei anderen jungen Männern gesprochen hatte.

»Warte! Nicht weglaufen!« Sie war noch keine zehn Schritte gegangen, da war auch schon Daniel neben ihr und hielt sie am Arm zurück. »Wir wollten doch tanzen.«

Kurz zögerte Stefanie. Noch einmal sah sie sich nach Mathias um, konnte ihn aber nicht entdecken.

»Na, komm schon!« Daniels Lächeln war umwerfend, und sie ließ sich zur Tanzfläche ziehen. Die Band, die eben noch Rockmusik gespielt hatte, setzte jetzt zu einem langsamen Walzer an, woraufhin die meisten der Jüngeren sich verzogen, einige ältere Paare aber zu tanzen begannen.

»Walzer!« Daniel lachte. »In der Tanzschule hab ich es gehasst.«

»Dann lass uns wieder gehen.«

»Auf keinen Fall!« Er zog sie ein wenig fester an sich, und Stefanie stellte fest, dass er ein hervorragender Tänzer war. Sie tanzten auch noch eine Rumba zusammen, dann wechselten die vier Musiker zum Blues.

»Ach, schau an, jetzt traut er sich.« Daniel grinste anzüglich. »Das wird der Moni gefallen.«

Stefanie sah in die Richtung, in die er geblickt hatte, und zuckte zusammen. Dort drüben, am Ende der improvisierten Tanzfläche, tanzten Monika von Ahlen und Mathias zusammen. Monika hatte die Arme fest um Mathias' Nacken geschlungen, er hielt ihre Taille umfasst. Sie bewegten sich kaum zur Musik, wirkten ganz versunken.

»Sie hat die Hoffnung nie aufgegeben, ihn doch noch zu kriegen.« Daniel lachte leise, ein ironisches, bissiges

Lachen, während er mit Stefanie eine gekonnte Drehung vollführte. »Und sie ist ein raffiniertes und scharfes Luder … irgendwann wird er schwach werden.«

»Das glaube ich nicht. Mathias ist mit ihr fertig, da bin ich sicher.«

»Vielleicht.« Er dirigierte sie geschickt in die andere Ecke der Tanzfläche, und Stefanie konnte Mathias und Monika nicht mehr beobachten. Noch einen weiteren Tanz tanzten sie zusammen, dann fragte Daniel: »Hast du Hunger? Oder Durst? Ich könnte ein Bier vertragen.«

Stefanie zögerte. Sie sah sich nach Mathias um, konnte ihn aber nicht entdecken. »Na gut. Meinetwegen. Für mich aber nur ein kleines Bier.«

Er winkte einem Kellner und gab die Bestellung auf. »Wir sind dahinten.« Er zeigte auf den letzten der langen Tische, die auf der Wiese neben dem Klubhaus aufgestellt worden waren. An dieser Stelle war es ruhig, nur die Windlichter auf den langen Tischreihen spendeten diffuses Licht.

»Erzähl mir ein bisschen von dir.« Daniel ließ sich dicht neben Stefanie nieder. Am anderen Ende des Tisches saßen drei alte Männer und schwiegen sich über ihre Bierkrüge hinweg an. »Ich weiß nur, dass du erst seit Kurzem hier in der Gegend bist. Was genau machst du hier? Und woher kennst du Anni und ihren Klaus?«

»Da gibt es nicht viel zu erzählen.« Stefanie trank einen kleinen Schluck Bier, dann berichtete sie in drei Sätzen, wie und warum sie nach Dießen gekommen war. Dass es in den Augen des Mannes interessiert aufblitzte, als sie von ihrem Erbe berichtete, bekam sie in der Dämmerung nicht mit.

»Jetzt bist du dran.« Sie lächelte. »Du lebst in Tutzing wie Monika, stimmt's?«

»Genau. Aber am anderen Ende vom Ort. Wir sehen uns nicht oft.«

»Und was machst du?«, fragte sie, obwohl sie es schon wusste.

Er erzählte von dem Sportgeschäft, das er vor Jahren übernommen hatte, verschwieg auch nicht, wie hart die ersten Jahre gewesen waren.

»Meine Eltern haben den Laden ziemlich runtergewirtschaftet.« Er verzog leicht den Mund. »Sie sind einfach nicht mit der Zeit gegangen. Aber das muss man, wenn man was verkaufen will. Die Sportmode ändert sich, immer neue Marken etablieren sich, und da muss man mithalten, sonst ist man rascher out, als man denkt.«

»Das glaube ich gerne.« Stefanie drehte das Glas in den Händen. »Meine Tante hat den gleichen Fehler gemacht wie deine Eltern und den *Katharinenhof* nicht rechtzeitig umgebaut. Das versuche ich jetzt.«

»Hast du denn das notwendige Kapital?« Er kaschierte seine Neugier, indem er gestand: »Ich musste nebenbei als Skilehrer jobben, um das Geld für die notwendigen Neuerungen zu verdienen. Es gab nix mehr von der Bank, und die Lieferanten verlangten auch Vorkasse, da mein Vater so oft die Rechnungen nicht bezahlt hatte.«

»Das war sicher schwer, oder?«

Er lachte. »Das Geld zusammenzukriegen schon. Der Job als Skilehrer hat mir allerdings viel Spaß gemacht. Ich bin ein guter Läufer, schon als Kind hab ich etliche Preise gewonnen. Und ein alter Spezi von mir hat die Skischule von einem Verwandten übernommen. Der war froh, als ich bei ihm anfing. So konnte ich das Privatvergnügen mit der Arbeit kombinieren.« Er machte eine kleine Pause, dann fuhr er fort: »Ich kann außerdem ganz gut Englisch und Spanisch, das war auch ein Vorteil.« Jetzt konnte er ein Grinsen nicht mehr verbergen. »Die jungen Amerikanerinnen haben gerne bei mir Stunden gebucht.«

»Das glaube ich dir unbesehen.« Stefanie lachte. Sie fand Daniels Offenheit inzwischen sehr sympathisch. »Dann hast du also jedem Klischee eines Skilehrers entsprochen.«

»Das wäre übertrieben ausgedrückt.« Wie unabsichtlich legte er einen Arm um ihre Schultern. »Aber ich gebe schon offen zu, dass ich lieber ein fesches Dirndl unterrichte, statt einer Horde von Sechs- bis Achtjährigen das Skilaufen beizubringen.«

»Machst du das immer noch? Skiunterricht geben, meine ich.«

»Ja.« Er nickte. »Zumindest zwei Monate lang in der Hauptsaison. Mit dem Leiter der Skischule in Garmisch bin ich immer noch befreundet, er ist froh, wenn ich sein festes Team unterstütze.«

»Und im Geschäft fehlst du dann nicht?«

»Doch, das schon. Aber inzwischen hab ich einen ganz ordentlichen Geschäftsführer. Außerdem mach ich in Garmisch auch ganz guten Umsatz.«

»Dann nimmst du also Sachen mit.«

»Stimmt. Aber hin und wieder kommen einige Kunden auch extra hierher an den See.«

»Wow! Dann hast du ja wirklich alles richtig gemacht.« Sie versuchte, ein Stück von ihm abzurücken, da der Druck seiner Hand fester geworden war.

»Lass sie los!« Wie aus dem Boden geschossen, stand

plötzlich Mathias neben ihrem Tisch. Seine Augen waren fast schwarz vor Zorn. Er streckte den Arm nach Stefanie aus. »Komm mit.«

»Was ist denn mit dir los?« Kopfschüttelnd sah sie zu ihm auf. »Ich habe noch was im Glas.«

»Nun komm schon her.«

Daniel Stadler erhob sich provokant langsam. »Nun mach doch nicht so ein Theater, Mathias. Wir haben uns nur nett unterhalten.«

»Das hab ich gesehen!« Mathias konnte sich kaum noch beherrschen. Wut und Eifersucht ließen ihn alle Vorsicht und Zurückhaltung vergessen. »Ist es bei dir Usus, den Arm um die Leute zu legen, mit denen du dich unterhältst?«

»Mathias, Schatz, bitte ...« Stefanie stand auf. »Reg dich ab. Was soll das Theater?«

»Sei still und komm her.«

Nie zuvor hatte er in diesem Ton mit ihr gesprochen. Stefanie sah ihn peinlich berührt an. So kannte sie ihn nicht, und so wollte sie ihn auch nicht kennen.

»Sag mal, geht's dir noch gut? Wie redest du mit mir?« Sie war jetzt auch wütend und machte keine Anstalten, zu ihm zu gehen. Im Gegenteil, sie setzte sich wieder und sah abwechselnd von Mathias zu Daniel.

»Ich will nicht, dass du mit ihm zusammen bist.«

»Ach nein! Du willst das nicht!« Stefanies Herzschlag beschleunigte sich. Sie war jetzt echt wütend. Mathias' Verhalten war unmöglich. »Aber ich darf mir ansehen, dass du eng umschlungen mit dieser Monika tanzt, ja?« Sie biss sich auf die Unterlippe. »Glaubst du, mir macht das Spaß, euch dabei zuzusehen?«

»Das war doch gar nichts! Wir kennen uns ewig und ...«

»... und sie ist immer noch scharf auf dich«, warf Daniel ein.

»Halt du dich raus, du Mistkerl, sonst ...« Mathias hob die rechte Hand.

Daniel lachte provozierend. Langsam stand er auf und ging halb um den Tisch herum. »Was willst du? Eine Schlägerei?« Noch ein, zwei Schritte machte er auf Mathias zu.

»Hört auf!« Jetzt sprang auch Stefanie auf.

Die drei alten Männer, die sich bisher kaum geregt hatten, hoben interessiert die Köpfe. Einer, mit grauem langen Vollbart, nahm die Pfeife aus dem Mund und murmelte: »Ja, ja, Eifersucht ist eine Leidenschaft, die mit Eifer sucht ...«

»... was Leiden schafft«, fügte ein anderer grinsend hinzu und ließ eine große Zahnlücke sehen, in die er sich sofort wieder einen Zigarrenstummel schob. Noch einmal sah er zu den jungen Leuten hin, beugte sich dann aber wieder über seinen Maßkrug, als könne er auf dem Boden des Glases eine neue Lebensweisheit lesen.

»Da steckst du! Ich habe dich gesucht.« Anni kam eilig auf die Gruppe zu. Sie zog Mathias am Arm. »Du, Klaus braucht deine Hilfe.« Sie schob ihn in Richtung der feiernden Menge.

Nur zögernd wandte sich Mathias ab, doch Anni blieb ein paar Meter an seiner Seite. »Lass dich um Himmels willen von Daniel nicht provozieren«, raunte sie ihm zu. »Der will dich doch nur vorführen.«

»Der soll die Finger von Stefanie lassen.«

»Wird er. Lass mich nur machen. Aber jetzt verzieh dich erst mal und reg dich ab. Ich will keine Schlägerei auf meiner Verlobung.«

Nur unwillig folgte Mathias ihrer Aufforderung.

Allein die Tatsache, Daniel hier zu sehen, hatte genügt, seinen Pulsschlag zu erhöhen. Und dass Daniel es ganz offen wagte, mit Stefanie zu flirten, steigerte seine Wut. Ohne etwas zu sagen, ging er zur Theke und ließ sich einen doppelten Obstler geben, den er in einem Zug austrank.

Stefanie sah ihm mit brennenden Blicken nach. Sie war den Tränen nahe.

»Hey, Daniel, ich glaube, dein Typ wird drüben verlangt.« Anni wies zu einer Gruppe von jungen Männern, die in Ufernähe standen oder sich auf ein paar Boote gehockt hatten und sich lautstark unterhielten.

»Schon gut. Ich verziehe mich ja schon.« Daniel beugte sich über Stefanie. »Wir sehen uns wieder, Süße.« Annis Anwesenheit ignorierte er und hauchte Stefanie einen Luftkuss zu.

»Er ist unmöglich.« Anni hakte sich bei der Freundin unter und zog sie mit sich. »Glaubt wirklich, jede Frau fliegt sofort auf ihn.«

»Er ist doch ganz sympathisch. Ich weiß gar nicht, was ihr habt.« Trotzig warf Stefanie den Kopf in den Nacken. »Wir haben uns nett unterhalten.«

»Nett! Na dann …« Anni blieb stehen und zwang die Freundin, sie anzusehen. »Hoffentlich sieht Daniel das auch so und denkt sich nicht sonst noch was.«

»Was sollte er denn denken?« Stefanie ging weiter, die kleine Anhöhe hoch, die zu der Terrassenecke führte, wo das Büfett aufgebaut war. »Ihr spinnt ja alle!«

Anni wollte etwas erwidern, doch da kamen ein paar Gäste auf sie zu und belegten sie lachend mit Beschlag. Sie drehte sich noch einmal nach Stefanie um, die am Büfett stand und sich ein paar Köstlichkeiten aussuchte.

Beruhigt widmete sich Anni den Gästen, die von dem Vorfall zum Glück nichts mitbekommen hatten.

Stefanie aß zwei, drei Bissen, doch der Appetit war ihr gründlich vergangen. Sie stellte den Teller in einer Ecke ab und schlenderte ziellos umher. Wo war Mathias? Sie konnte ihn nicht mehr entdecken.

Die Musiker spielten einen Tusch, und Stefanie sah, dass einer der älteren Gäste zum Podium ging, einen Zettel aus der dunkelgrünen Trachtenjacke zog und ein launiges Gedicht vortrug. Die Umstehenden, vor allem Anni und Klaus, lachten und applaudierten begeistert.

Stefanie hatte kaum etwas verstanden. Sie fühlte sich plötzlich fremd und fehl am Platz.

Wo nur Mathias steckte?

»Hallo, Schönheit!« Plötzlich stand Daniel vor ihr. »So allein?«

Sie zwang sich zu einem kleinen Lächeln, das jedoch nicht gelingen wollte. »Kein Problem. Aber ich wollte gerade mal nach Mathias schauen.«

»Vergiss ihn für ein paar Minuten. Möchtest du zum Wasser mitkommen? Mir ist es im Moment zu laut hier.« Er griff sich an die Stirn. »Hab leichte Kopfschmerzen.«

Stefanie zögerte, dann nickte sie. »Einverstanden. Lass uns ein bisschen am Wasser spazieren gehen.«

Schweigend schlenderten sie zum Ufer. Leise schwappten kleine Wellen an Land. Die Kiesel knirschten bei jedem Schritt unter ihren Sohlen.

»Ich glaube, ich ziehe besser die Schuhe aus.« Schon löste Stefanie die schmalen Riemchen von ihren beigefarbenen Pumps.

»Gute Idee.« Daniel schlüpfte aus den dunkelblauen Slippern.

Schweigend gingen sie dann eine Weile am Wasser entlang. Hin und wieder schlug eine etwas kräftigere Welle ans Ufer, die ihre Füße nass spritzte.

»Hast du kein Problem mit den Steinchen?«, erkundigte sich Daniel fürsorglich.

»I wo, ich bin nicht empfindlich. Das Wasser tut ganz gut.«

»Da drüben ist ein kleiner Steg.« Daniel wies auf einen schmalen, weiß gestrichenen Steg, der bereits zum Nachbargrundstück gehörte.

»Das ist Privatbesitz«, wandte Stefanie ein.

»Egal. Die Leute sind sicher auch eingeladen. Komm mit.« Er griff nach ihrer Hand und zog sie mit sich.

Stefanie setzte sich und ließ die Beine baumeln. Es störte sie ein bisschen, dass Daniel ganz dicht neben ihr Platz nahm und locker den Arm um ihre Schultern legte. Und sobald sie Anstalten machte, von ihm wegzurücken, kam er ihr nach. Es wirkte absichtslos, und Stefanie wollte ihn nicht kränken, indem sie ihn laut bat, ihr nicht zu nahe zu kommen.

»Schau nur, die Venus.« Er deutete zum Himmel, wo der helle Abendstern deutlich sichtbar leuchtete. »Weißt du, woher sie ihren Namen hat?«

»Nein, keine Ahnung.« Stefanie legte den Kopf in den Nacken und sah zum nachtdunklen Himmel auf.

»Weil sie für uns Menschen so schön anzusehen ist wie die römische Liebesgöttin, die bezaubernde Venus.« Sein Gesicht kam Stefanies näher und näher. »Sie war sehr schön … so schön wie du …«

Stefanie drehte den Kopf zu ihm. »Du übertreibst. Aber es klingt charmant.«

»Nie und nimmer, es ist mein voller Ernst. Du bist wunderschön, Steffi.« Er zog sie sanft näher zu sich.

»Nimm sofort die Finger weg!«

Als Daniel nicht sofort reagierte, zog Mathias, der wie ein Phantom aus der Dunkelheit aufgetaucht war, ihn mit Gewalt hoch. Und noch ehe Daniel reagieren konnte, versetzte Mathias ihm einen Faustschlag aufs Kinn.

»Hör auf! Sofort!« Entsetzt sah Stefanie, dass Daniel ins Wasser fiel, das zum Glück nur knöcheltief war. Sofort rappelte er sich wieder auf. Aber da war Mathias schon wieder vor ihm und hob drohend die Faust. »Du Mistkerl, du verfluchter! Wenn du dich nicht sofort schleichst, kriegst du die Prügel deines Lebens.«

»Eifersüchtiger Gockel! Wag es ja nicht!« Auch Daniel hob die Hand, und sein Fausthieb traf Mathias so hart an der Schläfe, dass er taumelnd zu Boden ging. Doch nur für Sekunden schien er die Besinnung verloren zu haben. Gleich stand er wieder und versuchte erneut, auf den vermeintlichen Rivalen einzuschlagen.

»Lass das! Mathias! Hört sofort auf! Bitte!« Stefanie war versucht, ebenfalls ins Wasser zu springen, doch irgendwie wollten ihr die Beine nicht gehorchen. Wie versteinert saß sie auf dem Steg und sah mit Tränen in den Augen auf die beiden Streithähne, die sich schwer atmend gegenüberstanden. Über Mathias' linkem Auge war die Haut aufgeplatzt, Blut sickerte aus der Wunde.

»Schleich dich!«, brüllte Mathias.

»Du hast mir gar nix zu sagen! Hau du doch ab zu deiner Monika! Kommst ja eh net von ihr los.«

»Du verdammter dreckiger Lügner!« Wie von Sinnen stürzte sich Mathias erneut auf Daniel, der mit einer geschickten Drehung zur Seite auswich, sodass Mathias bäuchlings ins Wasser fiel. Das Wasser spritzte zur Seite, als der Männerkörper reglos liegen blieb.

»Hört doch auf! Daniel! Bitte!« Stefanies Stimme

klang wie das Wimmern eines kleinen Kindes. Tränen stürzten ihr aus den Augen, und sie sah hilflos zu, wie Daniel sich auf den im Wasser liegenden Mathias warf. Doch er schlug nicht mehr zu, sondern zerrte den noch immer halb besinnungslosen Rivalen am nassen Hemd ans Ufer.

»Er kommt gleich wieder zu sich«, rief er Stefanie zu. »Brauchst dir nix denken!«

Am ganzen Körper zitternd, stand Stefanie auf. Sie antwortete nicht, sondern lief tränenblind in Richtung Parkplatz. Sie war total geschockt, denn nie hätte sie gedacht, dass sich Mathias zu einer Prügelei hinreißen lassen würde.

Die feiernden Partygäste, die sich ihr in den Weg stellten, schob sie zur Seite, ignorierte Annis Mutter, die sie am Arm festzuhalten versuchte.

»Lassen Sie mich … ich will weg.«

Mit zitternden Fingern schloss sie ihren alten Wagen auf, schob sich hinters Lenkrad und versuchte, den Schlüssel ins Zündschloss zu stecken. Doch ihre Finger zitterten viel zu stark, erst beim fünften Versuch gelang es.

Später empfand sie es als kleines Wunder, dass sie unversehrt nach Hause gekommen war. So aufgewühlt, wie sie war, hätte sie leicht einen Unfall bauen können. Zudem war sie barfuß – was ihr aber erst auffiel, als sie mit dem nackten Fuß auf das Gaspedal trat. Doch um nichts in der Welt wäre sie noch einmal umgekehrt, um ihre Schuhe zu suchen.

Im Haus angekommen, lief sie hoch in ihr Schlafzimmer und warf sich schluchzend aufs Bett.

Der Abend, der so wunderschön begonnen hatte, endete in einer großen Enttäuschung.

In der Nacht machte Stefanie kein Auge zu. Immer wieder lauschte sie nach draußen, glaubte, Mathias zu hören, doch es blieb still auf der Straße.

Irgendwann stand sie auf, zog das inzwischen vollkommen zerknitterte Dirndl aus und verkroch sich unter der Bettdecke.

Am nächsten Morgen wurde sie durch lautes Hundegebell geweckt. Sie taumelte leicht, als sie die Beine aus dem Bett schwang. Heftige Kopfschmerzen verursachten ihr Übelkeit. Doch sie zwang sich, ins Bad zu gehen und sich erst einmal kaltes Wasser ins Gesicht zu spritzen.

Bei einem Blick in den Spiegel zuckte sie zusammen: Noch immer waren ihre Augen rot und verquollen, sie hatte die halbe Nacht hindurch geweint.

Das Hundegebell hörte nicht auf, obwohl ein paar laute, empörte Rufe vom Nachbargrundstück herüber ertönten.

Stefanie schlüpfte in Jeans und einen leichten Pulli, dann ging sie hinaus in den Garten und sah sich dort nach dem Hund um, der so quälend laut die sonntägliche Ruhe störte.

Am Ende des Grundstücks, nur wenige Meter vom Wasser entfernt, fand sie schließlich den Hund, der an einen Laternenpfahl angebunden war. Die große Bogenlaterne gehörte noch zum Grundstück des *Seeschlösschens*, doch das Tier hatte sich in den Schatten eines blühenden großen Hortensienstrauchs verkrochen, der bereits zum *Katharinenhof* gehörte. Die lange Kordel hatte sich bei seinem Versuch, ein wenig Schatten zu finden, im alten Holzzaun verheddert, der hier am Seeufer die beiden Grundstücke nur unvollständig voneinander trennte.

»Dich kenn ich doch!« Mitleidig beugte sich Stefanie über den Berner Sennenhund mit dem verfilzten, zotteligen Fell, der bei ihrem Näherkommen zu bellen aufgehört hatte und sich auf die Hinterbeine stellte. »Du armer Kerl! Wer hat dir das denn angetan? Komm her, ich tu dir nichts, will dir nur helfen.«

Mit sanfter, beruhigender Stimme sprach sie auf den Hund ein, der sie aus dunklen Augen ansah.

Rasch band Stefanie ihn los. Sein Halsband war alt und wohl nie abgenommen worden, das Fell war darunter kaum noch vorhanden, schorfig schimmerte die Haut durch. Eine Hundemarke konnte Stefanie nicht entdecken.

»Hätte mich auch gewundert«, murmelte sie, während sie den Hund vorsichtig streichelte. »Komm mit, kriegst erst mal Wasser. Und irgendwas zu fressen brauchst du sicher auch.«

Es schien, als würde das Tier jedes Wort verstehen, denn es folgte ihr gehorsam ins Haus.

Gierig soff der Hund erst mal einen alten Topf mit Wasser leer, während Stefanie nach etwas suchte, was sie ihm zum Fressen geben konnte.

»Fürs Erste tut es sicher ein Leberwurstbrot«, meinte sie, und wirklich schnappte der Hund gierig nach den zwei Scheiben Brot, die sie dünn mit der Leberwurst bestrichen hatte. Danach soff er noch einmal Wasser, legte sich dann flach auf den Boden und schaute Stefanie aus den dunklen Augen unverwandt an.

»Was mach ich nur mit dir?« Sie setzte sich auf einen der Küchenstühle und sah auf das verwahrlost wirkende Tier herab. »Du siehst nicht so aus, als wäre es dir bisher gut gegangen.« Sie erinnerte sich an die Männerstimme, die sie vor Tagen gehört hatte. Dieser Fremde hatte seinen Hund »Strolch« genannt und zusammengebrüllt.

»Strolch …« Sie sagte den Namen ganz leise, doch sofort spitzte der Hund die Ohren und hob witternd den Kopf.

In ihrem Bemühen um den Hund vergaß Stefanie für ein paar Minuten ihren eigenen Kummer. Doch schon bald holte sie die Erinnerung an den vergangenen Abend wieder ein, und erneut stiegen ihr Tränen in die Augen.

Sie sah auf die Uhr – gerade mal sieben Uhr am Morgen war es. Ob Mathias daheim war? Oder hatte er sich von Monika von Ahlen abschleppen lassen und verbrachte die Nacht jetzt bei ihr?

Der Gedanke daran gab Stefanie einen Stich. Nur noch kurz zögerte sie, dann ging sie hinüber zur Kunsttischlerei. Sie läutete – keine Reaktion. Noch zweimal versuchte sie es, doch im Haus blieb alles still.

Deprimiert ging sie zurück zu ihrer Wohnung, goss sich Kaffee auf und aß dabei eine Scheibe Toast. Mehr brachte sie einfach nicht hinunter.

Der Hund allerdings sah ihr bei jedem Bissen in den Mund zu, und so gab sie ihm schließlich noch einen Toast, den er gierig verschlang.

Stefanie war schon immer sehr tierlieb gewesen, doch der Job hatte es nie erlaubt, dass sie sich ein eigenes Tier hielt. Dieser Hund, der da auf dem Küchenboden vor ihr lag und sie aus treuen braunen Augen ansah, war so einsam wie sie im Moment.

»Was meinst du, soll ich dich einfach behalten? Zumindest für heute und morgen? So, wie es aussieht, hat man dich absichtlich am Seeufer festgebunden. Warst deinem bisherigen Besitzer wohl lästig, Strolch.«

Bei der Nennung seines Namens hob der Hund wieder den Kopf, seine Flanken begannen zu zittern.

»Ich glaube fast, dass du mehr Prügel als zu essen bekommen hast«, sagte Stefanie. »Es kann doch nicht sein, dass du Angst bekommst, wenn du deinen Namen hörst.« Sie beugte sich über den Hund. »Alles ist gut«, murmelte sie. »Bleib brav liegen.«

Der Hund schien jedes Wort zu verstehen. Er schnaufte zweimal, dann legte er sich entspannt zurück.

Ich würde ihn gern behalten, dachte Stefanie, aber so einfach ist das ja nun auch nicht. Sie nahm sich vor, morgen bei der Polizei und beim zuständigen Tierheim nachzufragen, ob ein Berner-Sennenhund-Rüde vermisst wurde.

In der nächsten halben Stunde kümmerte sie sich um den Hund, holte ihm eine alte Decke aus dem Keller, auf die er sich brav legte, dann erst duschte sie und zog sich ein leichtes Kleid an. Die Sonne schien schon wieder kräftig vom Himmel, ein weiterer heißer Sommertag zog herauf. Stefanie mochte sich gar nicht vorstellen, wie es dem Hund ohne Wasser bei der sengenden Hitze ergangen wäre, wenn sie sich nicht gekümmert hätte.

Gegen halb zehn rief Anni an. »Du, was war eigentlich los gestern? Ich hab viel zu spät mitgekriegt, dass sich Mathias und Daniel geprügelt haben.«

»Es war schrecklich! Nie hätte ich gedacht, dass Mathias sich so vergisst.« Stefanie biss sich auf die Lippe. »Er ist nicht daheim«, fügte sie dann leise hinzu.

»Nein, er liegt, glaube ich, im Gästezimmer meiner Eltern. Zumindest hab ich mitgekriegt, dass meine Mutter ihm angeboten hat, bei ihnen zu schlafen.« Sie lachte leise. »Er hat sich total die Kante gegeben, nachdem du verschwunden warst. Daniel war dann übrigens auch gleich weg.« Sie machte eine kleine Pause, fragte dann: »Du bist doch wohl nicht mit ihm gegangen?«

»Ich? Mit Daniel?« Stefanie schüttelte den Kopf, obwohl die Anruferin das nicht sehen konnte. »Wie kommst du denn darauf?«

»Na ja, er war plötzlich auch verschwunden, ohne sich zu verabschieden.« Wieder ein kleines Zögern. »Und da ihr ja miteinander getanzt und ziemlich angeregt miteinander geredet habt ...«

»Das heißt doch noch nicht, dass wir zusammen weggegangen sind!«

»Reg dich ab. Ich dachte nur, dass du dich vielleicht von ihm hättest nach Hause bringen lassen, wo der Mathias doch klatschnass war und sich erst mal im Klubhaus umziehen musste.«

»Da ist er selber schuld. Er hat die Prügelei angefangen, und dass er im Wasser gelandet ist ... sein Problem.«

»Er war eben eifersüchtig.«

»Kein Grund, aufeinander loszugehen.« Stefanie war nicht bereit, das Verhalten des Freundes zu entschuldigen. »Außerdem hat er es gerade nötig, mir Eifersucht vorzuwerfen. Eng umschlungen hat er mit der Monika von Ahlen getanzt. Da hätte ich viel mehr Grund zur Eifersucht gehabt.«

Für ein paar Sekunden blieb es still am anderen Ende der Leitung, dann fragte Anni: »Soll ich dem Mathias was ausrichten, wenn ich ihn gleich sehe? Wir gehen rüber zu meinen Eltern und frühstücken da.«

»Nein. Ich habe ihm nix zu sagen.« Stefanie zögerte,

dann fügte sie hinzu: »Und ich muss mich auch für gar nichts entschuldigen. Das kannst du ihm auch sagen, falls er meint, noch länger den Othello spielen zu müssen.«

»Ist gut.« Anni seufzte unterdrückt auf. »Es ist schade, dass das Fest für dich so unschön geendet hat. Bist mir aber nicht böse, oder?«

»Aber nein, du hast damit doch gar nichts zu tun.« Stefanie sah auf den Hund, der sich langsam erhob und jetzt seinen Kopf an ihrem Bein rieb. »Genieß das Familienfrühstück. Wir sehen uns sicher morgen mal.«

»Ist gut. Ruf mich nachher noch mal an. Ich bin auch sicher, dass Mathias gleich bei dir aufkreuzt.« Sie lachte. »Er wird allerdings einen gehörigen Kater haben. Nach der Prügelei hat er sich an der Bar festgehalten.«

»Das ist sein Problem.«

Der Hund, der bisher still neben ihr gesessen hatte, begann zu bellen und lief zur Tür.

»Was ist denn bei dir los?«, wollte Anni wissen.

»Ich hab einen vierbeinigen Gast.« Stefanie ließ den Hund in den Garten, der sofort an einem der Bäume sein Geschäft verrichtete. »Aber das ist jetzt nicht wichtig, davon erzähle ich dir später. Geh zum Frühstück. Bis dann.«

»Bis später.«

Gut eine Stunde wartete Stefanie darauf, dass Mathias sich bei ihr meldete, doch er rief nicht an, kam auch nicht vorbei, um mit ihr zu reden.

»Strolchi, komm her, ich werde mal versuchen, dich ein bisschen zu bürsten, du siehst ja total zottelig aus.«

Der Hund gehorchte sofort, setzte sich vor sie und ließ sich geduldig mit einer alten Haarbürste das Fell kämmen. Doch rasch musste Stefanie erkennen, dass sie auf diese Weise nicht viel ausrichten konnte. Zu schmutzig, zu verfilzt war das Hundefell.

»Wenn du wirklich niemandem gehörst, bleibst du hier bei mir«, flüsterte sie dem Tier ins Ohr. »Dann gehen wir morgen zu einem Profi, der dich baden und dein Fell pflegen wird. So bist du mir einfach zu schmutzig.«

Strolchi, wie sie ihn liebevoll nannte, schien damit einverstanden zu sein. Mit einem tiefen Schnaufer legte er sich wieder auf die alte Decke und schloss die Augen.

Als es aber kurz darauf an der Haustür läutete, sprang er laut bellend auf.

»Aus. Sei leise.« Stefanie hob kurz die Hand, und sofort war der Hund still, trottete aber hinter ihr her, als sie zur Haustür ging.

»Hallo, Schönheit! Gut geschlafen?« Lächelnd stand Daniel Stadler vor der Tür, in der rechten Hand einen Strauß Blumen, in der linken schwenkte er lächelnd Stefanies teure Pumps. »Lieferservice!«

»Meine Schuhe!« Stefanie griff zunächst nach den Schuhen. »Danke! Daran hab ich noch gar nicht gedacht.«

»Gern geschehen.« Daniel machte zwei Schritte auf sie zu, was den Hund zu unterdrücktem Knurren veranlasste. »Sorry für die Blumen von der Tanke, aber was anderes hab ich heute, am Sonntag, nicht gekriegt.«

»Sie sind sehr schön.« Sie machte einen Schritt zur Seite. »Komm rein. Magst du einen Kaffee?«

»Gerne.« Ein wenig zögernd trat er näher. »Hast du einen Hund?« Er beäugte Strolchi skeptisch, der ihn nicht eine Sekunde aus den Augen ließ.

»Er gehört mir nicht. Noch nicht.« Stefanie ging ihm

voran in die Küche. »Aber wenn es geht, will ich ihn behalten.« Sie goss Kaffee ein, dabei erzählte sie, wie sie den Hund gefunden hatte.

»Aha!« Daniel musste sich bemühen, gelassen zu bleiben. Er mochte keine Tiere, doch das ließ er sich jetzt und hier nicht anmerken. Im Gegenteil, er schlug Stefanie einen Spaziergang mit dem Hund vor. »Sicher können wir irgendwo draußen zu Mittag essen. Und für den Hund gibt's sicher auch was.« Fragend sah er sie an. »Was meinst du, hast du Lust?«

Seine Zunge fühlte sich pelzig an, der Schädel brummte, und als er sich aufrichten wollte, gelang es ihm nicht. Zwei weiche warme Arme umschlangen seinen Nacken, und eine dunkle Stimme raunte: »Bleib noch. Es ist schön, neben dir wach zu werden.«

Irritiert drehte sich Mathias halb um und zuckte zusammen. »Moni …«

»Jawohl, ich bin's. Du siehst keine Gespenster.« Sie versuchte, ihn zu küssen, doch er drehte in der letzten Sekunde den Kopf zur Seite, sodass ihre Lippen nur flüchtig seine Wange streiften. »Was ist?« Gekonnt spielte sie die Ahnungslose.

»Was … wieso …« Mit einem Ruck löste er sich von ihr und schwang die Beine aus dem Bett, eine Bewegung, die in seinem Kopf eine Explosion auslöste. Tausend kleine Sterne schienen vor seinen Augen zu zerplatzen, und das Dröhnen, das wie dumpfe, von weit her klingende Hammerschläge klang, nahm noch weiter zu.

»Du hast einen gehörigen Kater, Darling. Leg dich lieber noch ein bisschen hin.« Sie hockte sich hinter ihn, umschlang ihn mit beiden Armen und schmiegte sich so fest an ihn, dass er ihre Rundungen im Rücken spürte.

»Ich brauche ein Aspirin.« Er beugte sich vor und stützte den Kopf in beide Hände. Wieder drehte sich alles.

»Ich hole dir eine Tablette. Leg dich hin.« Monika stand auf und ging hinüber ins angrenzende Bad. Dass sie vollkommen nackt war, störte sie nicht im Geringsten. Im Gegenteil, sie bewegte sich absichtlich langsam, Mathias sollte Gelegenheit haben, ihre perfekte Figur zu bewundern.

Als sie sich über ihn beugte und ihm die Tablette und ein Glas Wasser reichte, berührten ihre Brustspitzen seine Stirn, das lange schwarze Haar hüllte sein Gesicht fast ganz ein.

Doch Mathias fühlte sich viel zu elend, um auf ihre Reize zu reagieren. Durstig trank er das Wasserglas ganz leer, murmelte ein leises »Danke« und ließ sich langsam zurück aufs Bett sinken. Noch immer schwirrten in seinem Kopf mindestens drei Bienenvölker herum, hinderten ihn am logischen Denken und am endgültigen Aufstehen.

Monika nutzte seinen elenden Zustand. Sie legte sich wieder neben ihn und begann, ihn behutsam zu streicheln. Doch als ihre Hand tiefer glitt, als sie seine intimste Stelle berührte, schob Mathias ihre Finger energisch fort.

»Lass das!«, fauchte er und richtete sich, ungeachtet der Explosion in seinem Hinterkopf, wieder auf. »Wie kommst du überhaupt in mein Bett?«

»In dein Bett?« Sie lachte kehlig. »Sieh dich um, du bist bei mir.«

War es der Einfluss der Tablette, die schon wirkte,

oder waren es ihre Worte? Jedenfalls war Mathias urplötzlich nüchtern und vermochte, klar zu denken.

»Verdammter Mist!«, murmelte er. »Was ist passiert?«

Monika sah ihm nach, als er ins angrenzende Bad tappte und mit einem Knall die Tür hinter sich schloss. »Du warst total weggetreten, mein Lieber«, murmelte sie vor sich hin, grinste und freute sich, dass es ihr gelungen war, die Situation zu ihren Gunsten auszunutzen. Natürlich wäre es toll gewesen, wenn Mathias mit ihr geschlafen hätte, doch dazu war er viel zu betrunken gewesen.

»Das muss ich dir aber nicht sagen.« Sie stand auf und schlang den roten Kimono, der auf dem Sessel neben ihrem Bett lag, fest um sich. Kurz überlegte sie, ob sie für sich und Mathias Kaffee kochen sollte, ließ es dann aber. Stattdessen setzte sie sich vor ihren Schminkspiegel, kämmte das lange Haar ausgiebig, dann tupfte sie ein paar Tropfen des schweren Parfüms, das sie bevorzugte, hinter die Ohren und zwischen die Brüste.

»Man kann nie wissen«, sagte sie leise und sah dabei zufrieden ihr Spiegelbild an. Ihr schmales Gesicht hatte etwas Katzenhaftes, als sie sich zulächelte. Wenn Mathias auch nicht zu ihr zurückkehren würde, Stress mit dieser Stefanie, der blöden Gans, würde er mit Sicherheit bekommen. Außerdem ... er musste ja nicht wissen, dass in der Nacht nichts vorgefallen war zwischen ihnen!

Im Bad rauschte immer noch das Wasser, und so legte sich Monika lässig wieder auf ihr Bett, allerdings nicht, ohne den Kimono so weit zu öffnen, dass Mathias ihre Reize genau sehen konnte, wenn er zurückkam.

Das allerdings dauerte noch eine Viertelstunde. Mathias duschte ausgiebig, ließ am Schluss kaltes Wasser über Kopf und Nacken rinnen, was ihm ein unterdrücktes Stöhnen entlockte. Doch nach und nach fühlte er sich besser, zumindest war der Kopf wieder klar.

Als er zu Monika zurückkehrte, warf er ihr nur einen knappen Blick zu, ging dann ohne ein Wort zu seinen Sachen, die wild verstreut auf dem Fußboden lagen, und zog sich an.

»Ich bin weg«, sagte er nur.

»Hey, sei nicht so unfreundlich!« Monika richtete sich auf, der Kimono öffnete sich ganz. »Ich hab dir nichts getan, im Gegenteil! Wir hatten ziemlich viel Spaß letzte Nacht. Du und ich, wir wären das ideale Paar. Warum willst du das nicht einsehen?«

Mit zusammengekniffenen Augen sah er sie an. »Das glaubst du doch selbst nicht.«

»O doch!« Geschmeidig glitt sie vom Bett und trat dicht vor ihn hin. »Es war ziemlich scharf, was du mit mir gemacht hast. Aber es hat mir gefallen.« Sie legte die flachen Hände an seine Brust. »Mathias, wir sind aus ein und demselben Holz«, sagte sie leise. »Wir gehören zusammen, sieh es endlich ein.«

»Hör auf mit dem Quatsch.« Er schob sie schroff von sich. »Red dir nichts ein, und mir erst recht nicht.« Rasch ging er zur Wohnungstür. »Ich weiß nicht, wie du es geschafft hast, mich mit zu dir zu schleppen, aber lass dir gesagt sein, dass das gar nichts bedeutet. Mir zumindest nicht.« Er warf ihr noch einen kurzen Blick zu. »Tschau.«

»Idiot!«, zischte sie hinter ihm her und blickte wütend auf die Tür, die hinter ihm ins Schloss gefallen war.

Draußen vor dem Haus kniff Mathias die Augen zusammen, die strahlend helle Sonne blendete ihn und ließ den Kopfschmerz wieder aufflackern.

Wütend auf sich selbst sah er noch einmal zu dem dreistöckigen Haus hoch, in dessen unterem Bereich sich Monikas Boutique befand. Sie selbst wohnte in der großzügig geschnittenen Maisonettewohnung unter dem Dach.

Ein älterer Mann mit Dackel kam ihm entgegen und grüßte freundlich.

Mathias erwiderte den Gruß und fragte: »Sagen Sie, wo finde ich hier ein Taxi?«

»Drüben neben dem Kiosk steht meist ein Wagen. Und da ist auch die Nummer der Taxizentrale angeschlagen.«

»Danke.« Mathias nickte dem Mann zu, setzte dann rasch den Weg fort. Zum Glück stand in der eingezeichneten Wartezone ein Taxi, das ihn nach Hause brachte.

Während der Fahrt überlegte sich Mathias, wie er Stefanie entgegentreten sollte. Er hatte sich saublöd verhalten, und dass er sich mit Daniel geprügelt hatte, verstand er jetzt selbst nicht mehr. Nie zuvor hatte er sich zu Handgreiflichkeiten hinreißen lassen. Doch der Gedanke, dass Daniel sich an Stefanie ranmachte, hatte ihn jede Zurückhaltung vergessen lassen. Zudem hatte er, was nur selten vorkam, viel zu viel getrunken.

Er haderte mit sich selbst und überlegte, wie er Stefanie um Verzeihung bitten könnte. Mit Sicherheit war sie sauer auf ihn, denn er hatte ihr die Feier verdorben, auf die sie sich sehr gefreut hatte.

Langsam rollte der Wagen vor seinem Wohnhaus aus – und Mathias zuckte zusammen, als er den blauen Sportwagen bemerkte, der in der Einfahrt zum *Katharinenhof* parkte. Sekundenlang stockte ihm der Atem. Vor Stefanies Haustür, die sich in diesem Moment öffnete, stand Daniel Stadler.

»Wir hätten nicht so weit rausfahren müssen.« Stefanie lehnte sich in die Polster des Sportwagens zurück und schob sich die rutschende Sonnenbrille hoch. »Ein Spaziergang mit dem Hund am See entlang wäre doch auch nett gewesen.«

»Ich wollte dir aber was Besonderes zeigen.« Daniel legte ihr sekundenlang die Hand auf den Arm. »Bist ja auch was Besonderes, Steffi.«

Abwehrend schüttelte sie den Kopf. Sie mochte es nicht, dass er immer wieder versuchte, sie zu berühren, doch das sagte sie nicht so deutlich, um ihn nicht zu kränken, sondern rückte unauffällig ein wenig mehr von ihm ab.

Strolchi, der es sich auf seiner Decke auf der Rückbank bequem gemacht hatte, sah die Sache allerdings nicht so locker. Wann immer der Mann näher an Stefanie heranrückte, gab der Hund ein dumpfes, drohend klingendes Knurren von sich.

Daniel sah in den Rückspiegel. Der Mistköter verdarb ihm noch die ganze Tour! Am liebsten wäre ihm gewesen, er hätte allein mit Stefanie losfahren können. Doch sie schien ganz vernarrt in den Hund zu sein, wollte ihn nicht mal für zwei Stunden allein lassen. Also machte er gute Miene zum bösen Spiel und nahm das zottelige Tier mit auf den Ausflug. Stefanie war es wert, dass er sich um sie bemühte. Dazu gehörte leider auch, dass er das Vieh zunächst akzeptierte und sich mit negativen Bemerkungen darüber sehr zurückhielt.

Normalerweise war er draufgängerischer, und die meisten der Frauen, die ihn interessierten, mochten das.

Wenn er als Skilehrer mit den weiblichen Schülerinnen flirtete, war er in seinem Element, und alle standen auf seine charmante Art. Komplimente, harmlose Küsse und hin und wieder ein One-Night-Stand … das gehörte einfach zu seinem Job als Skilehrer, fand Daniel.

Stefanie allerdings war, das spürte er, etwas Besonderes. Zudem war sie wohlhabend, was in seinen Augen ein riesiger Pluspunkt war, denn obwohl er inzwischen saniert war – gegen ihre ererbten Millionen war er ein armer Hund.

»In ein paar Minuten sind wir da.« Er bog links ab, und schon bald lag ein hübscher Ort vor ihnen. »Das ist Weßling«, erklärte Daniel. »Hier bin ich geboren.« Er lachte. »Aber deshalb sind wir nicht hergekommen. Ich dachte mir, dass du auch den kleinsten der fünf Seen in der Gegend kennenlernen solltest. Er ist etwas Besonderes, der Weßlinger See.«

»Inwiefern?«

»Er ist mit Abstand der kleinste der fünf Seen hier in der Gegend, doch an seinen Ufern haben schon interessante Menschen gelebt und gearbeitet. Vor allem vor etlichen Jahrzehnten bedeutende Künstler.«

»Interessant.« Stefanie war überrascht, dass Daniel so etwas wusste. Diesen Tiefgang hätte sie bei ihm, der ihr bisher recht oberflächlich vorgekommen war, nicht vermutet. Doch es war angenehm, dass er nicht nur flirten, sondern auch gute Gespräche führen konnte.

Daniel räusperte sich. Er merkte, dass er Stefanie mit seinem Wissen beeindrucken konnte. »Da ist erst mal Carl Schuch, ein recht bekannter Maler, der hat hier eine Weile gelebt und gearbeitet. Ein Urgroßonkel von mir hat ihn sogar noch gekannt.« Er zuckte leicht mit den Schultern. »Leider ist es der andere Zweig der Familie, der zwei Original-Radierungen von ihm besitzt, die einen nicht unbeträchtlichen Wert darstellen.«

»Carl Schuch …« Stefanie dachte nach. »Tut mir leid, aber der Name sagt mir, offen gestanden, nichts. Aber ich bin auch keine Kunstkennerin.«

»Ich auch nicht.« Daniel lachte leise und lenkte den Wagen auf einen Parkplatz. »Ich weiß über den Mann nur so viel, weil meine Familie so stolz darauf ist, dass er für etliche Monate in einem Haus gelebt hat, das ihnen gehörte.«

»Das ist nachvollziehbar.« Stefanie drehte sich zu Strolchi um, der schon Anstalten machte, aus dem Wagen zu springen. »Ich glaube, er muss mal.«

Daniel presste die Lippen zusammen, doch rasch hatte er sich wieder in der Gewalt. »Noch zwei Minuten, dann sind wir auf einer Wiese.« Er wies auf einen schmalen Weg, der vom Parkplatz zu einem kleinen Park zu führen schien. »Dort, mitten im Kern des Ortes, liegt der Weßlinger See.«

Strolchi wartete tatsächlich brav, bis sie ein dichtes Gebüsch erreicht hatten, in das er kurz verschwand. Dann aber lief er brav neben Stefanie her.

»Ich hätte dir gerne die alte Schmiede gezeigt, die Carl Schuch gemalt hat, doch die gibt es nicht mehr.« Er griff nach ihrer Hand, die sie ihm überließ. »Dafür zeige ich dir einen wunderschönen Platz am See.«

Sie gingen ein Stück die Promenade entlang, auf der ihnen allerdings auch nur wenige Menschen begegneten. Dann erreichten sie das Westufer, das im Schatten lag und von dichten Sträuchern, Trauerweiden und Binsen bewachsen war.

»Der See ist nur siebenhundert Meter lang, aber für mich ist er der schönste der Seen in der Gegend.« Daniels Stimme war ganz weich geworden. »Hier hab ich ganz tolle Kindertage verbracht. Wir hatten hier den idealen Spielplatz.«

Stefanie sah ihn lächelnd an. »Es ist wirklich sehr romantisch hier.« Sie wies auf die ruhige Wasseroberfläche. »Fische gibt es hier keine, oder?«

»O doch, jede Menge. Der See drohte vor einigen Jahren zu kippen, die Umweltverschmutzungen vor allem durch die Landwirtschaft waren zu groß. Doch nach und nach ist es gelungen, ihn zu retten. Man führt regelmäßig Sauerstoff zu.« Er zeigte auf die Seenmitte. »Manchmal kann man die Fontäne bewundern, wenn wieder Sauerstoff durch eine Pumpe zugeführt wird. Und Fische gibt es hier jetzt auch wieder.«

Stefanie genoss die sonntägliche Stille. Es tat auch gut, ein paar Minuten schweigend neben Daniel zu gehen, der die Ruhe ebenso zu genießen schien wie sie. Zudem gefiel es ihr, dass er die Einsamkeit nicht ausnutzte und keine Anstalten mehr machte, mit ihr zu flirten. Es hätte ihr leidgetan, wenn sie ihn hätte zurückweisen müssen. Vielleicht konnte er im Lauf der Zeit wirklich ein guter Freund werden. Und wenn Mathias erst begriff, dass er keinen Grund zur Eifersucht hatte, würde alles gut werden.

Beim Gedanken an den geliebten Mann, der sie so gekränkt hatte, verdunkelte sich für einen kurzen Moment ihre Miene. Doch rasch hatte sie sich wieder im Griff.

Als sie wieder am Wagen angelangt waren, fragte sie: »Was weißt du noch über die Maler, die mal hier gelebt haben?«

Daniel zuckte mit den Schultern. »Nicht allzu viel, muss ich zugeben. Ich habe mir das alles auch nur angelesen.« Er wies nach rechts. »Ein paar Meter weiter gibt es ein sehr gutes Café. Sollen wir uns da hinsetzen? Ich könnte einen doppelten Espresso vertragen.«

»Da sag ich nicht Nein.«

In dem kleinen Café herrschte viel Betrieb, doch sie bekamen noch einen Tisch. Ihnen gegenüber saßen drei junge Männer in abgewetzten Jeans und verwaschenen T-Shirts, die den Hund argwöhnisch beäugten. Strolchi jedoch legte sich brav zu Stefanies Füßen nieder, sah allerdings immer wieder blinzelnd zu den drei jungen Männern hin.

»Erzähl jetzt weiter von den Malern«, bat Stefanie, nachdem eine junge Frau den Kaffee serviert hatte. »Das ist ungemein spannend.«

Daniel lachte verhalten. »So spannend finde ich persönlich das Thema nun auch wieder nicht, aber ich sage dir gerne alles, was ich weiß.«

»Doch, doch, für mich schon.« Sie biss sich auf die Lippe. »Ich hab mal kurz daran gedacht, Kunstgeschichte zu studieren. Aber da meine Eltern früh verstorben sind, fand ich es besser, bald Geld zu verdienen. Aber für Malerei interessiere ich mich wirklich immer noch sehr. In München bin ich oft und gern in die verschiedenen Museen gegangen. Vor allem die Impressionisten mag ich sehr. Also erzähl mal.«

Er trank einen Schluck. »Na gut. Ich war vor Jahren ebenso wissbegierig wie du, wenn nicht sogar richtig neugierig, und deshalb hab ich ein Bild, das schon meine Großmutter gehütet hat wie einen Schatz, in München von einem Experten begutachten lassen.«

»Du hast also doch ein Bild von diesem Schuch?«

»Nein, ich hab mal ein besonderes Bild besessen, eins von Wilhelm Leibl. Allerdings war es nicht signiert, das war mein Pech.« Er verzog leicht den Mund. »Wenn es unstrittig ein Original gewesen wäre, dann hätte ich nie Geldprobleme gehabt und könnte jetzt noch sorglos leben. So habe ich es für wenig Geld verkauft.«

»Schade. Was war denn drauf auf diesem Bild?«

»Ein Frauenkopf.« Er trank seinen Espresso aus. »Dem Mathias hat es damals gefallen. Er fand, das Gesicht könnte er für eine Madonna kopieren, die er gerade schnitzte.«

»Du meinst, Mathias Kroller hat das Bild jetzt?«

»Ja.« Daniel presste die Lippen so fest zusammen, dass sie nur noch eine schmale Linie bildeten. Man sah ihm deutlich den Ärger an, der in der Erinnerung an den Verkauf in ihm hochkochte. »Ich fürchte, das war ein großer Fehler von mir, ihm das Bild so günstig zu verscherbeln. Er hat mir nur ein paar Hundert Euro dafür gegeben.« Resigniert zuckte er mit den Schultern. »Damals war ich aber, offen gestanden, ganz froh drum.«

»Warum bereust du es jetzt, das Bild abgegeben zu haben?« Stefanies Herz klopfte rascher, als sie sich interessiert noch ein bisschen mehr vorbeugte.

»Weil der Mathias, der Gauner, gedacht hat, er hätte ein Riesengeschäft gemacht. Er ist auch nach München zu einem Galeristen gefahren und hat es ihm gezeigt.« Sekundenlang verhärteten sich seine Züge. »Na ja, der Galerist jedenfalls meinte, es könnte das verschollene Bildnis der Auguste Mayr sein. Doch das lässt sich nicht beweisen, und der Mann hat sich auch geweigert, eine Expertise zu erstellen, weil es keinen wirklich relevanten Hinweis darauf gab, dass es ein Original sein könnte.« Wieder ein resigniertes Schulterzucken. »Aber die Chance besteht immer noch, denke ich.«

»Woher weißt du davon? Hat Mathias dir das erzählt?«

»Nein, das weiß ich von der Monika von Ahlen. Sie war damals in München dabei.«

»Dann musst du dich ja nicht grämen.« Stefanie bemühte sich um ein aufmunterndes Lächeln, obwohl die Erwähnung von Monika von Ahlen ihr einen kleinen Stich versetzt hatte. »Wenn das Bild also nichts wert ist …«

»Das steht immer noch nicht fest. Es gibt nämlich ein Bild von Julius Mayr, das in der Technik dem meinigen sehr ähnlich ist. Julius Mayr war ein damals berühmter Arzt und Schriftsteller. Ich glaube sogar, dass er irgendwann vom bayerischen König geadelt wurde. Seine Frau ist, das weiß man noch genau, auch von Leibl gemalt worden, doch das Bild ist, wie gesagt, nicht mehr aufzufinden.«

Während er sprach, röteten sich seine Wangen wieder sehr stark, und Stefanie merkte, dass ihm die Geschichte immer noch naheging.

Die drei jungen Männer am Nebentisch waren aufmerksam geworden und hatten zugehört, was Daniel erzählte.

Nachdem sie gezahlt hatten, sprach einer der jungen Männer Daniel an: »Entschuldigung, ich hab eben zufällig gehört, dass Sie über die Maler geredet haben, die hier in der Gegend gelebt haben.« Er kam einen Schritt näher auf ihren Tisch zu. »Ich bin Kunststudent und weiß, dass auch Pierre-Auguste Renoir mal hier war. Zusammen mit Leibl und Schuch.«

»Stimmt. Das hatte ich ganz vergessen.« Daniel nickte dem jungen Mann mit dem zotteligen Spitzbart zu. »Danke, dass Sie mich drauf aufmerksam gemacht haben.«

»Gerne.« Der junge Mann ging zu seinen Freunden, die am Eingang auf ihn gewartet hatten. Sie redeten noch eine Weile miteinander, begaben sich zu einem alten VW-Käfer, fuhren jedoch nicht los.

Aber als Stefanie und Daniel zu ihrem Wagen gingen, folgte ihnen einer der jungen Männer und notierte sich unauffällig ihre Autonummer und auch den Namen Mathias Kroller.

»Das war ein schöner Ausflug«, sagte Stefanie, als Daniel den Wagen zurück an den Ammersee lenkte. »Danke.« Sie zögerte, dann fügte sie hinzu: »Ich glaube, ich werde mich nachher im Internet mal mit der Geschichte des Weßlinger Sees und den Künstlern, die du erwähnt hast, näher beschäftigen. Das war wirklich interessant.«

»Ich habe dir gern erzählt, was ich weiß. Was leider nicht viel ist. Aber ich hab mir gedacht, dass du ein bisschen Ablenkung nach dem Ärger von gestern vertragen kannst.« Er machte mit Absicht eine Kunstpause, dann fuhr er fort: »Es tut mir sehr leid, dass es überhaupt dazu gekommen ist. Wenn ich es ungeschehen machen könnte, würde ich es tun. Schon dir zuliebe.« Ein kurzer, zärtlicher Blick streifte sie. »Der Mathias war aber schon immer ein Hitzkopf. Musst aufpassen, dass er sich nicht mal vergisst.«

»Wie meinst du das?«

Daniel zuckte nur leicht mit den Schultern. »Nix. Ich will nix Schlechtes über ihn sagen.« Er lächelte Stefanie an. »Ich würde mich aber freuen, wenn wir Freunde werden könnten, Stefanie.« Seine Stimme klang warm, sein Lächeln war offen und liebenswert.

»Gern, Daniel.« Stefanie lehnte sich entspannt in dem Sitz zurück. Sie war erleichtert, dass Daniel seinem Ruf als Playboy bei ihr offenbar nicht gerecht werden wollte. Das machte ihn ihr jetzt richtig sympathisch.

Den Rest der Fahrt sprachen sie nur wenig, und Stefanie atmete auf, als Daniel keine Anstalten machte, ihr ins Haus zu folgen, als er auf der Straße vor dem *Katharinenhof* parkte.

»Dank dir für die nette Gesellschaft«, sagte er nur. »Bis bald mal wieder. Kann ich dich anrufen?«

»Mach das. Bis bald, Daniel. Und ... ich danke dir auch.« Sie blieb an der Haustür stehen, bis das Cabrio davongefahren war. Strolchi saß brav neben ihr. Doch plötzlich bellte er kurz, sprang in Richtung Straße, aber als Stefanie ihn zurückrief, folgte er ihr brav ins Haus.

Seit drei Stunden hockte Mathias schon in seiner Werkstatt. Nachdem er gesehen hatte, wie Daniel im *Katharinenhof* verschwunden war, hatte er sich gleich in die geräumige Werkstatt verzogen. Hier, im Hinterhof, konnte er nicht beobachten, was drüben auf der anderen Straßenseite geschah.

»Ich will es gar nicht sehen«, murmelte er zum wiederholten Mal vor sich hin. »Soll sie doch machen, was sie will.« Er nahm das Schnitzmesser in die Hand und versuchte, an der Hirtenfigur weiterzuarbeiten, mit der er vor etlichen Tagen begonnen hatte. Auf die drei wichtigen Aufträge, zwei große Schränke aus der Directoire-Zeit und einen Biedermeier-Sekretär, konnte er sich heute sowieso nicht konzentrieren. Vor allem die beiden Schränke mit ihren kostbaren Einlegearbeiten erforderten viel Geschick, und er wollte nicht riskieren, einen verhängnisvollen Fehler beim Restaurieren zu machen, nur weil seine Gedanken immer wieder hinüber zum *Katharinenhof* schweiften.

Was wollte Daniel von Stefanie? Sie war eigentlich nicht sein Typ, er bevorzugte rassige Frauen, die sanfte Art von Stefanie passte nicht zu seinem draufgängerischen Wesen.

»Er macht das extra«, sagte Mathias vor sich hin. »Der Mistkerl flirtet nur mit ihr, weil er weiß, dass mich das ärgert.« Er setzte am Faltenwurf der Jacke an – und stieß einen unterdrückten Fluch aus. »Verdammte Scheiße!«

Unkonzentriert, wie er war, war er mit dem Schnitzmesser abgerutscht. Aus einem zum Glück nicht tiefen Schnitt im Handballen tropfte Blut auf den Boden. Zu aller Misere nun auch noch das!

Der Verbandskasten hing an der Längswand des Raums, und Mathias klebte sich ein großes Pflaster auf die Wunde. Allerdings musste er die Prozedur noch zweimal wiederholen, denn es blutete stärker als zunächst gedacht.

Wütend schleuderte er die Hirtenfigur in eine Ecke. »Das wird heute eh nix.« Er sah auf die verletzte Hand, die unerwartet heftig schmerzte. Damit konnte er heute nicht mehr schnitzen. Also verließ er die Werkstatt und ging ins Haus hinüber, wo er sich erst mal einen Schnaps eingoss. Heute würde er nicht mehr arbeiten, es gelang ihm ja noch nicht mal der simpelste Schnitzvorgang.

Doch der gute Obstler schmeckte nicht, angewidert verzog Mathias das Gesicht. Für die nächsten Wochen reichte sein Bedarf an Hochprozentigem!

Wenn er an den gestrigen Abend dachte, wurde ihm ganz schlecht. Nie zuvor hatte er sich geprügelt, und er schämte sich, dass er so die Beherrschung verloren hatte. Aber wenn er sich in Erinnerung rief, wie intensiv Daniel mit Stefanie geflirtet hatte – und dass sie sich in den Armen dieses Möchtegern-Casanovas offensichtlich wohlgefühlt hatte, begann sein Puls, schneller zu schlagen.

Entnervt ließ er sich in seinen Lieblingssessel fallen und starrte aus dem Fenster, hinüber zum *Katharinenhof*, wo sich nichts regte. Daniels Wagen stand nicht mehr vor dem Haus, und leider hatte Mathias nicht mitbekommen, ob Daniel wieder fortgefahren war oder ob er den Wagen umgeparkt hatte.

Und dann ließen sich die Gedanken einfach nicht mehr aufhalten. Mathias malte sich ein Schreckensszenario nach dem anderen aus. Er sah Stefanie mit Daniel am Seeufer entlangschlendern, vielleicht gingen sie sogar zusammen schwimmen. Oder sie lagen – die schrecklichste aller Vorstellungen – im Bett und liebten sich leidenschaftlich.

Nein, sagte er sich gleich darauf, das würde Stefanie nicht tun. Sie lässt sich Zeit mit den Intimitäten. Außerdem … wenn Daniel bei ihr wäre, stünde sein Wagen ja noch in der Einfahrt. Also ist er weg. Allein oder mit Stefanie.

Sein Blick fiel auf den Skizzenblock und die Kohlezeichnung, die er von Stefanie angefertigt hatte. Noch war er damit nicht fertig, doch ihre Augenpartie und der Mund waren ihm perfekt gelungen.

Zögernd griff er zu dem Kohlestift, der in einer alten Glasschale lag. Er machte ein paar Striche, doch etwas Konstruktives brachte er nicht zuwege. Also legte er den Stift schon bald wieder fort, starrte aber immer noch auf das unfertige Bild. Die Zeichnung verwischte sich vor seinem inneren Auge mit dem Bild, das er von Stefanie in sich trug. Er sah ihren süß geschwungenen Mund, die perfekt geformte Nase, die Augen mit den langen dunklen Wimpern, das kleine, kaum wahrnehmbare Grübchen in der linken Wange …

Als sein Handy piepste, zuckte er zusammen. Doch bei einem kurzen Blick aufs Display sah er, dass Klaus anrief.

»Hey, wie geht's dir? Alles überlebt?«

»So knapp.« Mathias seufzte auf. »Ich weiß gar nicht, was gestern mit mir los war. Tut mir leid, dass ich euch die Party versaut habe. Ich wollte wirklich keinen Ärger machen.«

»Hast du nicht.« Klaus lachte. »Aber du hattest, scheint mir, ein paar Schnäpse zu viel.«

»Das kannst du laut sagen. Nur deshalb konnte es so weit kommen.« Mathias seufzte erneut. »Aber als ich sah, wie sich dieser Mistkerl an Stefanie ranschmiss, sind mir einfach die Pferde durchgegangen.«

»Aber du kennst doch Daniel. Er kann das Flirten einfach nicht lassen. Das ist doch alles nicht ernst gemeint.«

»Das kam mir nicht so vor. Er tut einfach alles, um mich zu ärgern.«

»Mathias, jetzt stell dich nicht so an, das ist es doch nicht wert! Ich hoffe, du hast dich wieder mit Stefanie versöhnt.«

Mathias biss sich auf die Lippe, antwortete nicht.

»Hast du nicht?« Klaus holte deutlich hörbar Luft.

»Ich … ich konnte nicht. Mir geht's nicht gut.«

»Das glaub ich dir. Bist nicht nur eifersüchtig, sondern hast auch noch ein schlechtes Gewissen. Kein Wunder!«

»Erspar mir deine Vorwürfe!«

»Nichts da! Als dein bester Freund sag ich dir, dass du dich ganz schnell mit Stefanie aussprechen und dich entschuldigen solltest.«

»Ja, ja, mach ich.«

»Warte nicht zu lange. Bis dann. Ich muss jetzt los, wir müssen im Klubhaus die Geschenke abholen, die da noch lagern.«

»Gut.« Mathias drückte das Gespräch weg, ehe der Freund noch etwas sagen konnte. Dann ließ er sich wieder in den Sessel fallen und starrte hinüber zum *Katharinenhof*.

Gedämpft fiel das Licht der Morgensonne ins Zimmer, malte kleine Kringel auf die zartgrüne Bettwäsche, blähte die hauchfeinen Gardinen und ließ ein paar Staubkörner sichtbar durch die Luft tanzen.

Klaus lag entspannt neben Anni und sah sie lächelnd an. Sie hatte die Augen noch geschlossen, doch er wusste, dass sie wach war. Zärtlich beugte er sich vor, hob die leichte Decke an und barg den Kopf darunter.

Anni atmete tiefer ein, als er sie überall dort zu küssen begann, wo sie für seine Zärtlichkeiten besonders empfänglich war. Rasch ging seine Leidenschaft auf sie über, die Decke wurde zur Seite geschleudert, und Klaus sah Anni in die strahlenden Augen, als er begann, sich rhythmisch in ihr zu bewegen.

»Du, das darf aber nicht zur Gewohnheit werden«, murmelte Anni, als sie schließlich erschöpft, aber glücklich und entspannt nebeneinanderlagen.

»Was? Soll ich dich nie mehr morgens lieben dürfen?« Klaus sah sie mit gespieltem Entsetzen an. »Wenn das so ist, junge Frau, muss ich mir das mit dem Heiraten aber noch schwer überlegen.«

»Wag es nicht!« Sie beugte sich über ihn und küsste ihn zärtlich.

»Was meinst du denn dann?« Fest zog er sie an sich, und Anni spürte seinen Herzschlag an ihrer Brust. Sekundenlang genoss sie die Nähe, dann richtete sie sich wieder auf.

»Wir müssen aufstehen. Es ist schon fast acht Uhr, ich komme zu spät ins Atelier, und du …«

»Ich hab noch zwei Tage Urlaub. Und du auch, mein Schatz.« Sein Griff wurde wieder fester. »Unbegreiflich, dass du das vergessen konntest. Aber warte, ich zeige dir, was wir in der freien Zeit machen werden.«

»Nix da!« Mit einem Ruck befreite sie sich aus seiner Umarmung und sprang aus dem Bett. »Der Tag ist viel zu schön, um …«

»Um mich zu lieben?« Auch Klaus stand auf und trat hinter sie, und ehe sie sich wehren konnte, hob er sie hoch und trug sie ins angrenzende Bad. »Wag es nicht, jetzt Ja zu sagen!« In seinen Augen blitzte es übermütig auf.

»Hilfe!« Anni versuchte, sich zappelnd aus seinem Griff zu befreien.

»Schrei ruhig, hier hört dich eh keiner.« Er schob die Tür zur Duschkabine auf.

Anni dachte allerdings nicht daran, um Hilfe zu rufen, im Gegenteil, sie genoss die gemeinsame Dusche. Sanft verteilte Klaus das Duschgel auf ihrer Haut, wobei er immer wieder kleine Pausen machte, um sie zu küssen.

»Du machst das wie ein Profi!« Anni lachte.

»Und woher weißt du, was ein Profi macht … und wie?« Mit ausgestreckten Armen und so weit, wie es die enge Duschkabine erlaubte, hielt er sie von sich ab.

»Na ja, frau hat da so ihre Erfahrungen!« Anni schloss die Augen und hielt das Gesicht unter den warmen Wasserstrahl. »Autsch! Warte, das büßt du mir!«

Unbemerkt hatte Klaus den Wasserhahn auf kalt gestellt. Er selbst drückte sich an die hellen Fliesen, während Anni von dem eisigen Nass voll erwischt wurde.

»Gnade!« Lachend drehte er den Hahn wieder zu, griff nach einem der flauschigen Handtücher und trocknete Anni liebevoll ab.

»Was Stefanie jetzt wohl macht?« Gedankenverloren wickelte Anni das Badelaken fest um sich. Kleine Wassertropfen perlten aus ihren Haaren auf die leicht gebräunten Schultern.

»Wie meinst du das?«

»Sie wird unglücklich sein. Mathias hat sich benommen wie ein Irrer.« Sie hockte sich auf die Bettkante und trocknete die Füße ab.

»Vielleicht hat Mathias sich ja schon entschuldigt.«

»Glaub ich nicht. Dann hätte sie mich sicher schon angerufen.«

»Na ja, dann kann man eben nichts machen. Davon lassen wir uns den Tag nicht verderben. Sollen sie zusehen, wie sie klarkommen.«

»Das kann auch nur ein Mann sagen.« Anni begann, sich anzuziehen. »Ich kann nachempfinden, wie es Stefanie jetzt geht.«

»Sie könnte ja auch zu ihm gehen.«

»So weit kommt's noch!« Anni griff nach einer weißen Jeans, zu der sie eine hellblaue Leinenbluse wählte.

»Ist doch egal, wer den ersten Schritt macht.«

Dicht trat Anni vor ihn hin. »Würdest du so handeln? Sag ehrlich.«

Nur für eine Sekunde zögerte Klaus, dann nickte er. »Ja, würde ich. Denn ich könnte es gar nicht ertragen, mit dir zerstritten zu sein. Aber die beiden scheinen total verbohrt zu sein, wenn niemand den ersten Schritt machen will.«

»Ob ich mal mit ihr rede?« Anni ging ins Bad, trug ein wenig Lippenstift auf und tuschte sich die von Natur aus dunklen Wimpern nach. »Was meinst du?«

Klaus, der sich gerade das Poloshirt überzog, murmelte etwas Unverständliches vor sich hin, laut sagte er dann: »Wir sollten uns nicht länger den Kopf über die zwei zerbrechen. Genießen wir den Tag. Ich weiß auch schon, wohin wir fahren.«

»Und wohin?«

»Hoch zur Ilkahöhe. Was hältst du von der Idee?«

Anni nickte. »Wunderbar, die Idee. Erst laufen wir ein bisschen, dann lassen wir uns im Forsthaus verwöhnen.«

Bevor sie den Raum verließen, zog Klaus seine Anni noch einmal in die Arme. »Verwöhnen kann ich dich hier auch«, flüsterte er ihr ins Ohr.

»Mag sein.« Lachend machte sie sich los. »Aber gegen meinen Hunger kannst du nichts ausrichten, mein Schatz. Da lob ich mir doch die Küche oben auf der Ilkahöhe.«

»Du bist grausam prosaisch.«

Anni lachte nur und zog ihn mit sich. Sie war unendlich glücklich, und der Gedanke, dass sie nun bald jeden Morgen neben Klaus aufwachen würde, verstärkte das gute Gefühl, das sie hatte, noch mehr. Nur der Gedanke daran, dass Stefanie im Moment wohl etwas deprimiert sein würde, goss einen Wermutstropfen in den Glücksbecher.

Schon nach kurzer Fahrt lag Tutzing hinter ihnen, die Straße ging in etlichen Kurven hoch zum Gutshaus *Ilkahöhe*.

»Weißt du eigentlich, woher die Ilkahöhe ihren Namen hat?« Fragend sah Anni Klaus an, der sich ganz auf die Straße konzentrierte und gerade einem großen Traktor auswich.

»Nein. Hab ich mal gehört, aber wieder vergessen.«

»Dann lass ich dich mal an meinem umfassenden Wissen über unsere Heimat teilhaben.« Anni lehnte den Arm aus dem Fenster. »Die Ilkahöhe trägt ihren Namen zu Ehren der Fürstin Ilka von Wrede, die im Krieg 1870/71 viele Verwundete gepflegt hat. Für dieses Engagement hat sie etliche Auszeichnungen erhalten, und der Berg hier trägt seither ihren Namen.«

»Was krieg ich doch für eine kluge Frau!« Klaus sah sich nach einem Parkplatz um. »Ich weiß zumindest, dass die Landschaft einst von einer Gletschermoräne geformt wurde.«

»Ich bin beeindruckt.« Anni lachte.

»So soll es sein.« Er stellte den Motor ab. »Was meinst du, soll ich den Rucksack mitnehmen? Ich hab Wasser und etwas Hartwurst dabei.«

»Ach was, so lange laufen wir doch nicht. Bis zum Aussichtspunkt ist es nicht mal eine Stunde Weg.« Anni nahm seine Hand. »Und hinterher kehren wir sowieso im Biergarten ein, wie ich dich kenne.«

»Hast recht.« Klaus lachte. »Kennst mich wirklich gut, Schatzl.«

Hand in Hand wanderten sie den schmalen Weg hoch, bis sie zu einer Stelle kamen, von der aus man einen herrlichen Blick hin zum See hatte. In der Ferne war das Alpenpanorama deutlich zu erkennen.

»Da drüben sind die Chiemgauer Alpen.« Klaus streckte den Arm aus. »Und da hinten kannst du sogar die Zugspitze sehen. Wir haben Glück heute, das Wetter ist ideal.«

So wie die beiden genossen etliche Touristen die hervorragende Fernsicht. Die Zugspitze mit ihrer weißen Schneehaube war deutlich zu erkennen, ebenso die Kampenwand.

»Schön ist es.« Anni lehnte sich ein wenig enger an Klaus.

»Sehr schön.« Er küsste sie verliebt auf die Wange.

»Ich meinte die Landschaft.«

»Ja, die ist auch ganz nett.« Sein Griff um ihre Taille wurde fester. »Du gefällst mir aber besser als Zugspitze und alle Seen zusammen«, raunte er ihr zu. »Komm, wir gehen hier weg, es sind viel zu viele Leute unterwegs.«

»Und wohin willst du mich entführen?«

Er lachte. »Erst mal nur bis zum Deixlfurter See. Da sind sicher nicht ganz so viele Leute, und ich kann dich ungestört küssen.«

Der Weg zu dem kleinen See, der unterhalb der Ilkahöhe lag, führte durch ein Waldstück, das angenehmen Schatten spendete. Sie trafen etliche Wanderer, auch ein paar Bekannte, die ihnen noch nachträglich zur Verlobung gratulierten.

Klaus kannte einen ruhigen Flecken am See, wo sie sich im weichen Gras ausruhen konnten.

»Am liebsten würde ich jetzt ein paar Runden schwimmen«, sagte Anni.

»Tu's doch.«

Sie sah sich um. »Geht nicht. Ich hab keinen Badeanzug dabei.«

»Und? Ist doch egal. Hier ist weit und breit kein Mensch.«

Anni lachte und zeigte auf drei Boote, die auf dem flachen Wasser dahindümpelten. »Die Angler zählen also nicht.«

Klaus winkte ab. »Ist doch egal. Wir müssen ja nicht so weit rausschwimmen.«

Doch Anni begnügte sich damit, im flachen Uferbereich hin und her zu waten und sich so abzukühlen, während Klaus sich auszog und dann ins kühle Nass rannte.

»Pass auf, dass dir die Fische nichts abbeißen«, scherzte Anni.

»Wie gut, dass du dir deshalb Sorgen machst!«

»Klar doch! Ich will schließlich ein Kind von dir.«

»Nur eins?« Mit langen, kräftigen Zügen schwamm er wieder auf sie zu, stieg aus dem Wasser und zog sie fest an sich. Dass sie nass wurde, störte ihn nicht. »Ich wäre jetzt schon bereit, dir den Wunsch zu erfüllen«, raunte er dicht an ihren Lippen.

»Verrückter Kerl!« Anni spürte genau, wie erregt er war, und sie schmiegte sich eng an ihn.

»Genau deshalb hast du dich doch in mich verliebt.« Sein Kuss wurde leidenschaftlicher, intensiv spielte seine Zunge mit ihrer, während seine Hände sanft ihren Rücken streichelten.

Für ein paar Augenblicke gab sich Anni ganz den intensiven Zärtlichkeiten hin, dann schob sie ihn von sich. »Zieh dich lieber an, ehe du öffentliches Ärgernis erregst. Jeden Moment kann jemand kommen.«

»Du bist grausam! Und furchtbar vernünftig.« Lachend kam er ihrer Aufforderung nach.

»Ich weiß.« Anni schaute zu, wie er sich das Poloshirt überstreifte. Er sah sehr gut aus, ihr Klaus, und sie liebte ihn über alles. »Ich werde mir überlegen, wie ich es wiedergutmachen kann.«

»Einverstanden!« Kurz strich er sich das nasse Haar aus der Stirn. »Bis dahin gehen wir was essen.«

»Sag du mir noch mal, ich sei prosaisch!«

Gut gelaunt gingen sie zum Restaurant zurück, aßen dort ganz hervorragend und genossen noch einmal den unbeschreiblich schönen Blick übers Land.

Die Sonne war schon weit nach Westen gewandert, ehe die beiden den Heimweg antraten. Auf der Hauptstraße herrschte viel Verkehr, und Klaus beschloss, einen Schleichweg zu nehmen.

»Das dauert ein paar Minuten länger, aber es fährt sich da besser«, meinte er und lenkte den Wagen schon in die schmale Seitenstraße.

Anni war es egal, auf welchem Weg sie nach Dießen zurückfuhren. Sie war glücklich und lehnte entspannt in ihrem Sitz.

»Was soll das denn? Ist der Kerl verrückt?«

Sie zuckte bei Klaus' heftigen Worten zusammen und schrie unterdrückt auf. Wie ein großes drohendes Ungetüm kam aus einem Seitenweg ein Milchwagen auf sie zu, der Fahrer schien nicht zu bemerken, dass ihm ein anderes Fahrzeug entgegenkam. In viel zu hohem Tempo raste er mit seinem Gefährt auf den Wagen von Klaus und Anni zu.

Verzweifelt riss Klaus das Lenkrad nach rechts, mit quietschenden Reifen landeten sie in einem Graben. Blech knirschte, Glas splitterte, und etwas weiter entfernt krachte der Lastwagen mit Wucht gegen einen Baum.

Anni spürte einen stechenden Schmerz in der Seite, als der Sicherheitsgurt sie fest in den Sitz presste und der Airbag aufplatzte.

»Klaus! Klaus … bist du okay?« Es dauerte ein paar Sekunden, ehe sie ihren Schock überwunden hatte und den Kopf nach links wenden konnte.

Ein dumpfes Stöhnen war die einzige Antwort.

»Ganz ruhig bleiben, Hilfe ist schon unterwegs.«

Anni sah auf, hinein in ein wettergegerbtes Männergesicht, dessen untere Hälfte von einem eisgrauen Bart bedeckt wurde.

»Was ist …« Sie versuchte, sich zu bewegen.

»Moment, ich mache Sie los. Aber Vorsicht!« Der Mann half ihr, sich vom Druck des Airbags zu befreien. »Nicht, dass Sie was gebrochen haben und sich noch mehr verletzen.«

»Mir geht es gut. Alles in Ordnung.« Anni bewegte sich langsam, doch außer einem Druckschmerz an den Rippen schien alles in Ordnung zu sein. »Klaus … was ist mit ihm?«

»Ihren Freund hat's ein bisschen stärker erwischt. Sein Bein ist eingeklemmt.« Der ältere Mann biss sich kurz auf die Lippe. »Er hat wohl beim Ausweichen den Baumstumpf nicht gesehen und ist voll drauf zugefahren. Jetzt klemmt die Tür. Die muss die Feuerwehr sicher aufschweißen.«

»Der Laster …«

»Um den kümmern sich meine Söhne.« Der Bauer hielt sie am Arm fest, da sie leicht taumelte. »Wir kennen den Fahrer, er holt seit Jahren bei uns die Milch ab.« Er biss sich erneut auf die Lippe. »Er ist … na, es hat ihn halt erwischt, den Sepp. Er ist hinterm Steuer ohnmächtig geworden. Sieht nach einem Infarkt aus.«

Aus der Ferne heulten Sirenen auf. Kurz darauf trafen zwei Rettungswagen und ein Wagen der Feuerwehr ein.

Anni erlebte die kommende Viertelstunde wie einen

Albtraum. Sie saß in einem der Krankenwagen, ein Sanitäter kontrollierte ihren Puls und sprach ihr beruhigend zu – Worte, deren Sinn sie nicht wirklich aufnahm. All ihre Konzentration richtete sich auf Klaus, der immer noch eingeklemmt in seinem Wagen lag. Ein Sanitäter beugte sich, soweit es möglich war, ins Wageninnere, hob dann kurz den Kopf und rief den Kollegen etwas zu, das Anni aber nicht verstand.

Tränen liefen ihr übers Gesicht, immer wieder drohte ihr Kreislauf zu kippen, bis endlich die Injektion, die sie erhielt, erste Wirkung zeigte. Doch davon, dass der Notarzt hinüber zum Lastwagen hastete, dort aber nur noch den Tod des Fahrers feststellen konnte, bekam sie nichts mit. Wie hypnotisiert starrte sie hinüber zu den beiden Feuerwehrmännern, die jetzt mit irgendwelchen Geräten die Tür aufschweißten und Klaus dann behutsam, unterstützt von zwei Sanitätern, aus dem Unfallwagen zogen und auf eine bereitstehende Trage betteten.

Der Notarzt beugte sich nun über Klaus, der kurzfristig zur Besinnung kam, doch gleich wieder bewusstlos wurde.

»Sofort in die Klinik!«, ordnete der noch junge blonde Mediziner an. »Ich fürchte, er hat ein paar Rippen gebrochen, eine könnte die Milz verletzt haben. Der Bauchraum ist ziemlich angespannt, da kann ich hier gar nichts machen.«

»Seine Beinwunde ist nicht tief«, warf einer der Sanitäter ein, der sich um die blutende Fleischwunde gekümmert hatte. »Da genügt erst mal ein Druckverband.«

Der Notarzt nickte nur und befahl die sofortige Abfahrt in die Klinik.

»Ruhig, Strolchi, die Männer dürfen aufs Grundstück.« Lächelnd sah Stefanie den vier Handwerkern entgegen, die ihren Wagen in der Einfahrt geparkt hatten und nun begannen, ihr Werkzeug auszuladen.

»Grüß Gott, Frau Holländer.« Der Seniorchef der Bauunternehmung kam mit ausgestreckter Hand auf sie zu. »Freut mich, dass es weitergehen kann.«

»Und mich erst, Herr Harresberger. Aber es hat viel zu lange gedauert, bis sich das Missverständnis aufgeklärt hat. Der Umbau wird viel zu spät fertig. Es ist fatal.« Ein Seufzer begleitete ihre Worte.

»Missverständnis, sagen Sie? Na ja, das sehen Sie aber sehr großzügig. Ich denke schon, dass Ihnen da jemand schaden wollte und eine gemeine Intrige angezettelt hat.« Bedeutungsvoll sah er hinüber zum *Seeschlösschen.*

»Mag sein, doch das lässt sich ja nicht beweisen.« Stefanie ließ Strolchi los, der sich mit eingezogenem Schwanz unter einen alten, üppig blühenden Hortensienstrauch verzog und von dort aus die Fremden beobachtete, die in sein neues Reich eingedrungen waren.

»Das ist doch der Hund vom Waller Micha.« Einer der jüngeren Bauarbeiter sah Strolchi nach, dann blickte er Stefanie fragend an. »Ist er Ihnen zugelaufen?«

Stefanie nickte. »Kann man so sagen. Seit einigen Tagen hab ich ihn schon.«

»Das ist gut.« Der Mann nickte. »Der Waller war ein Mistkerl, hat den armen Hund nie gut behandelt.«

»Was ist mit dem Mann?«

»Tot ist er. Hat sich mal wieder total besoffen und ist die Kellertreppe runtergefallen. Genickbruch.« Ein knappes Schulterzucken folgte. »Gestern ist er beerdigt worden. Ein Neffe aus dem Salzburgischen hat sich um alles gekümmert.«

Stefanie biss sich auf die Lippe. »Und der Hund? Wird dieser Neffe ihn mitnehmen?« Der Gedanke machte sie traurig. Sie hatte sich in den wenigen Tagen schon sehr an Strolchi gewöhnt.

Der Mann schüttelte entschieden den Kopf. »Nie und nimmer. Wenn Sie dem Hund was Gutes tun wollen, behalten Sie ihn einfach.«

»Ich hab ihn angebunden unten am See gefunden. Ob das dieser Neffe gemacht hat?«

»Würde zu ihm passen. Der ist nicht besser, als es sein Onkel war.« Der Handwerker hob seinen Werkzeugkasten auf. »Nix für ungut, aber so ist es nun mal.« Er machte eine kleine Pause, dann fügte er hinzu: »Manchen Menschen müsste man generell verbieten, ein Tier zu halten.«

»Dann bleibt der Strolchi hier. Es hat bisher ja auch niemand nach ihm gefragt. Und er hatte sowieso keine Hundemarke.« Stefanie lächelte, sie war erleichtert, dass es in dem Fall keine Probleme mehr geben konnte. Es wäre ihr sehr schwergefallen, sich wieder von dem Hund zu trennen, der in ihr seine neue Bezugsperson sah.

»So, wir fangen mit der Terrassenaufschüttung an.« Der Bauunternehmer wies auf einen drahtigen Mann in blauer Latzhose und rotem Hemd. »Der Volker ist mein Polier, ein sehr guter Mann. Hab ihn extra von einer anderen Baustelle abgezogen.« Kurz tippte er sich an die Stirn. »Bis dann. Volker, du weißt, was zu tun ist.«

»Freilich.« Der Polier gab seinen Männern kurze,

präzise Anweisungen, dann wandte er sich an Stefanie. »Wir arbeiten mit zwei Leuten mehr, wenn's recht ist. Ein bisschen von der verlorenen Zeit lässt sich so aufholen.«

»Dafür wäre ich Ihnen sehr dankbar.«

»Machen wir gerne.« Der Mann nickte ihr zu. »Es gibt hier am See noch ein paar Leute, die sich nicht vor den Karren vom von Ahlen spannen lassen. Unser Chef gehört zum Glück dazu. Und jetzt auf geht's, Leute!«

Er packte selbst kräftig mit an, und Stefanie ging erleichtert ins Haus zurück. Wenigstens ein kleiner Lichtblick!

In der Küche, die ihre beiden Fenster zur Straße hin hatte, begann sie, eine deftige Brotzeit für die Männer zuzubereiten. Zum Glück hatte sie gestern einige Vorräte aufgefrischt, sodass es fürs Erste reichte. Während sie die Brote belegte und ein Glas Gurken öffnete, ging ihr Blick immer wieder hinüber zum Kroller-Haus. Still war es dort, Mathias rührte sich nicht, sein Wagen stand seit zwei Tagen in der Einfahrt. Aus seiner Werkstatt drang kein Laut.

Gestern hatte sie noch gehofft, dass er kommen und sich entschuldigen würde, doch es hatte sich nichts getan. Schließlich hatte sie sich überwunden und bei ihm angerufen, doch Mathias war nicht an den Apparat gegangen, obwohl sie es lange hatte läuten lassen.

»Wie kann man nur so stur sein?«, murmelte sie nach einem letzten Blick zur anderen Straßenseite hin. »Ich werd's nicht noch mal versuchen.«

Sie nahm die große Platte mit den belegten Broten und brachte sie den Männern hinaus, die die Stärkung dankend annahmen, so wie die Limettenlimonade und den Kaffee.

Strolchi, der den Schinken roch, der auf einigen Broten lag, kam aus seiner Deckung und lief schwanzwedelnd auf Stefanie zu. Den beiden Handwerkern, die gerade nach dem Imbiss griffen, warf er nur einen langen Blick zu.

»Komm mit, Strolchi, kriegst im Haus was Leckeres.« Stefanie hatte kaum zu Ende gesprochen, als vor dem Haus Annis Auto anhielt. »Wir kriegen Besuch!« Stefanie ging ums Haus herum und stockte mitten im Schritt, als Anni bereits dicht vor ihr stand. »Was ist passiert?«

Erschrocken sah sie in die vom Weinen geröteten Augen der Freundin.

»Klaus …« Ein trockenes Schluchzen erstickte Annis Stimme. »Wir hatten einen Unfall.«

»Um Himmels willen, was ist passiert?« Sie legte den Arm um Annis Schultern und führte sie ins Haus. In der Küche drückte sie die Freundin auf die breite Bank, die rund um den Kachelofen führte, und setzte sich dicht neben sie, nachdem sie Strolchi, der ihnen gefolgt war, ein paar Hundekekse gegeben hatte. »Nun sag schon«, forderte sie die Freundin auf. »Ist Klaus schwer verletzt?«

Schluchzend schilderte Anni, was zwei Tage zuvor passiert war.

»Warum hast du mich nicht gleich angerufen? Ich wäre doch sofort gekommen.«

Anni schüttelte den Kopf. »Meine Mutter war mit in der Klinik, und zu viele Leute dürfen gar nicht auf die Intensivstation.« Sie schluckte schwer. »Jetzt geht es ihm zum Glück wieder besser. Er liegt auf der Chirurgie und macht schon wieder Scherze.« Sie wischte sich die letzten Tränenspuren fort. »Dabei bin ich fast verrückt geworden vor Angst um ihn. Aber er tut jetzt so, als sei die Operation ein Klacks gewesen.«

»Was hat er denn? Du hast es mir immer noch nicht gesagt.«

»Einen Milzriss, der aber zum Glück nicht so lang und tief war, sodass man ihn nähen konnte. Sein linker Fuß ist verstaucht, und er hat eine Fleischwunde am Oberschenkel.«

Stefanie atmete auf. Das alles war sicher schrecklich, aber es klang nicht lebensbedrohend. »Ich mach uns einen frischen Kaffee«, bot sie an.

»Nein, nein, ich muss gleich weiter.« Anni stand auf. »Ich wollte es dir nur selber sagen. Und …« Sie biss sich auf die Lippe. »Du, es kann sein, dass ich nicht rechtzeitig mit den restlichen Gardinen und den Stuhlkissen für die Gartenmöbel fertig werde«, sagte sie dann leise. »Ich möchte doch bei Klaus sein.«

»Das ist doch kein Problem. Hier ist alles schon so sehr in Verzug, da werden die Kissen sicher noch rechtzeitig fertig. Die sind wahrhaftig mein kleinstes Problem. Und zur Not geht es auch ein paar Wochen ohne Gardinen.«

»Nein, nein, so viel Zeit werde ich nicht im Krankenhaus verbringen können.« Anni straffte sich. »Nur in den ersten Tagen will ich bei ihm sein.« Sie umarmte Stefanie kurz. »Weißt du, mit dir kann ich reden, du verstehst mich, gell? Bei fremden Kunden hätte ich nicht gewagt, um Aufschub zu bitten.«

»Kein Problem.« Stefanie brachte die Freundin zum Wagen. Wie selbstverständlich kam Strolchi mit.

»Der ist aber anhänglich.« Erst jetzt schien Anni den Hund zu bemerken. »Wem gehört er? Einem der Arbeiter?«

»Ab jetzt mir.« Rasch erzählte Stefanie, wie sie zu dem Tier gekommen war.

»Und was sagt Mathias zu der Konkurrenz?« Ein kleines Lächeln glitt über Annis Gesicht. »Auf den Hund wird er ja wohl nicht eifersüchtig sein.«

»Er weiß noch nichts von ihm. Er hat sich auch nicht bei mir gemeldet. Geht auch nicht ans Telefon.«

Anni runzelte die Stirn. »Das passt aber gar nicht zu ihm«, meinte sie und sah hinüber zur Kunsttischlerei. Dort regte sich immer noch nichts. Weder aus dem Wohnhaus noch aus der Werkstatt drang ein Geräusch. »Vielleicht solltest du doch mal rübergehen und nach ihm schauen.«

»Vielleicht.« Stefanie wandte sich zurück zur Baustelle, wo sich zwei der Männer einen heftigen Disput lieferten. »Ich schau mal, was da los ist.« Kurz umarmte sie die Freundin. »Morgen Nachmittag besuche ich Klaus in der Klinik, wenn es recht ist.«

»Sicher. Er wird sich freuen. Er ist schon wieder recht fit.« Anni setzte sich hinters Lenkrad und startete den Motor. Kurz winkte sie der Freundin noch einmal zu, dann fuhr sie los.

Stefanie sah zu den Arbeitern hinüber, die aber wieder ruhig zusammenarbeiteten. »Komm, Strolchi, wir schauen drüben mal nach, was los ist. Einer muss ja seinen Stolz vergessen und den ersten Schritt tun.«

Ehe sie zwei Schritte auf die Straße gemacht hatte, hielt mit dreimaligem Hupen ein Auto vor ihr. Lachend stieg Daniel Stadler aus.

»Das nenne ich einen perfekten Empfang!« Er ging mit ausgebreiteten Armen auf Stefanie zu. »Ich war gerade in der Gegend und dachte, ich schau mal auf einen Sprung bei dir vorbei.« Mit leicht schräg gelegtem Kopf sah er sie an. »Ist was? Du siehst angespannt aus.«

Rasch schüttelte Stefanie den Kopf. »Nein, nein, alles in Ordnung«, versicherte sie und warf einen letzten Blick hinüber zur Werkstatt. »Möchtest du mit reinkommen? Der Kaffee ist noch frisch.«

Doch Daniel schüttelte den Kopf. »Keine Zeit. Leider. Ich hab gleich einen Termin, und am Abend treff ich mich mit Geschäftspartnern in München.« Er griff nach ihrer Hand, was Strolchi mit einem leisen Knurren kommentierte. »Komm doch einfach mit!«

»Das geht nicht.« Stefanie wies hinüber zur Baustelle. »Die Männer haben eben erst wieder angefangen. Ich möchte schon hier sein und schauen, was sie machen. Außerdem will ich nachher noch mit einem von ihnen in die Gärtnerei fahren und ein paar Pflanzen aussuchen.«

»Dann komm heute Abend mit, da bin ich mit einem besonders wichtigen Kunden zum Essen verabredet. Er wäre sicher erfreut über deine Gesellschaft. Ich hole dich gegen sieben ab.« Bittend sah er sie an. »Du würdest mir eine große Freude machen.«

Sein Lächeln war offen und sympathisch, und Stefanie nickte zustimmend. »Warum nicht?« Kurz blickte sie zum gegenüberliegenden Haus hinüber. Nichts regte sich, und trotzig warf sie das Haar in den Nacken. »Wohin gehen wir denn?«

»In den *Bayerischen Hof.* Mein Geschäftspartner wohnt da, zudem hat das Hotel eine tolle Bar.«

»Ich weiß.« Stefanie nickte ihm zu. »Schließlich habe ich eine Weile in der Hotelbranche gearbeitet.«

»Stimmt, ja!« Er schlug sich leicht gegen die Stirn. »Es ist schade, aber ich weiß noch so wenig von dir. Du musst mir Gelegenheit geben, dich näher kennenzulernen.« Sein Blick ging ihr unter die Haut. »Gib mir heute Abend gleich Gelegenheit dazu. Bitte.«

»Gut.« Sie nickte zustimmend. »Im *Bayerischen Hof* war ich lange nicht mehr. Zumindest weiß ich dann, was ich anziehen muss.«

»Du bist doch immer wunderschön.« Kurz beugte er sich vor und hauchte ihr einen Kuss auf die Wange. »Bis nachher.«

»Bis nachher.«

Langsam schlenderte Stefanie zum Haus zurück, drehte sich aber noch einmal um und sah zu Mathias' Werkstatt hinüber. Ihr Vorhaben, hinüberzugehen und sich eventuell mit ihm zu versöhnen, verwarf sie wieder.

Nein, er musste den ersten Schritt tun! Ob er an einem der Fenster stand und sie vielleicht beobachtete? Sollte er doch! Sein Benehmen auf der Verlobungsfeier würde sie ihm so rasch nicht verzeihen, es war zu albern gewesen. Prügelte sich wie ein Zwölfjähriger mit Daniel. Und das ohne Grund!

Ob Daniel wirklich nur zufällig vorbeigekommen war? Sie glaubte es eigentlich nicht. Aber es störte sie auch nicht, dass er sich ganz offensichtlich für sie interessierte. Es war merkwürdig, da waren Gefühle für diesen Mann in ihr, die sich nicht wirklich einordnen ließen. Etwas an ihm faszinierte sie, etwas, dem sie aber keinen Namen geben konnte. War es seine weltmännische Art? Sein unbekümmertes Wesen? War er ihr mehr als sympathisch? Oder ließ sie sich nur auf ihn ein, weil sie mit Mathias zerstritten war?

Am Nachmittag bezog sich der Himmel. Die feinen weißen Wolken, die tagsüber wie kleine Boote über den bayerisch blauen Himmel gesegelt waren, wurden immer rascher zu großen grauen Ungetümen, die nichts Gutes verhießen.

Noch schien die Sonne in milchigem Weiß, doch ihre Kraft ließ von Minute zu Minute nach. Wind kam auf, die heftige Brise vertrieb die Boote vom See und veranlasste die meisten Touristen, sich in ihre Hotels oder Pensionen zurückzuziehen, da sich der Himmel immer stärker verdunkelte.

Zeitgleich mit den ersten Regentropfen zuckten grelle Blitze über den Himmel, die von rasch aufeinanderfolgenden Donnerschlägen begleitet wurden.

Mathias Kroller, der auf dem Boden des geräumigen Zimmers lag, hörte zunächst nichts vom Gewittergrollen. Erst nach und nach drangen die lauten Donnerschläge in sein Bewusstsein.

Mühsam öffnete er die Augen, sah sich zunächst orientierungslos um. Was war geschehen? Wieso lag er hier im Wohnzimmer?

Er versuchte, sich umzudrehen, um sich besser umsehen zu können, doch es wollte nicht gelingen. Ein heftiger Schmerz zuckte durch seinen Schädel, und aufstöhnend griff er sich an den Hinterkopf, der so höllisch schmerzte, dass Mathias Angst hatte, gleich wieder die Besinnung zu verlieren.

Erst nach dem zweiten Versuch gelang es ihm, sich ein wenig aufzurichten. Er lag mitten in seinem Wohnzimmer, umgeben von zerbrochenem Porzellan und Büchern, die willkürlich aus dem Bücherschrank gleich neben der Tür geworfen worden waren.

Erst als er sich auf die Knie zu hocken versuchte, was

nach mehrmaligen Versuchen gelang, bemerkte er den Blutfleck, der sich dunkelrot auf dem hellen Teppichboden ausgebreitet hatte.

»Verdammt …« Erneut griff er sich an den Hinterkopf und sah erschrocken auf seine blutigen Finger.

Vergeblich versuchte er, sich zu erinnern, was geschehen war. Der Schmerz in seinem Kopf war auf einmal so stark, dass er glaubte, sich übergeben zu müssen. Tief atmete er durch. Er musste Hilfe rufen.

Das Telefon stand in der Halle, doch das Handy war bestimmt in seiner Hosentasche. Er tastete danach, zog es mühevoll hervor.

»Mist!« Der Akku war leer.

Noch einmal versuchte er, aufzustehen und das Telefon zu erreichen. Doch in dem Moment, in dem er sich aufrichtete, wurde ihm schwarz vor Augen. Mit einem dumpfen Stöhnen sackte er wieder zusammen.

So rasch, wie das Gewitter heraufgezogen war, so schnell zog es auch wieder ab. Die Luft, vor zwei Stunden noch schwül und drückend, war nun klar und frisch, und im Westen blitzte erneut die Sonne hinter den letzten Wolken auf.

Einer der Gärtner kam zur Terrasse, blieb aber an der Tür stehen. »Frau Holländer, es ist zu spät geworden, um noch zur Baumschule und der Gärtnerei zu fahren. Verschieben wir das auf morgen, ja?«

»Machen wir.« Stefanie hatte schon geahnt, dass das Gewitter die Pläne der Männer vereitelt hatte. »Dann gehe ich mit dem Hund einkaufen.«

»Gut. Wir sehen uns dann morgen wieder. Bis dann.«

»Danke, bis dann.« Sie schloss die Tür und wandte sich an den Hund. »Komm, Strolchi, wir gehen rasch einkaufen. Du brauchst unbedingt ein ordentliches Halsband und eine Leine.« Sie bückte sich und griff nach dem zerschlissenen Halsband, das der Hund bisher getragen hatte. Statt der Leine hatte ihm der Vorbesitzer einen alten Kälberstrick an das Halsband gebunden.

»Morgen werde ich dich offiziell bei der Stadtverwaltung anmelden. Dann kriegst du eine Hundemarke, und zum Tierarzt gehen wir auch, damit du mal richtig untersucht wirst.« Liebevoll streichelte sie ihm über das dunkle Fell, das schon nach den wenigen Tagen bei ihr einen seidigen Glanz bekommen hatte.

Strolchi schien alles zu verstehen, er wedelte begeistert mit dem Schwanz und raste zur Tür, kaum dass sie sich eine leichte Jacke übergeworfen hatte.

Leider konnten sie nicht allzu lange unterwegs bleiben, denn das Unwetter kam zurück, der Wind drehte und trieb die dunklen Wolken vor sich her. Wie riesige Türme wuchsen sie am Himmel empor, erste Blitze zuckten in der Ferne hinter den Bergen auf, gefolgt von dumpfem Donnergrollen.

Strolchi verzog sich, kaum dass sie wieder zu Hause waren, unter den Küchentisch, wo er in einen unruhigen, von Donnerschlägen immer wieder gestörten Schlaf fiel.

Stefanie war im Zweifel, ob sie den Hund bei dem Unwetter, das immer näher kam, überhaupt allein lassen konnte. Doch sie wollte Daniel nicht enttäuschen. Zudem kam ihr eine Abwechslung ganz recht. Wenn sie daheim blieb, würde sie ja doch nur rüber zu Mathias' Haus starren und sich grämen, weil er so gar nichts von sich hören ließ.

Sie verstand sein Verhalten nicht. Sollte sie sich in ihm getäuscht haben? War er gar nicht so verliebt in sie, wie er immer behauptet hatte? Oder war er so rasend eifersüchtig, dass er sie mit Nichtachtung strafte, weil sie mit Daniel getanzt hatte?

»Mit so einem Mann kann ich nicht zusammenleben«, murmelte sie, während sie sich das Haar intensiv kämmte, bis es ihr in glänzenden Wellen über die Schultern fiel. Das dezente Augen-Make-up betonte geschickt ihre großen blauen Augen und die langen Wimpern, der lachsfarbene Lippenstift passte genau zu dem schmal geschnittenen Kleid aus Rohseide. Vor einem Jahr hatte sie es sich bei einem Italienurlaub gekauft. Viel zu teuer war es gewesen, doch sie hatte sich in der Mailänder Boutique sofort in das Kleid verliebt. Jetzt, da ihre Haut bereits gebräunt war, sah sie sehr gut darin aus.

Als einzigen Schmuck wählte sie eine Kette mit einem Diamanttropfen aus. Dieses Schmuckstück hatte sie, so wie etliche andere Teile, von Tante Katharina geerbt. Doch allzu viel machte Stefanie sich nicht aus den wertvollen Stücken. Die Ringe waren ihr lästig, die langen Ohrringe, die die Tante stets getragen hatte, gefielen ihr nicht. Doch sie brachte es auch nicht fertig, sie zu verkaufen oder umändern zu lassen.

Die schmale Kette jedoch war wunderschön, und Stefanie fand, dass sie sie heute auf jeden Fall tragen sollte.

Daniel war pünktlich, und in seinen Augen blitzte es auf, als Stefanie ihm die Tür öffnete.

»Wunderschön!« Kurz umarmte er sie. »Man wird mich um dich beneiden.«

»Übertreib nicht.«

»Tu ich nicht.« Er griff nach ihrer Hand und führte sie zum Auto. »Ich freue mich auf den Abend.«

»Hoffentlich hast du Erfolg bei deinen Geschäften.« Stefanie stieg ein, warf jedoch vorher einen langen Blick hinüber zu Mathias' Haus. Sekundenlang verdunkelte sich ihre Miene, doch dann wandte sie sich mit einem Lächeln Daniel zu, der sich hinters Steuer setzte und sofort den Motor startete.

»Du hast dich aber auch in Schale geworfen«, stellte sie fest. Daniel trug zur schwarzen Hose ein hellgraues Jackett mit hauchfeinen schwarzen Streifen. Das weiße Leinenhemd unterstrich seine Bräune.

Ein jungenhaftes Grinsen glitt über sein gut geschnittenes Gesicht. »Was tut man nicht alles, um bei einem wichtigen Kunden Eindruck zu schinden.« Er griff in die Jackentasche und zog eine brombeerfarbene Seidenkrawatte heraus. »Ich hab sogar diesen Strick dabei.«

»Erzähl mir was über den Kunden. Der muss ja wirklich wichtig sein.«

»Ist er. Und schon etwas älter. Sehr seriös. Und sehr eigenwillig. Leider.« Für einen kurzen Moment legte er Stefanie die Hand auf den Arm. »Aber vielleicht kannst du ihn etwas leutseliger stimmen.«

»Ich?« Stefanie schüttelte den Kopf. »Sag mal, hast du mich vielleicht nur deshalb eingeladen? Ich bin nun wirklich nicht dazu geeignet, ältere Herren zu bezirzen.«

»Aber nein! Um Himmels willen, denk so was nicht! Ich hab nur gemeint, dass Herr Wegener in Gesellschaft einer schönen Frau vielleicht etwas entspannter sein wird.« Daniel wirkte ehrlich geschockt. »Glaub mir das bitte, ich hatte keine Hintergedanken.«

Stefanie nickte, doch sie blieb noch eine Weile angespannt.

Das Luxushotel am Promenadeplatz war hell erleuchtet, und die Lobby faszinierte Stefanie wie schon bei ihren ersten Besuchen in diesem Hotel. Ein kleines Lächeln glitt über ihr Gesicht, als sie in einem der Concierges einen ehemaligen Kollegen erkannte, der ihr diskret zuwinkte. Dann widmete er seine ganze Aufmerksamkeit wieder dem Paar, das vor seinem Tresen stand.

Vom Gewitter, das die Region um den Starnberger und den Ammersee heimgesucht hatte, war in München nichts zu spüren. Die Straßen waren trocken, und wie stets herrschte reges Treiben, auch in der eleganten Hotelhalle.

»Ah, da ist Herr Wegener ja schon!« Daniel griff unter Stefanies Ellbogen und dirigierte sie so in die Richtung eines etwa sechzigjährigen Mannes, der sich aus einem der Sessel erhob und ihnen zwei Schritte entgegenkam.

»Sie sind pünktlich. Erfreulich.« Sein Lächeln war schmal, erreichte die dunklen Augen nicht, die Stefanie kurz musterten. »Ihre Frau?«

»Nein. Aber eine gute Bekannte. Darf ich vorstellen: Stefanie, das ist Herr Wegener, einer der bedeutsamsten Hersteller von Skibekleidung. Und das ist Stefanie Holländer.«

»Angenehm.« Herr Wegener wies hinüber zur Bar. »Wir nehmen erst einen Drink vor dem Essen. Es ist Ihnen recht?« Diesmal wandte er sich allein an Stefanie.

»Natürlich. Gern.«

»Meine Zeit ist knapp bemessen, bitte entschuldigen Sie. Aber ich will nachher noch weiter nach Ulm.« Er winkte dem Barkeeper knapp zu. »Wie immer bitte.« Dann sagte er zu Stefanie und Daniel: »Meine Frau ist leider nicht ganz gesund, ich möchte sie nicht länger als notwendig allein lassen.«

Diskret sah sich Stefanie in der feudalen Bar um. Hier war sie noch nie gewesen, doch sie war beeindruckt.

»Das ist der Spiegelsaal.« Herr Wegener hatte ihre Blicke bemerkt. »*Falk's Bar*, so heißt das hier, ist der einzige Raum des Hotels, der im Zweiten Weltkrieg unversehrt blieb. Was ein kleines Wunder ist.«

»Es ist sehr schön hier. Vor allem die Stuckdecke.« Stefanie nickte dem Kellner, der ungefragt drei Gläser Champagner vor sie hinstellte, dankend zu.

»Da haben Sie recht.« Herr Wegener hob sein Glas. »Der Spiegelsaal entstand schon 1839.« Jetzt glitt ein kleines Lächeln über sein Gesicht. »Sie wundern sich vielleicht, dass ich so was weiß, aber der Hausherr und ich sind seit vielen Jahren befreundet. Ich bin, wenn man so will, hier daheim.«

»Ich war erst zweimal im *Bayerischen Hof.*« Stefanie sah sich diskret in der Bar um. »Das erste Mal während meiner Ausbildung …« Sie lächelte Herrn Wegener an. »Ich bin gelernte Hotelfachfrau. Dann noch einmal mit einem Kollegen. Aber das ist auch schon eine ganze Weile her, und hier im Spiegelsaal war ich noch nicht.«

»Und was machen Sie heute? Haben Sie den Beruf gewechselt?«

»Stefanie besitzt eine Pension am Ammersee«, warf Daniel ein.

»Ach ja. Interessant.« So, als sei sie ein Wesen von einem anderen Stern, blickte Herr Wegener sie an.

Stefanie kam sich für einen Moment vor wie Julia Roberts im Film *Pretty Woman.* Auch da war die Protagonistin von Richard Gere in eine ganz fremde, feudale Welt entführt worden. Hoffentlich gibt es nicht gleich Schnecken, schoss es ihr durch den Kopf, und in der Erinnerung an diese Szene huschte ein Lächeln über ihr Gesicht.

»Die Pension ist noch renovierungsbedürftig«, sagte sie. »Meine verstorbene Tante hat lange Zeit hindurch nichts mehr verändert.«

»Aber das Haus liegt direkt am See, das darfst du nicht verschweigen.« Es schien Daniel wichtig, seine Begleiterin bei dem Geschäftspartner aufzuwerten.

»Nun, das ist sicher nicht von Bedeutung für Herrn Wegener«, meinte Stefanie, der Daniels Bemerkung nicht gefiel. »Sie haben doch sicher Wichtigeres zu bereden.«

»Korrekt. Kommen Sie, wir gehen rüber ins Restaurant.« Herr Wegener erhob sich und orderte, kaum dass sie das Restaurant betreten hatten, das Menü, das er vorher schon zusammengestellt hatte. »Ich hoffe, Sie sind mit meiner Auswahl einverstanden.« Nicht der Anflug eines Lächelns glitt über sein Gesicht, er war es ganz offensichtlich nicht gewohnt, dass ihm Widerspruch entgegengebracht wurde.

Tatsächlich entsprach das Menü ganz Stefanies Geschmack. Es gab als Vorspeise eine geeiste Gurkensuppe mit Garnelen, dann folgten Kalbsfilets mit frischen Pilzen.

»Als Dessert empfehle ich ein Sorbet.« Endlich lächelte ihr Gastgeber, der sich während des ganzen Essens mit Daniel über Geschäfte unterhalten hatte. »Dazu für Sie, Frau Holländer, am besten Champagner, wir Männer nehmen Wodka.«

Stefanie war versucht, auch um Wodka zu bitten, doch sie wollte den Mann, dessen Laune ganz offensichtlich besser geworden war, nicht brüskieren und nickte zustimmend.

Nach dem Mokka sah Herr Wegener auf die Uhr. »Ich darf mich jetzt verabschieden. Sie bekommen gleich morgen die erste Ware zugeschickt, Herr Stadler. Die nächste Bestellung dann bitte ganz offiziell über meine Vertreter, ja?«

»Das ist mehr als großzügig, Herr Wegener, herzlichen Dank.«

Die beiden Männer schüttelten sich die Hände, dann bekam Stefanie zu ihrer Überraschung einen dezenten Handkuss. »Es war mir eine Freude, Sie kennenzulernen, Frau Holländer.« Das Lächeln des Mannes war plötzlich warm und freundlich. »Herr Stadler ist um eine Partnerin wie Sie zu beneiden.« Noch ein kurzes Nicken, dann ging er davon.

»Danke, Steffi. Ich danke dir sehr!« Daniel zog sie kurz an sich. »Du hast ihn verzaubert. Sonst hätte er sich bestimmt nie darauf eingelassen, mir noch jetzt, wo schon alle Wintersachen geordert sind, einen Teil seiner Kollektion zu überlassen.«

»Wieso hast du nicht rechtzeitig bestellt? Warum dieses komplizierte Essen?«

»Ehrlich gesagt, ich wusste nicht, ob ich es riskieren sollte, seine teuren Sachen ins Sortiment aufzunehmen. Aber alle fragen jetzt danach, und deshalb musste ich ihn persönlich bequatschen, um noch Teile der Kollektion zu bekommen.« Er hielt kurz inne. »Wegener ist noch ein Unternehmer vom alten Schlag«, fuhr er dann fort. »Er allein bestimmt, wo's in seinem Unternehmen langgeht.«

»Und ich sollte also mit, um ihn weicher zu stimmen. Damit du noch Ware kriegst!« Stefanie verbarg ihren Ärger nicht. »Sag mal, wofür hältst du mich? Für solch einen Job gibt's professionelle Damen.«

»Das hab ich so nicht gemeint, bestimmt nicht, Steffi!«, beteuerte Daniel. »Das hab ich dir schon gesagt. Außerdem ist Wegener nicht der Typ, der sich von einem Callgirl bezirzen ließe. Da hast du ihn schon mehr beeindruckt.«

Stefanie antwortete nicht, doch ihre Miene blieb verschlossen.

»Sei nicht sauer«, bat Daniel und griff nach ihrer Hand. »Ich wollte dich sowieso einladen. Und dass Herr Wegener in der Stadt war und Zeit für mich hatte, war einfach ein glücklicher Zufall.« Er zog ihre Finger an die Lippen. »Bitte, glaub mir das! Am wichtigsten bist du mir.«

Stefanie entzog ihm ihre Finger. So leicht ließ sie sich nicht versöhnen. Sie hasste Manipulationen jedweder Art, und dass Daniel sie benutzt hatte, ärgerte sie.

»Du musst mir verzeihen! Sonst mach ich das Geschäft sofort rückgängig. Selbst wenn es mein Ruin sein sollte.« Sein Lächeln war so unwiderstehlich, dass sie ihm einfach nicht wirklich böse sein konnte.

»Das darf ich natürlich nicht riskieren.«

»Dann ist alles in Ordnung?«

Sie nickte nur.

»Wunderbar. Dann können wir zurück in die Bar gehen und da noch was trinken. Einverstanden?«

Nach kurzem Zögern war Stefanie einverstanden. »Aber nicht zu lange, der Hund ist allein.«

»Der kriegt morgen einen Knochen von mir, wenn er brav war«, versprach Daniel. Still für sich dachte er: Den blöden Köter muss ich loswerden, wenn ich mich länger mit Steffi beschäftigen will. Sie ist es wert, mehr als nur für ein paar Wochen lang mit ihr zu flirten.

Auf der Verlobungsfeier von Anni und Klaus hatte

er sich nur um Stefanie bemüht, um Mathias zu ärgern. Inzwischen jedoch fand er sie höchst interessant. Sie war hübsch, apart und klug. Und dass sie ein Millionenvermögen besaß, machte sie in seinen Augen noch begehrenswerter.

In der Bar herrschte inzwischen reger Betrieb, doch sie bekamen noch einen guten Platz, und bei einem Glas Champagner lockerte sich Stefanies Stimmung wieder.

»Wollen wir tanzen?« Daniel streckte schon die Hand aus.

Eine fünfköpfige Band spielte ebenso gute wie dezente Tanzmusik, und Stefanie nickte zustimmend. Daniel war ein guter Tänzer. Sie hatte es nicht anders erwartet, und es war kein unangenehmes Gefühl, seine warme Hand in ihrem Rücken zu spüren. Nur kurz dachte sie an Mathias. Was würde er sagen, wie reagieren, wenn er sie jetzt in Daniels Armen sehen könnte? Rasch verdrängte sie den Gedanken wieder. Der Abend war einfach zu schön, sie wollte die Stunden in der Großstadt nicht noch im letzten Moment verdüstern.

Es war schon fast Mitternacht, als sie nach Hause fuhren. Daniel hatte außer einem Glas Champagner nichts Alkoholisches mehr getrunken, was ihr gefallen hatte. So saß sie entspannt auf dem Heimweg neben ihm. Aus dem Autoradio klang romantische Musik, der sie schweigend zuhörten.

»Es war sehr schön mit dir. Danke für den Abend.« Daniel half ihr beim Aussteigen und brachte sie bis zur Haustür, hinter der Strolchi wie wild bellte.

»Er muss jetzt sicher noch kurz raus.« Stefanie lächelte. »Danke, ich fand's auch sehr nett, Daniel.«

»Soll ich euch noch beim Abendspaziergang begleiten?«

Stefanie winkte ab. »Nicht nötig, danke. Ich lasse den Hund nur noch in den Garten.«

»Dann … bis bald.« Er blieb zögernd stehen, doch Stefanie nickte nur. »Ich darf dich anrufen, ja?«

»Na klar.« Sie schloss die Tür auf, und dann galt all ihre Aufmerksamkeit dem Hund, der sich überschwänglich über das Wiedersehen freute.

Das schrille Sirenengeräusch drang durch ihre unruhigen Träume, vermischte sich mit Strolchis dumpfem Bellen.

Blinzelnd öffnete Stefanie die Augen. Sie war noch immer halb in dem wirren Traum gefangen, in dem sich Mathias und ein maskierter riesiger Krieger duelliert hatten. Dabei wurden sie von einem Hund beobachtet, der Daniels Gesichtszüge trug. Hämisch grinsend sah das Ungeheuer auf die Kämpfenden, während sie, Stefanie, weinend danebenstand, mit einer Eisenkette an den Hund gefesselt.

Mit einem unterdrückten Stöhnen richtete sie sich halb auf und sah auf den altmodischen Wecker auf ihrem Nachttisch – gerade mal zwei Uhr! Schlaftrunken stand sie auf und tappte barfuß zum Fenster. Zuckendes Blaulicht erhellte die Nacht, mischte sich mit dem Licht der beiden Laternen, die neben dem Eingang des *Katharinenhofs* standen.

Jetzt sah sie zwei rot gekleidete Männer, die auf Mathias' Grundstück zuliefen.

Mit einem Schlag war Stefanie hellwach.

Schnell zog sie sich Jeans und einen leichten Pulli an und hastete hinaus.

»Sie können hier nicht rein.« Einer der Sanitäter kam aus dem Haus und lief zurück zu seinem Wagen.

»Was ist passiert? Mathias … ist ihm etwas zugestoßen?« Mit aller Kraft hielt Stefanie den Mann am Arm fest. Ihre Knie zitterten, sie war kaum in der Lage, einen Schritt in Richtung Haustür zu machen.

»Er ist verletzt. Aber keine Sorge, der Notarzt ist schon bei ihm.« Der Mann riss sich los, sprang in den Krankenwagen, holte von dort einen Aluminiumkoffer und rannte damit zurück ins Haus.

»Bitte, lassen Sie mich zu ihm!« Stefanie wollte sich an ihm vorbeidrücken, doch der Sanitäter schob sie zur Seite. »Sie stören nur. Warten Sie hier!«

»Aber er ist mein Verlobter!« Tränen liefen ihr über die Wangen.

»Ja dann … meinetwegen. Aber halten Sie sich zurück.« Der Sanitäter gab ihr den Weg frei, und Stefanie folgte dem Mann.

Als sie Mathias entdeckte, der im Wohnzimmer auf dem Boden lag, den Kopf voller Blut und ohnmächtig, stieß sie einen unterdrückten Schrei aus.

Kurz hob der Notarzt den Kopf. »Wer sind Sie?«, wollte er wissen und runzelte die Stirn.

»Das ist seine Verlobte. Ich hab ihr gesagt, dass sie warten muss.« Der Sanitäter, ein Mann mittleren Alters mit krausem blonden Haar, öffnete den Koffer und reichte dem Notarzt einige Dinge an.

»Wann haben Sie ihn zuletzt gesehen oder gesprochen?«, fragte der Arzt, ohne von seiner Arbeit aufzusehen.

Stefanie zögerte. »Ich … wir … wir haben uns gestritten. Vor etlichen Tagen hab ich ihn zuletzt gesehen.«

»Dann waren Sie gestern nicht hier?«

»Nein.« Sie musste zweimal schlucken, ehe sie fragen konnte: »Was ist denn passiert? Was hat er?«

Ehe der Notarzt antworten konnte, klingelte es kurz an der Tür, dann kamen schon zwei Polizeibeamte herein.

»Die Tür stand offen.« Der Ältere der beiden setzte seine Mütze ab und klemmte sie sich unter den linken Arm. »Doktor Seiler, nicht wahr?«

»Ja.« Noch immer war der Arzt, assistiert von den beiden Sanitätern, um Mathias bemüht. »Moment noch.« Mit einem kleinen Seufzer erhob er sich dann. »Der Mann muss sofort in die Klinik, er hat viel zu viel Blut verloren. Zudem befürchte ich ein Schädel-Hirn-Trauma.«

Die Beamten sahen sich um. »War wohl ein Einbruch, oder?«

»Sieht so aus. Er ...«, der Arzt wies auf Mathias, der gerade vorsichtig von den Sanitätern auf eine Trage gebettet wurde, »... scheint den Kerl überrascht zu haben.«

»Und was ist mit ihm?«, erkundigte sich einer der Beamten.

»Eine Wunde am Hinterkopf. Wie schwerwiegend, muss in der Klinik festgestellt werden. Ich habe hier jetzt nur was gegen den massiven Blutverlust unternommen. Der Mann liegt seit mindestens vierundzwanzig Stunden hier. Wenn nicht länger.« Er nickte knapp in die Runde. »Wir müssen los. Bis später.«

»In Ordnung.« Der zweite Polizeibeamte, ein noch junger Mann mit kurzem dunkelblonden Haar, wandte sich an Stefanie. »Wer sind Sie?«

»Seine Verlobte.« Stefanie wischte sich die Tränen von den Wangen. »Ich wohne genau gegenüber. Im *Katharinenhof.*«

»Und Sie haben nichts bemerkt?« Ungläubig sah der Polizist sie an.

»Nein. Ich habe bei mir daheim übernachtet.« Sie biss sich kurz auf die Unterlippe. »Wir haben uns gestritten. Gestern hab ich ihn weder gesehen noch etwas von ihm gehört. Ich war sauer, weil er sich nicht bei mir entschuldigt hatte.« Wieder schluchzte sie auf. »Wenn ich geahnt hätte, was passiert ist …«

Der ältere der beiden Beamten zog sich Einweghandschuhe über und griff nach dem Telefonhörer, der, zusammen mit dem heruntergerissenen Apparat, auf dem Boden lag.

»Er hat versucht zu telefonieren«, stellte er fest. »Der Notruf ist vor einer Stunde eingegangen, doch niemand hat was gesagt. Man hat den Anruf zum Glück zurückverfolgen können, deshalb war der Notarzt da.«

»Aber … warum hat er mich nicht gerufen?« Stefanie sah sich um. »Ich wäre doch sofort hergekommen.«

Der Beamte nahm das Handy, das auf einem Sessel lag, und tippte darauf herum. »Er hat gestern zweimal versucht zu telefonieren.« Er hielt Stefanie das Handy hin. »Ist das Ihre Nummer?«

Nur kurz musste sie auf das Display sehen. »Ja. Aber sie ist nicht vollständig.«

»Vielleicht ist er gestört worden«, warf der jüngere Beamte ein.

»Glaub ich nicht. Ich vermute eher, dass er immer wieder ohnmächtig geworden ist, ehe er etwas hatte sagen können. Und jetzt ist der Akku leer.«

»Ich war gestern Abend gar nicht zu Hause.« Stefanie spürte, dass ihr wieder Tränen in die Augen traten. »Wenn ich geahnt hätte, was mit ihm passiert ist …«

Schluchzend brach sie ab und presste sich die Hand vor den Mund.

»Können Sie mir sagen, ob etwas fehlt?« Der ältere Beamte reichte ihr ein Papiertaschentuch. »Es wäre wichtig.«

»Auf den ersten Blick kann ich nichts feststellen.« Sie sah sich im Zimmer um. »Es ist nicht sehr unordentlich. Nur die Bücher sind aus dem großen Regal dort herausgerissen, und die Vasen standen als Dekoration dazwischen.«

»Das stimmt.« Der Polizeibeamte steckte Mathias' Handy vorsichtig in eine Plastikhülle. »Der Verletzte kann sogar selber die beiden Sessel umgeworfen haben, als er versucht hat aufzustehen.« Wieder schaute er sich um. »Und sonst? Konzentrieren Sie sich. Jede Kleinigkeit wäre wichtig.«

»Ich weiß nicht ...« Unsicher sah sich Stefanie noch einmal um. »Ich bin viel zu nervös.« Sie strich sich zweimal übers Gesicht. »Bitte, ich möchte jetzt zu Mathias in die Klinik.«

»Das verstehe ich ja. Aber im Moment können Sie dort sicher nichts ausrichten. Er wird ja noch eine Weile behandelt werden. Aber hier könnten Sie uns helfen, eine Spur zu finden. Eine Spur, die vielleicht auch zu dem Täter führt.«

»Na ja, Spuren werden nicht mehr da sein, bei all den Leuten, die jetzt hier durchgegangen sind«, warf der jüngere Polizist ein.

»Ich meinte ja auch, dass die junge Dame uns vielleicht doch sagen kann, was der Typ oder die Typen gesucht haben könnten.« Der ältere Polizist sah Stefanie eindringlich an. »Schauen Sie noch mal genau nach.«

Stefanie bemühte sich um Konzentration. Sie ging

zurück zur Wohnzimmertür und sah sich noch einmal um. Der Blutfleck auf dem hellen Teppichboden zog ihre Blicke immer wieder auf sich. Doch sie versuchte, den Wunsch des Beamten zu erfüllen, zog zwei Schubladen auf, schaute in den Schrank, der allerdings ganz unversehrt war.

»Das Bild!« Als sie sich umdrehte, fiel ihr Blick auf eine Stelle zwischen den beiden Fenstern. »Da hing ein Bild.« Sie schlug sich vor die Stirn. »Dass ich nicht gleich daran gedacht habe! Das Bild hing noch da, als ich das letzte Mal hier war.«

»Ach ja? Das wissen Sie genau?«

»Ganz genau.« Stefanies Wangen röteten sich. »Und ich kann sogar etwas zu dem Bild sagen.« Sie ging zu einem Sessel und setzte sich, da ihr plötzlich die Knie zitterten.

Langsam, dann immer flüssiger berichtete sie von ihrem Ausflug mit Daniel an den Weßlinger See. »Herr Stadler hat mir von den Künstlern erzählt, die dort gelebt haben. Unter anderem Wilhelm Leibl. Der hat damals einen bekannten Arzt porträtiert und wohl auch dessen Frau. Das Frauenbild ist verschollen.« Sie wies auf die Stelle zwischen den beiden Fenstern. »Mathias hat dieses Bild gehabt, aber es war wohl nicht echt. Zumindest hat kein Experte eine Expertise erstellen wollen.«

»Und Sie denken, es ist trotzdem gestohlen worden?«

Stefanie zuckte mit den Schultern. »Na ja, wissen tu ich es natürlich nicht. Aber es wäre eine Erklärung, oder?« Vorsichtig, ihre Worte abwägend, erzählte sie dann noch von den drei angeblichen Kunststudenten, die sie am See getroffen hatten. »Ich will damit aber auf keinen Fall jemanden beschuldigen.«

Der ältere Beamte machte sich Notizen, dann nickte er Stefanie zu. »Danke. Das hilft auf jeden Fall weiter. Fehlt noch etwas?«

»Ich weiß es nicht. Was in den Schubladen war ... keine Ahnung.«

»Dann gehen Sie jetzt am besten wieder nach Hause. Die Spurensicherung wird gleich eintreffen, da stören Sie wirklich.« Er nahm Stefanies Arm. »Ich bringe Sie rüber.«

Doch sie wehrte ab. »Danke, ich komme allein zurecht.« Noch einmal blickte sie auf den dunklen Blutfleck. »Ich ziehe mir was anderes an und fahre in die Klinik. Ich will jetzt unbedingt zu Mathias.«

»Er ist tot! Du hast ihn umgebracht, Tom!« Die Stimme des jungen blonden Mannes drohte zu kippen. »Warum hast du das getan?«

»Warum? Warum?« Tom, lang und schlaksig, fuchtelte mit der Hand durch die Luft. »Frag doch nicht so blöd, Rick! Der Typ hat uns voll erwischt. Und ich hab wahrlich keine Lust, noch mal in den Knast zu gehen.«

»Vielleicht ist er gar nicht tot. Ich glaube, er hat noch geatmet.« Der Dritte im Bunde, den die anderen Jacky nannten, hielt mit beiden Händen das Bild fest.

»Du glaubst! Wenn du es wüsstest, wäre es mir lieber.«

»Und das alles wegen diesem blöden Schinken, von dem wir noch nicht mal wissen, ob er echt ist.«

»Ist er. Bestimmt. Der alte Zaunders sucht schon ewig nach dem Bild.«

»Zaunders ist kein Experte.«

»Aber ein pfiffiger Hehler. Und wenn er uns die versprochenen Dreitausend gibt …«

»Ich nehme keinen Cent davon.« Rick presste die Lippen zusammen, bis sie nur noch einen schmalen Strich bildeten. »Ich steige aus.«

»Ach ja?« Tom grinste hinterhältig. »Das könnte dir so passen. Wir haben das Ding gemeinsam geplant und durchgezogen. Also hängst du voll mit drin. Du willst doch sicher auch was von den sechs Hundertern, die wir gefunden haben.«

Doch Rick schüttelte den Kopf. »Ich geh doch nicht wegen den paar Scheinen und den lumpigen Tausendern vom Zaunders in den Knast. Wenn der Schinken echt sein sollte, ist er etliche Zehntausend wert, wenn nicht noch mehr. Aber wir Idioten lassen uns mit einem Bruchteil abspeisen. Und werden zu Mördern.« Seine Stimme, eben noch wütend, wurde weinerlich.

»Stell dich nicht so an, er lebte noch. Bestimmt. Der Kerl hat einen harten Schädel, der hat nichts anderes als ein bisschen Kopfweh.« Tom lenkte den alten klapprigen Wagen durch die fast leeren Straßen. Bis München waren es nur noch wenige Kilometer. Er war froh, wenn sie wieder in ihrer Bude waren und das Bild versteckt werden konnte.

»Tom hat recht, er war sicher nur ohnmächtig, dieser Schreiner.« Jacky grinste. »Hier, nimm das. Das entspannt.«

»Geh mir weg mit dem Scheiß.« Rick schob die Hand des Freundes, in der zwei Pillen lagen, brüsk zur Seite. »Wenn ihr beiden nicht immer wieder diesen Mist nehmen würdet, hättet ihr Geld und müsstet keine Einbrüche machen.«

»Sag mal, haben wir dich etwa gezwungen mitzumachen? Toms Stimme bekam einen harten Unterton. »Du wolltest doch auch endlich mal wieder Kohle in der Tasche haben. Also halt die Schnauze.«

»Außerdem warst du es, der rausgefunden hat, dass das Bild diesem Schreiner gehört«, warf Jacky ein. Er grinste hämisch. »Also steckst du mit drin. Genauso tief wie wir. Mindestens.«

»Ich hab aber nicht zugeschlagen.«

»Das interessiert keine Sau, du Spasti.« Jacky, der auf dem Rücksitz des alten Käfers saß, umklammerte das Bild immer noch ganz fest. »Das hier rettet uns über die nächsten Wochen, nur das zählt.«

Rick schwieg. Er fühlte sich total mies und hätte sich ohrfeigen mögen, weil er sich auf diese irre Idee eingelassen hatte. Während sie durch den heraufziehenden Morgen fuhren, nahm er sich vor, abzuhauen und für mindestens ein halbes Jahr unterzutauchen. Studieren konnte er auch in Hamburg. Oder irgendwo in Italien! Aber er musste erst mal weg aus Bayern und hoffen, dass bald Gras über die Sache gewachsen war.

Er warf einen kurzen Blick auf das Bild. Ob es echt war oder nicht, interessierte ihn nicht mehr. Jetzt ging es um seine Zukunft. Und die sollte nicht im Knast enden.

Langsam wurde es hell. Die ersten Vögel begannen mit ihrem Konzert, und das Morgenrot vertrieb immer stärker die Schatten der Nacht.

Auf den Klinikfluren begann der hektische Betrieb. Die Nachtschicht übergab an die Tagschicht, die ersten Ärzte machten Visite, das Frühstück wurde ausgegeben.

Von alledem bekam Stefanie nur am Rand etwas mit.

Wie versteinert saß sie im karg möblierten Warteraum der Notaufnahme. Nur das nervöse Spiel ihrer Finger verriet die innere Anspannung.

Als sich die Milchglastür öffnete, hinter der sich die Untersuchungsräume befanden, zuckte sie zusammen und sprang auf.

Doch die ältere Schwester, die herauskam, schüttelte bedauernd den Kopf. »Ich weiß leider nichts. Nur, dass man ihn rüber in einen der OPs gebracht hat und operiert.«

»Aber … ich warte schon seit einer Stunde!«

»Kann sein. Aber Sie müssen Geduld haben. Der Patient ist in besten Händen. Gehen Sie rüber in den OP-Warteraum, das ist sicher besser.«

Quälend langsam verstrich die Zeit. Stefanies Glieder schmerzten, zu lange saß sie schon verkrampft vor innerer Anspannung auf dem schlichten Plastikstuhl. Ihre Augen brannten vor Müdigkeit, doch sie schaute noch immer wie hypnotisiert zu der Milchglastür.

Endlich, es ging schon auf neun Uhr, öffnete sich die Tür, und ein älterer Arzt kam heraus. Ein kleines, kaum merkliches Lächeln umspielte seinen Mund.

»Er hatte Glück im Unglück«, sagte er und kam auf Stefanie zu. Sie fühlte sich außerstande aufzustehen. »Die Hilfe kam wirklich in letzter Minute.«

»Was geht es ihm denn? Kann ich zu ihm?«

Der Arzt schüttelte den Kopf. »Wir haben operiert, er liegt noch auf der Intensivstation.« Als er sah, dass Stefanie blass wurde, fügte er rasch hinzu: »Keine Sorge, es geht ihm den Umständen entsprechend ganz gut.« Bedächtig ließ er sich neben ihr nieder. »Durch den heftigen Schlag auf den Kopf hat sich ein Blutgerinnsel im Gehirn gebildet, das wir zum Glück erfolgreich operieren konnten. Wir haben den Patienten für kurze Zeit in ein künstliches Koma versetzt, um den Heilungsprozess zu beschleunigen. Er hat zudem viel zu viel Blut verloren.«

»Ja, aber ... Wann kommt er denn wieder zu sich?«

Der Arzt legte kurz eine Hand auf ihre Schulter. »Ich denke, dass wir ihn schon übermorgen aufwecken können. Bis dahin hat der Körper Zeit gehabt, sich zu erholen.« Er stand auf. »Sie müssen mich entschuldigen, ich muss zur Visite.« Und schon war er in Richtung der Aufzüge am Ende des Wartebereichs verschwunden.

Stefanie blieb noch ein paar Minuten sitzen, dann erhob sie sich und sah sich nach einem Hinweisschild zur Intensivstation um.

Doch dort angekommen, gestattete man ihr nur einen kurzen Blick auf Mathias. Er lag, angeschlossen an diverse Kabel und Geräte, die seine Körperfunktionen kontrollierten, wie leblos da.

»Er ist stabil, keine Angst«, beruhigte ein noch junger Arzt sie. »Sie können aber jetzt und hier nichts für ihn tun.« Mitleidig sah er sie an. »Gehen Sie nach Hause, und ruhen Sie sich ein wenig aus. Sie sehen aus, als hätten Sie die ganze Nacht nicht geschlafen.«

Stefanie nickte. »Danke.« Langsam, mit schleppenden Schritten verließ sie die Intensivstation und die Klinik.

Draußen sah sie zunächst blinzelnd ins helle Sonnenlicht. Mit einem Schlag fiel ihr ein, dass sie sowohl die Handwerker, die sicher schon da waren, als auch ihren Hund völlig vergessen hatte.

»Stefanie! Was machst du denn hier?« Anni kam vom Parkplatz her auf sie zu und zog sie kurz in die Arme. »Wolltest du zu Klaus? Der wird sich freuen. Er ist schon wieder ganz fit und kaum im Bett zu halten.«

»Klaus …« Stefanie sah die Freundin irritiert an. An Klaus hatte sie gar nicht gedacht in den letzten Stunden. »Nein, ich war bei Mathias. Er ist operiert worden.«

Mit tränenerstickter Stimme berichtete sie, was passiert war. »Und ich hab nichts gemerkt«, schluchzte sie. »Wäre ich nicht so stur gewesen und früher zu ihm gegangen, dann wäre das alles nicht passiert. Stattdessen hab ich mich von Daniel nach München einladen lassen.« Wieder schluchzte sie auf. »Das werde ich mir nie verzeihen. Während ich im *Bayerischen Hof* war, lag Mathias schon zusammengeschlagen in seiner Wohnung. Es ist furchtbar, aber ich habe nichts bemerkt.«

»Wie solltest du auch?« Anni nahm sie noch einmal in die Arme. »Mach dir keine Vorwürfe, das ist unsinnig. Der Überfall wäre so und so passiert, das hättest du nicht verhindern können. Dass Mathias so lange ohnmächtig war, ist einfach tragisch. Aber du sagst ja, dass die Operation gut verlaufen ist. Er wird wieder gesund, oder?«

»Ich hoffe es.« Stefanie putzte sich die Nase. »Ich mache mir solche Vorwürfe! Nichts hab ich gemerkt, gar nichts! Statt rüberzugehen, den ersten Schritt zur Versöhnung zu tun, war ich mit Daniel unterwegs. Habe sogar mit ihm in der Bar getanzt!«

»Nun sei mal nicht so streng mit dir, das ist nun wahrhaftig kein Verbrechen. Was passiert ist, ist passiert.« Anni hakte die Freundin unter. »Komm, ich fahre dich erst mal heim, ja?«

»Aber Klaus wartet doch auf dich! Du wolltest doch zu ihm, oder?«

»Der kann ruhig eine halbe Stunde auf mich warten.« Anni drückte Stefanies Arm. »Er lässt sich eh viel zu sehr von mir verwöhnen.«

»Danke. Ehrlich gestanden, bin ich fix und fertig.« Stefanie seufzte wieder. »Hoffentlich wird Mathias wieder ganz gesund.«

»Bestimmt. Er ist doch kräftig und an sich ein gesunder Mann. Die Operation wird er gut verkraften, glaub mir.«

Obwohl Anni versuchte, Optimismus in ihre Stimme zu legen, war sie selbst doch unsicher. Was, wenn Mathias zu lange bewusstlos gewesen war? Doch sie behielt ihre Zweifel für sich und kümmerte sich um Stefanie.

Strolchi freute sich wie immer überschwänglich, sein neues Frauchen wiederzusehen. Fest presste er sich an sie und verlangte Streicheleinheiten. Doch Stefanie nahm sich an diesem Morgen keine Zeit für ihn.

»Du musst in den Garten«, sagte sie, tätschelte ihn kurz und ging dann zur hinteren Tür, um ihn hinauszulassen. Jetzt erst bemerkte sie die Handwerker, die gerade dabei waren, die neue Terrasse zu fliesen.

Strolchi verschwand kurz hinter zwei Büschen, dann raste er wild bellend zurück zur Einfahrt.

Langsam folgten ihm Stefanie und Anni.

»Ach nein. Was will der denn schon wieder?« Anni griff kurz nach der Hand der Freundin. »Soll ich noch bleiben, bis er wieder weg ist?«

»Aber nein! Fahr zur Klinik, ich komme schon klar.« Kurz umarmten sich die beiden Frauen.

»Wenn du meinst …« Nur zögernd stieg Anni in ihren Wagen und startete den Motor.

Stefanie blieb ein paar Meter von der Haustür entfernt stehen und sah Bruno von Ahlen entgegen, der, wie immer in einem Trachtenanzug, über die Auffahrt auf sie zukam.

»Grüß Gott! Ich wollte nur mal kurz vorbeischauen

und fragen, wie es dem Mathias geht. Das ist ja eine furchtbare Sache!« Während er sprach, sah er an Stefanie vorbei in Richtung Garten.

»Ja, das ist es.« Knapp nickte sie ihm zu. »Kann ich sonst noch etwas für Sie tun?«

Der Hotelier zögerte, es schien so, als wollte er noch etwas sagen. Dann aber schüttelte er den Kopf. »Gute Besserung wünsch ich dem Mathias.«

»Danke. Ich richte es aus, wenn ich zu ihm darf.«

»Ach! Sie durften nicht zu ihm?« Überrascht sah er sie an. »So schlimm ist es? Oder ist es, weil man Sie nicht kennt hier in der Gegend? Dann könnte ich vermitteln.«

»Danke, nicht nötig. Niemand darf im Moment zu ihm.« Sie ging zur Haustür. »Bitte entschuldigen Sie mich jetzt, Herr von Ahlen.«

»Schon gut.« Mit einem knappen Nicken ging er davon.

Nachdem sie die Tür hinter sich geschlossen hatte, lehnte sich Stefanie für einen Moment von innen dagegen und begann, heftig zu weinen. Die Anspannung der letzten Stunden machte sich bemerkbar.

Es dauerte eine Weile, bis sie sich wieder beruhigt hatte. Sie öffnete die Tür und rief nach Strolchi, der sofort zurück ins Haus kam und sich an sie schmiegte, glücklich über die Streicheleinheiten, die sie ihm jetzt endlich schenkte.

»So, jetzt muss ich erst mal duschen, dann gibt's für uns beide was zu essen.« Ein letzter liebevoller Klaps auf die Hinterhand, dann trollte sich der Hund auf seine Decke.

»Wir sind in spätestens drei, vier Tagen fertig, Frau Holländer.« Der Besitzer der Baufirma machte eine weit ausholende Handbewegung. »Nur noch die Verkleidungen an den beiden Seiten, dann ist alles fertig.«

»Danke. Ich bin froh, dass es doch noch geklappt hat.« Stefanie mühte sich um ein Lächeln.

»Hab ich Ihnen doch versprochen.« Der breitschultrige Mann wies hinüber zum *Seeschlösschen.* »Der von Ahlen soll sich nicht einbilden, dass er über uns alle bestimmen kann. Der hat einen Dämpfer verdient. So wie sein Spezi, der Herr Bauamtsleiter, der jetzt in den vorzeitigen Ruhestand geht.«

»Das wusste ich ja gar nicht!«

»Nun, mit diesem Entschluss ist er der Behörde zuvorgekommen.« Er grinste. »Wissen Sie, auch unsereins hat ein paar Spezln bei der Behörde. Und ich hab schon mehr als deutlich klargemacht, dass der Moosgruber Dreck am Stecken hat.« Ein gutmütiges Lächeln glitt über sein von Wind und Wetter gezeichnetes Gesicht. »Sie haben es einfach nicht verdient, dass die Kerle mit ihrer Intrige durchkommen. Kriegen einfach den Hals nicht voll, die Herren.« Er warf einen giftigen Blick in Richtung *Seeschlösschen.* »Der von Ahlen kommt sich manchmal vor wie der Herrscher über die ganze Ammersee-Region. Es war gut, dass man ihm den Zahn gezogen hat.«

»Danke.« Stefanie nickte ihm zu. »Dass Sie hier bei mir alles so gut hingekriegt haben, ist wirklich toll. Ich danke Ihnen sehr. Es tut mir leid, dass ich in den letzten Tagen so wenig hier war.«

»Aber das versteh ich doch! Außerdem hab ich doch gesagt, dass man sich auf meinen Polier verlassen kann.«

Teilnahmsvoll sah er sie an. »Wie geht's dem Mathias denn?«

Stefanie presste kurz die Lippen aufeinander. »Schlecht«, erwiderte sie dann mit erstickter Stimme. »Er liegt im Koma. Will einfach nicht wach werden.«

»Und was sagen die Ärzte?«

Stefanie zuckte mit den Schultern. »Sie wollten ihn schon vorgestern aus dem künstlichen Koma holen, doch er reagiert nicht. Man sagt mir immer wieder, ich müsse Geduld haben.«

»Das ist schwer in solch einer Situation, denk ich mir. Ich wünsche Ihnen beiden nur das Beste.« Der Mann sah auf die Uhr. »Wenn Sie wollen, fahre ich Sie zur Baustoffhandlung, wo Sie sich die Platten für den unteren Terrassenbereich aussuchen können. Liegt auf meinem Heimweg.«

Doch Stefanie lehnte ab. »Danke, sehr nett, aber ich will gleich noch mal in die Klinik fahren. Ehrlich gesagt hab ich jetzt gar keinen Kopf für Platten oder Ähnliches.«

»Das kann ich verstehen. Es hat ja auch noch ein bisschen Zeit.« Er nickte ihr zu. »Alles Gute für den Mathias.«

Als sie allein war, ging Stefanie kurz in den Garten und sah sich auf der Baustelle um. Viel gab es nicht mehr zu tun. Die Platten mussten gelegt und der Gartenbereich um die Terrasse herum neu gestaltet werden. Aber schon jetzt war zu erkennen, wie geschmackvoll alles werden würde.

Unvermittelt begann sie wieder zu weinen. Wie froh wäre sie vor einigen Tagen noch gewesen, wenn alles so wie jetzt ausgesehen hätte. Die geplante Eröffnung zum September konnte sicher stattfinden.

»Egal. Völlig egal«, murmelte sie und schlug die Hände vors Gesicht. Alles würde sinnlos werden, wenn Mathias nicht mehr gesund werden würde.

Sie zuckte zusammen, als Strolchi sie auffordernd anschubste. Aus großen dunklen Augen sah der Hund sie an und bellte zweimal.

»Ich weiß. Ich sollte mich zusammennehmen und endlich zu Mathias fahren.« Entschlossen wischte sich Stefanie die Tränen ab.

Die Abendsonne zauberte goldene Reflexe auf das Wasser des Starnberger Sees. Auf der Promenade, die sich weitläufig am Tutzinger Seeufer entlangzog, genossen Touristen und Pensionäre das herrliche Panorama, das sich ihnen von hier aus bot. Nicht umsonst hieß es, dass man hier einen Logenplatz mit Alpenblick hätte!

In Monika von Ahlens Boutique war von der beschaulichen Abendstimmung nichts zu merken. Vor dem Ladenlokal lag ein roter Teppich, daneben standen in sechs Kübeln weiße Margeriten. In modernen Lampen flackerten große weiße Kerzen, obwohl es noch hell war. Doch es sah dekorativ aus, und nur das zählte für die illustren Gäste, die an diesem frühen Abend aus München ins beschauliche Tutzing gekommen waren.

Aus dezent angebrachten Lautsprechern drang Musik, und immer mehr Besucher drängten sich in den elegant möblierten Raum, an dessen linker Seite eine Champagnerbar aufgebaut war.

»Hallo, Darling! Ich gratuliere zum Fünfjährigen!« Eine weißblonde junge Frau kam mit ausgebreiteten Armen auf Monika von Ahlen zu. »Du hast es wirklich geschafft! Ganz großes Kompliment. Sieh nur, sogar Charleen Richardsen ist hier. Und das will was heißen, wenn unser Goldfischchen sich aus seinem Wolkenturm wagt.«

Monika von Ahlen lächelte nur und bedeutete einem der Kellner, der blonden Münchnerin, die ein gewagtes, ein wenig zu tief dekolletiertes grünes Seidenkleid trug, ein Glas Champagner zu bringen. »Genieß und sieh dich um. Ich komme gleich wieder zu dir.«

Hastig ging sie auf Daniel Stadler zu, der gerade an der Tür erschien und sich suchend umschaute. »Endlich! Ich habe schon auf dich gewartet.«

»Hast du Sehnsucht? Oder was soll ich für dich tun?« Er grinste und griff nach ihrem Arm. »Jetzt bin ich ja da, keine Panik.«

»Da drüben steht Charleen Richardsen. Einzige Erbin eines texanischen Ölbarons. Sie ist etwas schüchtern. Kümmere dich ein bisschen um sie, ja? Sie spricht noch nicht gut Deutsch, will aber unbedingt zur Szene gehören, da ihr älterer Bruder einer der fleißigsten Partygänger Münchens ist. Aber er nimmt sie nie mit, deshalb braucht sie jemanden, der sich um sie kümmert.« Sie zwinkerte ihm zu.

»Nichts, was ich lieber täte. Wenn sie wirklich ein Goldfischchen ist, hat sie in mir den besten Begleiter für diesen Abend.«

»Ist sie.« Monika von Ahlen nickte ein paar neuen Gästen zu. »Sie ist zudem eine meiner besten Kundinnen, also halt sie bei Laune. Außerdem ist sie frisch entlobt. Mal wieder.«

»Danke, dann weiß ich schon Bescheid.«

Lässig, mit zwei Gläsern Champagner in der Hand, schlenderte er auf die zierliche dunkelhaarige Amerikanerin zu, die neben einer Vitrine mit sündteuren Kaschmirschals stand und sich die Teile interessiert ansah. Es dauerte nur Minuten, bis sie ihre ganze Aufmerksamkeit dem gut aussehenden Mann mit dem braun gebrannten Gesicht und den tiefblauen Augen zuwandte.

Daniel grinste still vor sich hin. Sie waren doch im Grunde alle gleich, diese reichen Girls, die noch nie wirklich gearbeitet hatten und das Geld des Daddys mit vollen Händen ausgeben konnten. Für eine Minute gingen seine Gedanken zu Stefanie. Sie war anders, interessanter und klüger. Doch im Moment war es sinnlos, sich um sie zu bemühen. Sie war gerade auf dem Mutter-Teresa-Trip, wie er es nannte. Zweimal hatte er versucht, sie einzuladen, doch immer hatte sie abgesagt.

Egal. Sollte sie sich um den immer noch im Koma liegenden Mathias kümmern, so hatte er Zeit für die wirklich süße Charleen …

Der Abend war schon weit fortgeschritten, die ersten Gäste verabschiedeten sich bereits, als Bruno von Ahlen erschien. Für einen kurzen Moment blieb er an der Tür stehen und betrachtete kritisch die bunte, leicht ausgeflippt wirkende Gesellschaft.

»Paps! Schön, dass du noch gekommen bist.« Monika ging auf ihn zu und drückte ihm ein Glas in die Hand. »Komm mit, ich mach dich mit ein paar Leuten bekannt.«

»Nicht nötig. Die muss ich nicht kennen«, brummte er.

»Ach Papsi, nun sei doch nicht so engstirnig.« Sie hakte sich bei ihm ein. »Da drüben, der große Blonde, das ist Hanno von Steinhaus-Trettberg. Einziger Erbe einer Privatbrauerei und eines riesigen Hopfengartens.«

»Ach ja.« Bruno musterte den etwa Dreißigjährigen kritisch, der zu einer zimtfarbenen Hose ein schwarz-weiß gestreiftes Leinenhemd trug, das weit offen stand. »Seriös sieht anders aus«, murmelte er und sah sich weiter um. »Der Stadler! Natürlich darf der hier nicht fehlen.«

»Ach Paps, er ist der perfekte Unterhalter für einige meiner weiblichen Gäste. Seinem Charme kann keine widerstehen, und das kommt mir letztendlich zugute.«

»Du solltest dich nicht mit ihm abgeben, das hab ich dir schon ein paarmal gesagt.«

Monika winkte ab. Sie trug an diesem Abend ein schwarzes Rohseidenkleid, das auf den ersten Blick raffiniert schlicht geschnitten war. Der einzige Hingucker war das tiefe Rückendekolleté, das bis zur Taille reichte. Eine schwere Goldkette, an der ein einziger großer roter Stein hing, zog die Blicke aller auf diesen Ausschnitt.

»Du kennst mich immer noch nicht, Paps.« Sie löste sich von ihm. »Daniel und ich, wir haben in letzter Zeit gemeinsame Ziele verfolgt. Er hat sich um die Erbin vom *Katharinenhof* gekümmert und Mathias eifersüchtig gemacht. Und ich versuche dann, den armen Mann zu trösten.« Lässig zuckte sie mit den Schultern. »Schade nur, dass er jetzt wohl zum Pflegefall wird. So was kann ich nicht brauchen.«

Bruno zuckte zusammen. »Sag so was nicht. Der Mathias wird bestimmt wieder gesund.«

»Wer weiß.« Monika wandte sich zwei Paaren zu, die zu ihrer Münchner Clique gehörten und die sich verabschieden wollten.

»Was ist mit Charleen?«, fragte sie. »Die habt ihr doch mitgebracht, oder?«

Einer der Männer grinste anzüglich. »Ich glaube

nicht, dass sie mitkommen will. Ist gerade sehr beschäftigt.« Er wies in eine Ecke des großen Raums, wo Charleen und Daniel saßen und sich selbstvergessen küssten.

»Ja dann … Kommt gut heim. Bis zum Wochenende.«

»Wir sehen uns im P1, gell?«

»Auf jeden Fall.«

»Du, Moni, wir gehen jetzt auch.« Unbemerkt war Daniel hinter sie getreten. »Das Schatzi ist müde.« Er zwinkerte Monika zu.

»Du Hallodri.« Monika lächelte verhalten. »Viel Spaß noch«, fügte sie leise hinzu.

Daniel nickte nur und legte den Arm fester um Charleen, die mindestens einen Drink zu viel hatte und sich Halt suchend an ihn lehnte. Ein selbstzufriedenes Grinsen huschte um Daniels Mund. Die Kleine war süß, und dass sie Geld im Überfluss besaß, machte sie noch reizvoller.

Stefanie Holländer war für diese Nacht vergessen.

»Haut nur ja ab, ehe ich die Bullen rufe.« Der Hehler, ein schmächtiger Mann mit randloser Brille, sah Jacky und Tom zornig an. »Dieser Schinken ist nicht echt, also verschont mich mit dem Kitsch.«

»Aber das steht nicht fest. Vielleicht ist er etliche Zehntausend wert.« Jacky umklammerte den Rahmen des Bildes mit beiden Händen so fest, dass seine Fingerknöchel weiß hervortraten. »Ich studiere Kunstgeschichte, ich weiß das genau.«

»Und ich bin seit mehr als vierzig Jahren in meinem Job und weiß, was ich kaufe und was nicht. Und so blöd, so heiße Ware wie dieses Bild zu kaufen, bin ich nicht. Die Zeitungen schreiben schon über euch, ihr Arschlöcher. Wie konntet ihr den Mann erschlagen?« Er sah die beiden jungen Männer kopfschüttelnd an. »Wenn der Schinken wenigstens definitiv echt wäre … wenn man das genau wüsste, lohnte sich ein gewisses Risiko. Aber so … nein, nicht mit mir. Also schleicht euch.« Der Hehler wies zur Tür. »Raus!«

»Verdammte Scheiße!« Draußen stieß Tom noch einen weiteren gotteslästerlichen Fluch aus. »Und deswegen hast du einen Menschen erschlagen.«

»Hab ich nicht, du Trottel. Hör nur ja auf, so ein Gerücht in die Welt zu setzen.«

»Aber der Typ hat sich nicht mehr geregt.« Toms Stimme bekam einen weinerlichen Ton. »Rick hat recht, wir sollten von hier verschwinden.«

»Und das Bild?« Jacky hob kurz das Bild hoch. Er hatte es in ein altes Handtuch eingeschlagen und lehnte es jetzt gegen das altersschwache Fahrrad, mit dem sie an diesem Abend den Hehler in einer der engen Gassen Münchens aufgesucht hatten. »Es kann doch nicht alles umsonst gewesen sein! Dieser Typ hat versprochen, uns das Bild abzunehmen.« Er sah zurück zu den beiden dunklen Schaufenstern des Antiquitätenhändlers. »Und jetzt kneift er, verdammte Scheiße. Das lass ich ihm nicht durchgehen. Ich geh noch mal zu ihm zurück. Er hat sich das Bild nicht genau angesehen.«

»Tu, was du willst. Ich bin raus. Will nicht riskieren, dass der Kerl noch die Bullen ruft.« Tom griff sich sein Rad und schwang sich auf den Sattel.

»Warte!« Jacky stellte sich ihm in den Weg. »Hilf mir wenigstens, das Ding festzubinden.« Er biss sich auf die Lippen. »Wo können wir es loswerden?«

»Na, endlich wirst du vernünftig.« Tom stieg vom Rad und half seinem Kumpan, das Bild auf dem alten Korb zu fixieren.

»Und jetzt? Wohin damit?« Jacky, der normalerweise das große Wort führte, war ratlos.

Tom überlegte. »Wir könnten es zurückbringen.«

»Idiot! Und uns dabei erwischen lassen.« Jacky schüttelte den Kopf. Dann entschied er: »Wir stellen es in der Nacht einfach irgendwo ab. An der Isar. Oder auf irgendeinem Parkplatz.«

Damit war Tom einverstanden. Er wollte nur eins: das Bild loswerden – und möglichst schnell vergessen, was passiert war. Noch immer sah er in seinen Träumen den schwer verletzten Schreiner auf dem Boden liegen, und er sah das Blut, das aus der großen Kopfwunde sickerte.

»Der Typ ist bestimmt nicht tot. Stell dich nicht an, Tom.« Jacky trat immer schneller in die Pedale, sodass sein Kumpel es kaum noch schaffte, neben ihm herzurennen. »Ich hab in der Zeitung nachgelesen, da steht nichts von einem tödlichen Schlag drin.«

»Kennst doch die Bullen.« Tom atmete hastig und klammerte sich an der Lenkstange fest. Mit flackerndem Blick sah er Jacky an. »Die sagen doch nicht alles, was sie ermittelt haben, den Zeitungsfritzen. Taktik ist das. Raffinierte Taktik. Ich jedenfalls tauche morgen unter. Und wenn du noch ein bisschen Grips hast, machst du es genauso.«

Mathias' Augenlider waren schwer, er konnte die Augen nicht öffnen. Der Versuch, den Kopf ein wenig zur

Seite zu drehen, gelang nicht. Er hatte das Gefühl, in einem Schraubstock zu stecken.

Von irgendwoher drang ein Klappern an sein Ohr, ein Geräusch, das er nicht näher definieren konnte. Es war, als sei er irgendwo eingesperrt.

»Gehen Sie ruhig zu ihm ans Bett. Er wird bald ganz wach werden.«

Mathias erkannte die warme Stimme. Er hatte sie schon einmal gehört. Sie war fremd, aber angenehm.

Das Aufwachen fiel unendlich schwer, immer wieder versuchte er, die Augen zu öffnen, doch außer einem Blinzeln, das schon all seine Kraftanstrengung erforderte, brachte er einfach nichts zustande.

Von einer Sekunde zur anderen schlief er wieder ein.

Als er das nächste Mal aufwachte, fühlte er sich besser. Noch immer war es nicht leicht, die Augen zu öffnen, aber es gelang, zumindest einen Spaltweit. Was er sah, irritierte ihn. Er lag in einem fremden Bett, in einer fremden Umgebung. Die Wand gegenüber war in einem hellen Grün gestrichen, daran hing ein Bild, das ein Segelboot auf viel zu blauem Wasser zeigte. Kitsch pur, schoss es ihm durch den Kopf.

Als er mit den Händen über sein Gesicht fahren wollte, um die Müdigkeit aus den Augen zu wischen, stellte er fest, dass in seiner linken Hand eine Infusionsnadel steckte. Und auch irgendwo am Arm war noch etwas fixiert.

Sein Blick wanderte weiter nach links, undeutlich erkannte er ein Gestell, an dem zwei durchsichtige Flaschen hingen. Daraus tropfte etwas in einen ebenfalls durchsichtigen Schlauch, der zu seinem Arm führte und zu seiner Hand.

Ich bin in einer Klinik, erkannte er und sah jetzt

auch das eckige große Gerät, das in leuchtenden Farben irgendwelche Kurven aufzeichnete. Es stand auf einem kleinen Tisch dicht neben seinem Bett.

»Was ist passiert?« Es kostete ihn größte Anstrengung, die drei Worte zu formulieren. Die Zunge klebte am Gaumen, die Lippen fühlten sich spröde an. Und die Augen waren immer noch nicht ganz geöffnet. »Warum bin ich hier?«

»Mathias! Endlich!« Er zuckte unmerklich zusammen, als er Stefanies Stimme hörte und gleich darauf ihr Gesicht sah, das sich über ihn beugte. Irgendwie angespannt wirkte Stefanie, und dunkle Ringe lagen unter ihren Augen. »Ich bin so froh, dass du endlich wieder wach bist.«

»Wieso?« Er runzelte die Stirn. »Was ist denn los?«

»Du bist verletzt.« Sanft strich sie ihm über die Wange. »Aber es wird alles wieder in Ordnung kommen. Ich versprech's.«

»Du?« Stirnrunzelnd sah er sie an. Mit einem Mal erinnerte er sich daran, dass sie zerstritten waren, Stefanie und er. Sie hatte sich mit diesem verdammten Daniel eingelassen und …

Von einer Sekunde zur anderen beschleunigte sich sein Puls.

»Ruhig, Mathias, reg dich nicht auf, bitte.« Tränen standen in Stefanies Augen, und sie drückte fest seinen Arm.

»Sie dürfen den Patienten nicht aufregen. Bitte gehen Sie hinaus.« Unbemerkt war eine Schwester hereingekommen, hantierte an den Überwachungsgeräten und schob Stefanie sanft, doch energisch vom Bett fort. »Herr Kroller, wie fühlen Sie sich?« Ohne auf eine Antwort zu warten, fuhr sie fort: »Gleich kommt der Chef zu Ihnen.« Sie machte sich wieder an dem Tisch neben seinem Bett zu schaffen. Er sah nicht, was sie machte, hörte nur irgendwelche Geräusche.

Mathias fühlte sich erschöpft und unendlich matt. Welcher Chef sollte zu ihm kommen? Warum sagte man ihm nicht endlich, was los war mit ihm? Das Denken fiel ihm schwer, und der Schmerz in seinem Kopf nahm von Sekunde zu Sekunde zu.

Als er erneut wach wurde, war es dämmrig vor den Fenstern. Sein Blick war klarer, und die Gedanken ließen sich jetzt endlich ordnen. Er erinnerte sich an die Geräusche, die er in seinem Haus gehört hatte. Erinnerte sich daran, dass er ins Wohnzimmer gegangen war, wo sich gerade ein Typ mit grauem Hemd und zerrissenen Jeans an dem Frauenbild zu schaffen machte, das zwischen den beiden Fenstern hing.

»Lass den Scheiß!« Er wusste noch genau, dass er das gerufen hatte. Dann war jede Erinnerung ausgelöscht.

Sein Blick wanderte durchs halb dunkle Zimmer. Draußen zuckte Blaulicht auf, erhellte den Raum ein wenig mehr.

»Stefanie!« Sie hockte am Fußende seines Bettes auf einem Stuhl, hatte die Arme auf sein Bett gelegt, den Kopf darin gebettet und schlief.

Ein kleines Lächeln huschte über sein Gesicht, und vorsichtig bewegte er die Füße. Mit einem Ruck setzte sich Stefanie auf.

»Du bist wach! Endlich!«

Er streckte die Hand nach ihr aus. »Komm her.«

Vorsichtig beugte sie sich über ihn, berührte sanft mit ihren Lippen seinen Mund.

»Sag mir, warum ich hier liege, Stefanie.«

»Du hast keine Ahnung?« Wieder schimmerten

Tränen in ihren Augen. Vorsichtig setzte sie sich auf die Bettkante und streichelte seine Hand, in der immer noch eine Infusionsnadel steckte.

»Ich weiß gar nichts mehr.« Ein kurzes Stirnrunzeln folgte. »Doch. Wir haben gestritten. Das weiß ich noch.«

»Vergiss den dummen Streit. Wichtig ist, wie du dich fühlst.« Zärtlich blickte sie ihn an. »Ich hab solche Angst um dich gehabt.«

»Was ist denn passiert?« Er wollte sich aufsetzen, sank aber mit einem Wehlaut zurück in die Kissen. »Verdammt, brummt mir der Schädel.«

»Du hast einen schweren Hieb auf den Kopf bekommen. Die Wunde hat geblutet, und du warst lange ohnmächtig.« Für einen Moment biss sie sich auf die Lippe. »Es tut mir so leid, dass ich nicht zu dir rübergekommen bin. Aber ich wollte, dass du dich entschuldigst und …«

»Hatte ich auch vor.« Sein Blick ging zum Fenster, dann sah er Stefanie wieder an. »Dann hab ich dich mit Daniel gesehen. Und das hat meine Wut wieder angefacht, ich geb's zu.«

»Ach, Daniel. Der ist doch nur eine nette neue Bekanntschaft hier in Dießen. Mehr nicht.«

»Wirklich nicht? Bedeutet er dir nichts?«

»Dummkopf. Lieber, geliebter Dummkopf.« Vorsichtig beugte sie sich über ihn, küsste die rissigen Lippen, die sich sofort öffneten. Mit unerwartet viel Kraft zog Mathias sie fester an sich, ließ sie auch nicht los, als nach kurzem Anklopfen ein Arzt in Begleitung einer Krankenschwester hereinkam.

»Na, das ist eine Therapie, bei der ich nicht mithalten kann.« Er schmunzelte. »Wie ich sehe, sind Sie auf dem Weg der Besserung, Herr Kroller.«

Daniel Stadler saß hinter dem Lenkrad des roten Cabrios, den Arm lässig aus dem Fenster gelehnt, und genoss das Geräusch des PS-starken Motors. Hin und wieder warf er einen kurzen Blick auf Charleen, die neben ihm saß. Die überdimensional große Sonnenbrille verdeckte halb ihr immer etwas blasses Gesicht. Obwohl sie sich oft im Freien aufhielt, behielt sie ihren zarten, fast durchscheinend hellen Teint bei.

»Wohin fahren wir, Darling?« Für einen kurzen Moment nahm sie die Sonnenbrille ab und lächelte Daniel zu.

»Überraschung!«

»Ich liebe Überraschungen. Mein Dad hat mich oft überrascht, als ich noch bei ihm gewohnt habe.«

»Ich bin aber nicht dein Dad.«

»Zum Glück nicht!« Sie lachte und lehnte den Kopf an seine Schulter. »Das wäre fatal.«

»Stimmt. Das wäre mehr als fatal.« Er nahm die rechte Hand vom Steuer und legte sie auf Charleens Oberschenkel. Die junge Texanerin trug knappe rote Shorts, darüber ein ärmelloses weißes Poloshirt. Mädchenhaft zart wirkte sie, doch Daniel wusste inzwischen, dass sie alles andere als mädchenhaft sein konnte, wenn man es als Mann nur geschickt anstellte.

Seit sie sich in Monika von Ahlens Boutique kennengelernt hatten, trafen sich Daniel und Charleen fast täglich, und Daniel hatte feststellen können, dass die zierliche Amerikanerin eine höchst leidenschaftliche Frau war. Von der Schüchternheit, die sie auf den ersten Blick ausstrahlte, war nichts zu spüren, wenn er sie in den Armen hielt.

Er war fasziniert von ihr, die ihn immer wieder zu überraschen verstand. Mal, indem sie ihn mit ihrem Wissen über Kunst und Kultur beeindruckte, ein anderes Mal erzählte sie, dass sie einen Pilotenschein besaß, dann wieder überraschte sie ihn damit, dass sie ein sündteures Auto kaufte – so wie an diesem Tag.

»Cabrio fahren ist geil«, erklärte sie, als sie am Mittag mit dem roten Wagen vor seinem Geschäft auftauchte. »Ich hab den Wagen gestern in einem Laden gesehen und gleich gekauft.«

»Mal eben so, ja?«

»Freilich.« Sie lachte. »So sagt man doch hier, oder?«

»Ja, so sagt man.«

»Dann lass uns eine Spritztour machen.« Ungeachtet der Kunden, die gerade von einem Angestellten bedient wurden, hob sie die Arme und legte sie um Daniels Nacken.

»Ich muss arbeiten«, wandte er ein.

»Musst du nicht.« Sie griff nach seiner Hand und zog ihn zur Tür. »Du bist der Boss, da musst du nicht arbeiten.«

»Schön wär's«, murmelte er, doch dann folgte er ihr doch hinaus in den Sonnentag, nachdem er kurz mit seinem Angestellten abgeklärt hatte, dass dieser den Laden für den Rest des Tages allein schmiss. Die Aussicht, solch einen Traumwagen fahren zu können, war einfach zu verlockend.

Ohne dass er Charleen einen Grund nannte, fuhr er erst einmal in Richtung Dießen. Seit Mathias in der Klinik lag, hatte er sich nicht mehr mit Stefanie getroffen. Jetzt wollte er zumindest einen Blick auf den *Katharinenhof* werfen. Und wenn sie ihn zufällig in dem Cabrio sah, begriff sie vielleicht, was sie an ihm verloren hatte.

Er drosselte das Tempo, damit er das Haus, das einen frischen weißen Anstrich bekommen hatte, genauer ansehen konnte.

»Wollen wir da einkehren?«, fragte Charleen und wies auf das imposante Hotel *Seeschlösschen.* »Ich dachte, wir würden einen längeren Trip machen.«

»Tun wir auch, Darling.« Sanft schob er die Hand ein wenig höher, und unwillkürlich spreizte Charleen die Beine. Daniel grinste. »Sei nicht so unersättlich. Du kriegst schon noch, was du haben willst.«

»Hoffentlich.«

»Du bist eine kleine Hexe. Eine süße, unersättliche kleine Hexe.«

Sie antwortete nicht, sondern schob sich die Sonnenbrille wieder auf die Nase. Die Häuser rechts und links der Straße interessierten sie nicht mehr. Es gab keine Boutiquen, keine italienischen Schuhgeschäfte. Also konnte sie total entspannen.

Daniel fuhr so langsam wie möglich am *Katharinenhof* vorbei, warf einen Blick in den Garten, doch niemand war zu sehen. Er konnte nur erkennen, dass die Terrasse fertig war, ein dekoratives schmiedeeisernes Geländer war schon angebracht worden. Im vorderen Bereich des Gartens, entlang der kiesbedeckten Einfahrt, standen große Terrakottakübel, in denen kleine rosafarbene Rosen blühten.

Das Taxi hinter ihm hupte auffordernd, und er beschleunigte das Tempo wieder. Über Landstraßen fuhr er in Richtung Pilsensee.

»Hier ist aber nicht viel los«, sagte Charleen enttäuscht, als sie etliche malerische Dörfer passierten, für deren Schönheit sie jedoch keinen Blick hatte.

»Wart's ab.« Er merkte, dass sie enttäuscht war, und

lenkte den Wagen in einen kleinen Waldweg. »Wir machen einfach eine Pause.«

»Hier?«

»Hier sind wir ungestört.« Er stellte den Motor ab und beugte sich über Charleen, um sie zu küssen. Dabei tastete sich seine Hand unter ihr Shirt. Wie er erwartet hatte, trug Charleen keinen BH, die kleinen festen Brüste brauchten keinen Halt. Mit dem Daumen rieb er über die Brustwarzen, die sich sofort hart aufrichteten.

Charleen nestelte am Reißverschluss seiner Hose, und Daniel grinste insgeheim. Es war so einfach, die junge Amerikanerin zufriedenzustellen. Seit sie das erste Mal miteinander geschlafen hatten, wollte sie immer wieder Sex mit ihm.

»Du bist der beste Lover, den ich hatte«, stieß sie auch jetzt wieder heiser hervor, als er ihr das Shirt auszog und hingebungsvoll ihre zarte Haut zu küssen begann.

Eine gute halbe Stunde verbrachten sie auf dem Waldweg, dann fuhren sie weiter in Richtung Pilsensee. Immer wieder war Daniel versucht, den PS-starken Wagen ganz auszufahren, doch er beherrschte sich, wollte nicht riskieren, den Führerschein zu verlieren.

»Da schau, wir sind am Ziel.« Er wies zu einem imposanten Schloss, das sich weithin sichtbar oberhalb von Seefeld erhob. »Ein Schloss für meine Märchenprinzessin.«

»Wow! That's beautiful!« Charleen richtete sich in den weichen Polstern auf. »Können wir da rein? Ich habe noch nie einen richtigen Prinzen getroffen.«

»Damit kann ich nicht dienen. Das Schloss wird von einer Grafenfamilie bewohnt. Reicht das?«

Sie nickte. »Aber ja!« Sie klappte die Sonnenblende herunter und sah sich in dem kleinen Spiegel, der dahinter angebracht war, kritisch an. »Ich bin nicht gut genug angezogen«, jammerte sie. »Und meine Haare sind ganz zerwühlt.« Vorwurfsvoll sah sie ihn an. »Du hättest mir sagen sollen, wohin wir fahren.«

»Du siehst bezaubernd aus.«

»Bezaubernd? Wer kann hier zaubern?«

»Ich meinte, dass du süß und schön bist.«

»Okay, wenn du meinst.« Während Daniel auf einen der reservierten Parkplätze unterhalb des Schlosses fuhr, zog sie sich die Lippen nach.

»Wir müssen ein Stück laufen.« Er stellte den Motor ab. »Hast du keine bequemen Schuhe mit?« Skeptisch sah er auf die weißen High Heels.

»Die sind bequem.« Charleen schwang die langen Beine aus dem Wagen und griff nach ihrer überdimensional großen Designertasche, die auf der Rückbank gelegen hatte.

»Ich bin gespannt auf den Grafen«, meinte sie, und Daniel hütete sich, ihr zu sagen, dass sie den Schlossherrn wohl nicht treffen würden. Graf Toerring-Jettenbach gehörte zwar das imposante Schloss, doch der Graf wohnte mit seiner Familie dort nicht mehr. Allerdings wurde der große Besitz seit vielen Jahren ebenso sachverständig wie liebevoll in seinem Auftrag restauriert.

»Ich denke, wir gehen erst mal ins *Bräustüberl* und stärken uns da«, schlug Daniel vor. »Oder möchtest du dir zuerst die verschiedenen Geschäfte ansehen, die es hier gibt?«

Nur kurz zögerte Charleen. »Erst ein Glas Champagner, dann gehen wir shoppen.« Sie lachte und hakte sich bei ihm ein. Der Weg zum Schlossbereich führte über eine breite Straße. Durch einen hohen barocken Torbogen kam man in den Hof.

»O my dear«, schwärmte Charleen, als sie sich umsah. »Super ist das hier.«

Es wunderte Daniel nicht im Geringsten, dass sie gleich in eine der eleganten Boutiquen ging, die im Hofbereich untergebracht waren. Der Champagner war fürs Erste vergessen.

Erst nachdem sie sich zwei Kleider gekauft hatte, bekam sie Durst. Doch schon nach den ersten Schlucken wurde sie wieder unruhig.

Daniel, der sich ein alkoholfreies Bier bestellt hatte, trank noch einen Schluck, dann zahlte er.

»Wohin möchte meine Prinzessin denn jetzt?«, fragte er und legte zärtlich den Arm um die zarten Schultern der jungen Amerikanerin.

»Zum Grafen.« Charleen sah sich um. »Wo ist er denn?«

Die Bedienung, bereits ein wenig älter, doch sehr fesch aussehend in ihrem Dirndl, hatte Charleens Frage gehört. Lächelnd kam sie einen Schritt näher.

»Der Herr Graf ist zurzeit mit Freunden drüben in den Stallungen«, erklärte sie. »Vielleicht haben Sie ja Glück und können ihn treffen.«

»Im Stall ist er?« Die junge Amerikanerin schüttelte ungläubig den Kopf, und Daniel erklärte rasch: »Im ehemaligen Marstall des Schlosses ist ein höchst exklusives Einrichtungsgeschäft untergebracht.« Er legte der Bedienung einen Schein auf den Tisch und nickte ihr dankend zu.. »Komm, ich zeig's dir. Vielleicht gefallen dir dort ein paar Kleinigkeiten. Es ist alles sehr außergewöhnlich«, fügte er hinzu, denn inzwischen wusste er, dass sich Charleen nicht mit Dingen umgab, die jedermann kaufen konnte. Sie war, so süß und unschuldig sie auch wirkte, recht verwöhnt und anspruchsvoll. Umso glücklicher war er, dass sie ihn offensichtlich mochte und als Begleiter akzeptierte.

»Ich bin sehr neugierig.« Charleen lachte zu ihm auf. »Du kennst viele Überraschungen für mich. Thanks.«

»Das mache ich sehr, sehr gerne.« Am liebsten hätte er sie jetzt ausgiebig geküsst, doch Charleen strebte in Richtung des Marstalls.

Richtig aufgeregt wirkte sie, und die Aussicht, einen richtigen Grafen zu treffen, zauberte nervöse Röte auf ihre zarten Wangen.

Und wirklich, sie hatten Glück: Der Schlossherr kam gerade mit einigen Freunden über den Hof, grüßte höflich, beachtete die Besucher jedoch nicht näher. Dennoch war Charleen glücklich. Jetzt konnte sie daheim doch wenigstens erzählen, dass sie einen echten deutschen Grafen getroffen hatte und auf seinem Schloss gewesen war.

In den Geschäftsräumen sah sie sich begeistert um, kaufte wahllos Kissen, Vasen, Decken und einige Kleinmöbel. Zwei hohe Glasamphoren gefielen ihr ebenfalls, und auch die sollten ihr nach München geschickt werden.

»Was, um Himmels willen, willst du damit?« Stirnrunzelnd sah Daniel sie an.

»Mal sehen. Vielleicht kann ich eine größere Wohnung in München mieten. Oder ein Haus kaufen. Das Apartment jetzt ist doch viel zu klein. Meinst du nicht auch?« Verliebt sah sie ihn an. »Wenn du erst mal bei mir wohnst, dann wird doch alles viel zu eng.«

Daniel hielt die Luft an. Im ersten Moment war er sprachlos. Dachte Charleen tatsächlich über eine gemeinsame Zukunft nach? Das wäre … ja, es wäre mehr als ein Sechser im Lotto!

»Die Lampe hier ist wunderschön.« Er wies auf eine schlichte, elegant geschwungene Lampe mit fünf kleinen hellen Schirmchen aus geschliffenem Glas.

»Wenn sie dir gefällt, kaufen wir sie, Darling.« Charleen machte nur eine knappe Handbewegung, und die Verkäuferin notierte sich die Bestellnummer. Eine so leicht zufriedenzustellende Kundin hatte sie seit Langem nicht mehr gehabt!

»Aber jetzt gehen wir wieder in die Sonne.« Daniel legte den Arm um Charleens Taille. »Von hier oben hat man einen wunderbaren Blick über die Seenlandschaft.« Als er merkte, dass das Charleen nicht allzu sehr interessierte, fügte er schnell hinzu: »Der Pilsensee und auch der Wörthsee gehören zum Besitz des Grafen.«

»Oh! Dann ist er ja doch reich.« Charleen sah sich um. »Aber unser Landbesitz in Texas ist größer. Wenn es dort auch nicht so schön ist wie hier in Bayern.« Sie schmiegte sich enger an Daniel. »Deshalb würde ich gern hier eine Wohnung haben. Oder ein Haus, so ein typisch bayerisches. Was meinst du? Gibt es hier am See ein Haus zu kaufen?«

Daniel zögerte. »Das müsste man erfragen.«

»Tu das, Darling. Erfrage.«

Daniel nickte nur. Die Vorstellung, mit Charleen länger zusammen zu sein, eventuell sogar mit ihr zusammenzuleben, wurde von Stunde zu Stunde attraktiver.

Die roten Rosen, die vorgestern ein Bote gebracht hatte, verströmten noch immer ihren zarten Duft. Er mischte sich mit dem Geruch der frischen Erde, die die Gärtner am Morgen im Garten ausgeschüttet hatten, um neue

Büsche zu pflanzen und in den zwei großen Beeten Astern und frühe Dahlien einzusetzen.

Stefanies Blick fiel auf die Rosen und die kleine Karte, die dazugehörte. Sie hatte sie an die schwere Kristallvase gelehnt, die auf ihrem Schreibtisch stand. Mathias, der bereits das Bett verlassen konnte und sich wieder ganz wohlfühlte, hatte ihr die Blumen geschickt. Auf der Karte stand nur: *Ich liebe, liebe, liebe dich!*

Mehr war nicht nötig. Sie wollte nur dieses wissen: Er liebte sie. Sie allein!

Noch vier, fünf Tage, dann konnte er endlich als geheilt entlassen werden. Sie beide konnten es kaum erwarten.

Der melodische Klingelton ihres Handys riss sie aus ihren Gedanken. Sie meldete sich, hörte der dunklen Frauenstimme zu – und griff Halt suchend nach der Schreibtischkante.

»Es tut mir leid, doch wir mussten Herrn Kroller noch einmal operieren. Eine Embolie. Aber der Eingriff ist gelungen, Sie müssen sich keine Gedanken machen.«

Wie durch einen Watteschleier hindurch nahm Stefanie die Worte auf. Keine Gedanken machen … das klang wie Ironie in ihren Ohren.

Von draußen drang Motorengeräusch zu ihr herein, die Gärtner beendeten für diesen Tag ihre Arbeit und fuhren heim.

Langsam, mit zitternden Knien ging Stefanie hinunter ins Erdgeschoss, von der weitläufigen Diele aus dann hinaus zur Terrasse, die mit hellgrünen Fliesen belegt war. Etliche Kübel standen schon da, bepflanzt mit Miniröschen, Margeriten und tiefblauen Lobelien. Gestern waren die Gartenmöbel geliefert worden, die ebenso zweckmäßig wie gefällig waren. In einem diskret angebrachten Vorratsschrank lagerten die gelbgrau karierten Kissen mit den dazu passenden gelben Tischdecken, die Anni angefertigt hatte.

Stefanie sah sich um. Ihr Blick ging vom See über den Garten, der jeden Tag mehr Gestalt annahm, bis zu der Terrassenbrüstung. Ansprechend, modern und doch gemütlich wirkte alles. Alle Handwerker, aber auch ihre Freundin Anni hatten gute Arbeit geleistet.

Tränen verschleierten ihren Blick. Bis vor Kurzem war dieses Haus noch die Erfüllung all ihrer Träume gewesen. Sie hatte sich das Leben und Wirken im *Katharinenhof* in den schönsten Farben ausgemalt und sich darauf gefreut, die ersten Gäste begrüßen zu können.

Doch jetzt schnürte ihr der Gedanke, sich um fremde Menschen kümmern zu müssen, die Luft ab. Allein der Blick auf den See hinaus, um den sie viele beneideten, tat beinahe körperlich weh. Die Schwäne waren weitergezogen, nur ein paar Segler glitten über die noch viel zu stille Wasseroberfläche. In einer Stunde würde ihnen wohl der Abendwind zum perfekten Segelwetter verhelfen.

Stefanie zuckte zusammen, als es an der Haustür läutete. Rasch wischte sie sich übers Gesicht. Normalerweise war sie weit davon entfernt, so schnell in Tränen auszubrechen. Doch seit dem Überfall auf Mathias, seit sie solch große Angst um ihn ausgestanden hatte, war das anders.

Unangenehm berührt sah sie Bruno von Ahlen an, der vor der Haustür stand und sich um ein joviales Lächeln bemühte, als er grüßte.

»Frau Holländer, darf ich kurz stören?« Ohne eine Aufforderung zum Eintreten abzuwarten, ging er an ihr vorbei in die Halle und sah sich ungeniert um.

Noch war es hier leer, die Möbel sollte Mathias liefern. Nur an den Wänden hingen ein paar Bilder. Zum Teil zeigten sie den *Katharinenhof* vor etlichen Jahrzehnten, zum Teil aber auch von einem hiesigen Künstler gemalte Landschaften. Das Parkett war frisch abgeschliffen, der dunkelrote Perserteppich, der früher in Tante Katharinas Wohnraum gelegen hatte, kam auf dem hellen Holz gut zur Geltung.

»Schön. Ganz schön schon.« Das klang gönnerhaft. »Können wir uns kurz hinsetzen? Ich denke, wir sollten noch einmal reden, Frau Holländer.«

Obwohl es noch spätsommerlich warm war, trug der Hoteldirektor des *Seeschlösschens* wieder ein hellblaues Oberhemd zur grauen, mit dunkelblauer Borte abgesetzten Trachtenjacke aus knitterarmem Leinen.

»Was gibt es denn zu bereden?« Stefanie, in einem schlichten blau-weiß karierten Sommerkleid, wies hinüber zum Essraum, der schon vollständig möbliert war. Die hellen Ahornstühle waren mit blauem Stoff bespannt, kleine graue Rauten ergaben ein dezentes Muster. Ganz ähnlich sollten die Gardinen und die dekorativen Kissen auf der breiten gemauerten Ofenbank aussehen. Doch die fehlten noch. Anni würde sie so rasch als möglich nachliefern, hatte sie versprochen. Jetzt, da Klaus vollkommen genesen wieder daheim war, kümmerte sie sich wieder mit ganzer Kraft ums Geschäft.

Der Hotelier räusperte sich mehrfach. Dann, nachdem er sich einen Stuhl herangezogen hatte, begann er etwas umständlich:

»Ich finde es ja bewundernswert, dass Sie sich das alles hier zugemutet haben. Und bislang ist ja auch alles gut gegangen.«

»Was Sie so nicht gedacht hatten. Ich weiß.«

Er machte eine wegwerfende Handbewegung. »Ich ahne, worauf Sie anspielen. Aber das sind Unterstellungen, die Sie nicht beweisen können.«

»Leider.« Auch Stefanie setzte sich und sah ihn auffordernd an. »Also, was führt Sie her, Herr von Ahlen?«

Wieder räusperte er sich die Kehle frei, dann sagte er: »Ich mache Ihnen nochmals ein Angebot. Sie müssen doch langsam merken, dass Ihnen hier das Glück nicht hold ist.« Eine Handbewegung folgte. »Alles verzögert sich, wird bestimmt auch teurer als gedacht. Wenn ich mir allein den Kachelofen ansehe ... der war defekt, das weiß ich genau. Und so kommt eine Reparatur zur nächsten, das kennt man als Unternehmer. Und der Mathias kann Ihnen auch keine Hilfe sein, so krank, wie er ist.«

»Der Mathias wird schon bald wieder gesund sein.«

»Ach ja? Ich hab gehört, dass er vor einigen Stunden noch einmal operiert werden musste.« Er beugte sich vor und machte Anstalten, nach Stefanies Händen zu greifen, doch mit einem Ruck beugte sie sich weiter nach hinten, brachte so etwas mehr Abstand zwischen sich und ihn.

»Woher wissen Sie das?«

Ein vages Schulterzucken, begleitet von einem kleinen, fast unmerklichen überheblichen Lächeln folgte. »Man hat so seine Beziehungen.« Er hielt kurz inne, dann fuhr er leiser fort: »Beziehungen, die Ihnen fehlen, Frau Holländer. Also seien Sie klug, geben Sie endlich auf. Ich übernehme alles. Auch die Sachen, die Sie neu bestellt haben und die jetzt noch nicht da sind. Egal, ob beim Mathias oder bei der Anni Burgmer, das ist dann meine Sache.«

»Niemals!«

Er lachte kurz auf. »Das haben schon viele gesagt. Mein Angebot: acht Millionen, und die Übernahme aller Kosten, die der Umbau bisher verursacht hat.«

Stefanie zuckte zusammen. Die Summe war gigantisch. Nie hätte sie gedacht, dass der Hotelier ihr so viel Geld bieten würde. Der *Katharinenhof* beziehungsweise das Seegrundstück schien immens wichtig für ihn zu sein.

Der Mann bemerkte ihr Zögern und hakte sofort nach: »Seien Sie nicht dumm, meine liebe Frau Holländer. Sie können sich mit dem Geld ein sorgloses Leben ermöglichen. Können reisen, die Welt kennenlernen … Sie sind noch so jung, da setzt man doch andere Prioritäten, als tagtäglich für Fremde da zu sein und sich um deren Wohlergehen zu kümmern.« Er stand auf und trat an eines der Fenster. »Der Ammersee und unser Dießen, sie haben ihre Reize, zugegeben. Doch was ist unser Städtchen gegen Sankt Moritz, Saint-Tropez oder New York? All das könnten Sie sich anschauen. Sorglos. Unbelastet.«

Als Stefanie nicht reagierte, fügte er hinzu: »Der Mathias wird vielleicht nie wieder ganz gesund. Kann eventuell nicht mehr arbeiten, dann könnten Sie ihm ein gutes Leben ermöglichen.«

»Unsinn! Davon, dass er nicht gesund wird, war nie die Rede in der Klinik. Ich bin sicher, dass die behandelnden Ärzte so etwas gesagt hätten.«

»Wer weiß? Die Spätfolgen so einer schweren Krankheit kann niemand abschätzen. Ich denke mir, dass es ihn sicher beruhigen würde, wenn er wüsste, dass seine Zukünftige reich genug ist, um ihm und sich ein sorgenfreies Leben zu ermöglichen.«

»Das kann ich auch ohne einen Verkauf.« Stefanie straffte sich. »Wenn der *Katharinenhof* wiedereröffnet ist, wenn die Gäste kommen und Geld bringen, ergibt sich kein finanzielles Problem mehr. Und deshalb ...«, sie stellte sich neben Bruno von Ahlen, »... geben Sie es auf, mich umstimmen zu wollen, Herr von Ahlen. Versuchen wir, gute Nachbarschaft zu halten. Mir ist sehr viel daran gelegen.«

Mit einem Ruck wandte sich der Hotelier vom Fenster ab. Sein Gesicht rötete sich von einer Sekunde zur anderen, und man merkte ihm an, dass er mühsam um Beherrschung rang.

»Wie Sie wollen«, presste er hervor. »Aber ich schwöre Ihnen, dass Sie Ihre Haltung noch bereuen werden. Es war das letzte Mal, dass ich Ihnen ein Angebot gemacht habe.«

»Soll das eine Drohung sein?«

Er antwortete nicht, sondern stürmte zur Haustür, riss sie schwungvoll auf und hätte beinahe den Mann umgerannt, der draußen stand und gerade den Arm erhoben hatte, um einen Finger auf den Klingelknopf zu legen.

Das Blau des Himmels mischte sich am Horizont mit dem Blau des Ammersees, auf dessen ruhigem Wasser drei Schwanenpaare gelassen ihre Bahnen zogen.

Es herrschte Flaute, doch das störte die beiden Verliebten nicht, die auf einem kleinen Segelboot saßen und das herrliche Spätsommerwetter genossen.

»Ich kann dir gar nicht sagen, wie froh ich bin, dass ich endlich wieder auf dem Wasser sein kann.« Klaus

Hattinger korrigierte den Kurs, dann setzte er sich wieder zu Anni und legte ihr zärtlich den Arm um die Schultern. »Die Wochen in der Klinik waren grausam.«

Anni nickte. »Kann ich verstehen. Und ich bin unendlich froh, dass du wieder vollkommen fit bist.«

»So fit, dass ich heiraten könnte. Wenn du mich noch willst.« Er grinste. »Schließlich bin ich nicht mehr ganz unversehrt.«

»Och, kann ich nicht sagen. Alles, was wichtig ist, ist noch dran und funktioniert.« Anni zwinkerte ihm zu. »Es gibt also keinen Grund, sich vor dem Gang zum Standesamt zu drücken.«

»Einverstanden.« Er griff in seine Hosentasche und holte eine Streichholzschachtel hervor.

»Was soll das denn? Rauchst du vielleicht wieder?« Anni sah ihn stirnrunzelnd an.

»Nein, nein. Das ist für dich.« Mit jungenhaftem Grinsen gab er ihr die kleine Schachtel.

»Was soll ich mit den Streichhölzern?« Anni nahm die kleine Schachtel, öffnete sie ... und stieß einen leisen Schrei aus. »Du bist ja verrückt!«

»Nein. Verliebt. Wie verrückt, und immer noch in dich.« Klaus griff nach ihrer Hand und drückte einen zärtlichen Kuss auf die weiche Innenfläche. »Gefällt sie dir?«

»Die ist einfach ...« Anni presste kurz die Lippen zusammen. »Der ist gigantisch!«

»Nun übertreib mal nicht!« Klaus lachte, griff in die Schachtel und legte Anni die Kette mit dem perfekt geschliffenen gelben Topas um den Hals. »Dazu gibt es noch die passenden Ohrringe. Aber die kriegst du erst, wenn du brav Ja gesagt hast.«

»Das ist Erpressung!« Lachend schlang Anni ihm die Arme um den Nacken. Der Kuss wollte kein Ende nahmen, und beinahe wären sie mit ihrem Boot einem anderen Segler in die Quere gekommen.

»Hey, ihr da! Aufpassen! Knutschen könnt ihr daheim.« Der junge Mann in der alten Holzjolle sah grinsend zu ihnen hoch.

Klaus hob kurz die Hand. »Sorry!«

»Schon gut!«

Die Jolle drehte ab, und Klaus achtete wieder mehr auf den Kurs, zumal endlich Wind aufkam und sie mehr Fahrt aufnehmen konnten.

Anni lehnte entspannt auf ihrem Platz, sah auf den wunderschönen Anhänger, der in der Sonne glänzte, dann wieder zu Klaus, der so fit und gesund wie vor dem Unfall wirkte. Vor knapp einer Woche war er aus der Klinik entlassen worden und hatte sich sofort wieder voll in die Arbeit gestürzt. Zum Glück hatten sein Vater und die beiden Angestellten die Segelschule in der Zwischenzeit geleitet, sodass es nicht zu finanziellen Einbußen gekommen war. Doch Klaus war froh, endlich wieder alles selbst regeln zu können.

»Du, Klaus, halt dich mal mehr nach links. Das sind doch Daniel und seine Charleen, oder?« Anni wies in die Richtung einer schnittigen Jacht, die langsam auf sie zukam.

»Wow! Das nenn ich mal ein Boot!« Klaus korrigierte erneut den Kurs. »Wo mögen sie die Jacht gechartert haben? Ich wüsste niemanden am Ammersee, der so ein Schiff vermietet.«

»Frag ihn.« Anni winkte Daniel Stadler zu, der sie jetzt auch entdeckte hatte und auf Rufnähe zu ihnen kam.

»Tolles Boot!« Klaus sah begeistert zu der schneeweißen Jacht hoch.

»Vorgestern gekauft.« Daniel lachte und sah sie an. »Sie wollte es unbedingt haben.«

»Wo habt ihr es denn gekauft?«

»Von einem Münchner Banker, der es in Starnberg liegen hatte. Der Typ muss für etliche Zeit nach New York und war froh, es gleich verkaufen zu können. Es ist noch wie neu.«

»Sieht man. Gratuliere. Darauf sollten wir was trinken.«

»Klar doch! In einer Stunde im Jachtklub?«

»Einverstanden.«

»Es gibt übrigens noch mehr Neuigkeiten.« Daniel legte den Arm um Charleen, die in ihrem weißen Sportdress noch zierlicher wirkte als normalerweise. Die dunklen Haare hatte sie unter einer Baseballkappe verborgen, eine riesige Sonnenbrille verdeckte einen großen Teil ihres Gesichts. »Die erzähl ich euch dann.«

»Wir sind gespannt!«

Allzu lange mussten sie nicht auf die Neuigkeiten warten. Als sie im Jachtklub ankamen, der sich gleich neben der Segelschule der Hattingers befand, stand schon eine Flasche Champagner kalt.

Klaus und Daniel begrüßten sich mit freundschaftlichem Schulterklopfen, während Anni und Charleen flüchtige Luftküsse austauschten.

»Also, was ist passiert? Spann mich nicht länger auf die Folter.« Klaus sah seinen alten Schulfreund fragend an.

»Na ja ...« Daniel grinste. »Während du in der Klinik warst, sind Charleen und ich uns nähergekommen.«

»Was nicht zu übersehen ist.«

»Ja, und deshalb ...« Daniel zögerte, legte den Arm um die junge Amerikanerin und fuhr fort: »Wir haben uns ineinander verliebt, und ich werde Charleen für etliche Monate nach Texas folgen.«

»Wow! Das ist mal eine Neuigkeit!« Klaus sah seinen Spezi überrascht an. »Du verstehst zu überraschen, Junge.«

»Ich bin selbst von mir überrascht.« Daniel verzog leicht den Mund. »Aber sie hat mich wirklich verhext, die Kleine.«

»Gratuliere.«

»Da schließe ich mich an.« Anni streckte erst Charleen, dann Daniel die Hand entgegen. »Was wird denn dann aus deinem Geschäft?«.

»Das wird erst einmal verpachtet.«

»Und an wen?«

»An Monika von Ahlen.« Daniel grinste. »Sie will die Kollektion erweitern und natürlich noch modischere Dinge einkaufen. Ihr kennt sie und ihren exklusiven Geschmack ja.«

»Aber ob sie damit Erfolg in Tutzing hat?« Klaus war skeptisch. »In München sähe das anders aus.«

»Da bin ich sicher«, warf Charleen ein. »Die Freunde aus München, die wir haben, kommen sicher gern hier heraus. Es ist ja auch sehr schön an den Seen.« Ein kleines Lächeln glitt über ihr Gesicht. »Ich überlege, ob wir hier nicht einen zweiten Sitz haben sollten. Aber ich will lieber an den Starnberger See als an den Ammersee. Da ist mehr los.«

»Du meinst eine Zweitwohnung«, korrigierte Anni lächelnd. »Oder einen Zweitwohnsitz.«

»Ja. So heißt das wohl. Ich muss mein Deutsch noch sehr viel besser machen.«

»Ich hab eine Wohnung«, warf Daniel ein.

Charleen nickte. »Ich weiß, Darling. Aber ein romantisches Haus am See … das würde mir mehr gefallen.«

Anni verzog fast unmerklich die Lippen. »Alles kannst du mit Geld hier nicht kaufen, Charleen«, erklärte sie dann. »Die Seegrundstücke sind rar. Es gibt fast keins mehr, soviel ich weiß.«

Doch die junge Amerikanerin winkte lässig ab. »Alles eine Frage des Preises«, meinte sie. »Das hat mein Dad immer gesagt.«

Anni schüttelte den Kopf. »Da kenne ich andere Beispiele.« Doch noch ehe Charleen nachhaken konnte, fuhr sie fort: »Ich wünsche euch aber bei der Suche viel Erfolg.« Sie trank ihr Glas leer. »Wir müssen dann auch wieder los. Ich hab noch ein paar Dinge für morgen vorzubereiten.«

Klaus nickte zustimmend. »Ich auch.« Er umarmte erst Charleen, dann Daniel. »Alles Gute euch beiden.« Dem alten Schulfreund schlug er noch einmal auf die Schulter. »Melde dich mal zwischendurch. Und auf jeden Fall, wenn du wieder zurück bist.«

»Mach ich.« Daniel zögerte, dann bat er: »Grüß Stefanie von mir, wenn du sie sieht. Sie ist eine tolle Frau. Ich wünsche ihr Glück.«

»Mach ich.«

Als sie vor dem Klubhaus standen, atmete Anni ein paarmal tief durch. »Geschafft!«

Klaus sah sie forschend an. »Du magst die beiden nicht besonders, oder?«

»Mögen … ich muss sie nicht mögen. Aber sie sind nicht meine Liga. Und das muss auch nicht sein. Hoffentlich weiß Daniel, was er tut.«

»Aber klar doch! Er hat sich in Charleen verliebt,

das sieht man.« Er grinste. »Das hätte ich dem alten Möchtegern-Playboy nicht zugetraut, dass er sich von so einem Mäuschen einfangen lässt.«

»Das Mäuschen besitzt Millionen. Das macht attraktiv!«

»Vielleicht hast du recht.«

»Bestimmt. Erst hat er es bei Stefanie versucht und jetzt bei Charleen. Mag ja sein, dass er sie wirklich mag, aber er ist in erster Linie in ihre Millionen verliebt.« Anni zuckte mit den Schultern. »Aber ist ja auch egal. Fakt ist, dass wir sie nicht zur Hochzeit einladen müssen.«

»Du bist unmöglich!« Klaus zog sie an sich.

»Nö.« Sie blieb stehen und legte ihm die Arme fest um den Nacken. »Nur ehrlich und pragmatisch.«

»Und sehr, sehr süß!«

»Hoppla!« Im letzten Moment trat Elmar Kornbrenner einen Schritt zur Seite, sodass Bruno von Ahlen ihn nur noch an der Schulter streifte, ehe er leicht taumelnd in Richtung Ausgang hastete.

»Herr Kornbrenner!« Ein Leuchten glitt über Stefanies eben noch angespanntes Gesicht. »Was machen Sie denn hier?«

»Nach dem Rechten sehen.« Der alte Portier zog Stefanie spontan in die Arme. »Und ich komme zur rechten Zeit, hab ich den Eindruck.« Mit gerunzelter Stirn sah er dem Mann nach, der mit hochrotem Kopf davoneilte.

»Wer ist das denn?«

»Mein Nachbar.« Stefanie wies auf das Hotel *See-*

schlösschen. »Er hat erneut versucht, mir den *Katharinenhof* und das Land ringsum abzukaufen.«

»Das machst du doch wohl nicht, oder?«

»Niemals.«

»Dann ahne ich, warum der Mann so zornig war. Du hast wohl seine hochfliegenden Pläne durchkreuzt, stimmt's?«

»Sie sagen es!« Stefanie hakte sich bei ihm ein und zog ihn mit ins Haus. In der geräumigen Halle blieb Elmar Kornbrenner stehen und sah sich um. »Das sieht ja ganz hervorragend aus!« Interessiert drehte er sich einmal um die eigene Achse. »Perfekt, Stefanie, perfekt und ausgesprochen geschmackvoll.«

»Freut mich, dass Sie das sagen. Aber es ist noch lange nicht alles fertig.« Stefanie wies hinüber zu einer breitflügeligen Tür, die in den Speiseraum führte. »Hier ist leider noch einiges zu tun. Die Hängeschränke fehlen und eine zweite Arbeitsplatte. Aber Mathias ist immer noch nicht gesund. Und deshalb ...« Tränen stiegen ihr in die Augen.

»So schlimm?« Elmar Kornbrenner machte ein paar Schritte ins Zimmer hinein. »Das sieht aber doch schon gut aus!« Die breiten Fenster gaben den Blick auf die Terrasse und den See frei. In tiefem Blau schimmerte das Wasser, einige Boote glitten scheinbar schwerelos dahin, die weißen und bunten Segel bildeten hübsche Farbtupfer auf dem dunklen Blau.

»Ja, ich könnte wahrscheinlich in wenigen Wochen eröffnen, denn die meisten Renovierungsarbeiten sind gemacht. Aber das klappt nicht, weil Mathias noch länger in der Klinik bleiben muss.« Während sie mit Elmar Kornbrenner hinaus auf die Terrasse ging, erzählte sie, dass Mathias erneut operiert worden war.

»Das ist fatal. Aber wenn er wieder auf dem Weg der Besserung ist, musst du doch nicht so deprimiert sein.« Kornbrenner nahm Stefanie noch einmal in den Arm. »Kopf hoch, mein Mädchen, das kriegen wir alles hin.«

»Wir?«

»Ich hab ab sofort alle Zeit der Welt – für dich und den *Katharinenhof.*«

»Das ist ja super!« Spontan umarmte ihn Stefanie. »Sie würden also wirklich für mich arbeiten wollen?«

»Nur zu gern.« Er zwinkerte ihr zu. »Dabei stell ich mir dann immer das Gesicht von Christian Peuser vor.«

»Warum das denn?«

»Weißt du es noch nicht?«

»Was?«

Er schlug sich leicht gegen die Stirn. »Der Peuser ist entlassen worden. Fristlos.«

»Und warum?«

Er zuckte leicht mit den Schultern. »Eins der Zimmermädchen war nicht so großzügig wie du und hat ihn in die Schranken verwiesen. Die hat ihn angezeigt, weil er ihr beim Bettenmachen hatte helfen wollen.«

»Wow! Das ist hart.«

»Er hat es nicht besser verdient. Na ja, er war noch vor mir weg, der Möchtegern-Hoteldirektor.«

»Aber Sie sind auch früher ausgeschieden, oder?«

»Ja. Ich fand, dass es an der Zeit für eine letzte Veränderung in meiner Karriere wäre.« Kurz legte er den Arm um Stefanies Schultern. »Hier macht das Arbeiten sicher viel mehr Freude als in der Stadt.«

»Ich … ich weiß gar nicht, was ich sagen soll. Danke, Herr Kornbrenner. Tausend Dank!«

»Endlich strahlst du wieder.« Zufrieden lächelnd ging der alte Portier hinunter in den Garten, dessen neue Bepflanzung fertig war. In üppigen Rabatten standen früh blühende Astern unter Ahornbüschen, und die schönen alten Rosenstöcke, auf die Katharina Holländer so stolz gewesen war, blühten immer noch üppig, eingerahmt von Lavendelbüschen und kleinwüchsigen Margeriten.

Die Gartenmöbel standen bereits auf der Wiese, und die sehr geschmackvoll angebrachte indirekte Beleuchtung funktionierte auch schon.

»Im Gartenbereich ist alles fertig«, erzählte Stefanie. »Und auch die ersten sieben Zimmer sind komplett eingerichtet. In den anderen ist allerdings noch viel zu tun. Das wollte Mathias alles machen.« Sie biss sich auf die Lippe. »Er hat so wunderschöne Kommoden angekauft, die er restaurieren wollte. Und auch die Wandschränke in den vier Apartments wollte er selber machen.«

»Du kannst aber dennoch schon mal die ersten Gäste aufnehmen. Dann hast du wenigstens nicht allzu lange Leerstand.«

Stefanie zögerte. »Ich weiß nicht ... Ohne Mathias und seine Hilfe trau ich mich nicht so recht.«

»Unsinn! So verzagt kenne ich dich gar nicht. Du schaffst das ganz sicher. Außerdem bin ich ja jetzt da.« Elmar Kornbrenner sah sich noch einmal um. »Wunderbar ist das alles geworden. Ich denke, du solltest für die ersten Herbstwochen ruhig ein paar Buchungen annehmen.«

»Aber ich werde auf keinen Fall andere Möbel kaufen.«

»Musst du auch nicht.« Kornbrenner ging auf eine der Bänke zu, die dicht am Wasser standen, und setzte sich. Auffordernd klopfte er neben sich auf das warme Holz. »Weißt du, ich hab einen Bruder drüben in Kitzbühel«, erzählte er. »Der hatte bis vor vier Jahren eine Schreinerei. Jetzt hat er verkauft und langweilt sich.«

»Und was heißt das?« Stefanies Herz begann, schneller zu schlagen.

»Er könnte herkommen und helfen. Ich rufe ihn gleich an, wenn dein Mathias damit einverstanden ist. Die beiden würden sich bestimmt ergänzen und auch gut verstehen.«

Spontan umarmte ihn Stefanie. »Sie sind wirklich mein guter Engel, Herr Kornbrenner.«

Er winkte ab. »Ich bin auch ganz selbstsüchtig«, meinte er. »Den Lebensabend hier am Ammersee verbringen zu können wäre toll. Das passt mir viel besser, als in meiner Zweizimmerwohnung in München bis ans Ende meiner Tage zu leben.« Er lachte. »Aber so weit ist es noch lange nicht. Ich fühle mich wieder ganz fit.«

»Das ist wunderbar.« Stefanie zögerte. »Wo wollen Sie wohnen?«, fragte sie dann. »Ich kann Ihnen gerne ein Zimmer überlassen.«

»Nein, nein, das wäre nicht gut. Ich suche mir eine Wohnung.« Er lächelte. »Irgendwas wird sich bestimmt in der Nähe finden.«

Ohne anzuklopfen, stürmte Monika von Ahlen ins Büro ihres Vaters. Wie immer war sie perfekt gestylt. Das giftgrüne Leinenkleid war hauteng geschnitten, ein breiter silberner Gürtel betonte ihre Taille. Silberne Stilettos ließen Monika noch größer wirken, als sie war. Das schwarze Haar war im Nacken locker zu einem Knoten geschlungen, silberne große Kreolen baumelten fast bis zu den Schultern.

»Paps?«

»Hier, Kind.« Bruno von Ahlen kam hinter einer breiten Schranktür hervor, in der Hand zwei Aktenordner. »Was ist denn los? Du kommst doch nie um diese Zeit her. Ist was mit der Boutique?« Mit einem Seufzer ließ er sich hinter seinem Schreibtisch nieder, bedeckte mit den Ordnern ein paar Schriftstücke, die auf der Arbeitsplatte lagen.

»Ich wollte nur rasch ein paar Schmuckstücke aus dem Safe holen.« Sie wies auf ein abstraktes Gemälde an der linken Wand, hinter dem sich der Safe befand. »Du verwahrst Mutters Brillanten da doch noch auf, oder?«

»Wozu brauchst du den Schmuck denn?« Stirnrunzelnd sah Bruno seine Tochter an. »Du hast doch gesagt, dass du die Klunker altmodisch findest.«

»Ja, ja, hab ich damals gesagt. Aber heute ist es was anderes.« Monika ging schon in Richtung Safe. »Charleen feiert Verlobung. Und zu dem Anlass will ich die Brillanten tragen.« Sie machte Anstalten, das Bild abzuhängen. »Das Texasgirl soll sich nicht allzu viel auf seinen Reichtum einbilden. In gewissen Dingen kann ich noch gut mithalten«, fügte sie mit einem leicht bitteren Unterton hinzu.

»Lass das!«

»Wieso? Ich kenne doch die Kombination. Bleib ruhig sitzen, Paps.« Sie warf ihm einen kurzen Blick zu. »Hey, was ist mit dir? Geht's dir nicht gut?«

»Lass nur, schon in Ordnung.« Brunos Stimme klang gepresst, und Schweißperlen bildeten sich auf seiner Stirn. Seine Lider zuckten nervös, als Monika die Zahlenkombination für den Safe eingab. Mit leisem Surren öffnete sich die Tür. Neben einem kleinen Bündel Bargeld lagen etliche Ordner in dem kleinen Wandfach, ebenso ein kleiner Kasten mit Kriegsorden, die Bruno von seinem verstorbenen Vater geerbt hatte und die er, ungewöhnlich sentimental, in Ehren hielt.

»Wo ist denn die Schmuckschatulle?« Fragend drehte sich Monika zu ihrem Vater um.

»Die …« Bruno biss sich auf die Lippe. »Tut mir leid, Kind, aber der Schmuck ist weg.« Er lehnte sich in seinem Sessel zurück und öffnete mit zitternden Fingern den obersten Hemdknopf.

»Weg? Was heißt das, er ist weg?« Ihre Stimme bekam einen schrillen Unterton.

»Ich …« Bruno von Ahlen mied ihren Blick. Mit einer fahrigen Geste fuhr er sich mit einem Taschentuch über die Stirn. »Ich hab ihn verkauft«, presste er dann hervor.

»Waas?« Fassungslos sah Monika ihn an. »Du hast Mamas Schmuck verkauft? Ja sag mal, bist du von allen guten Geistern verlassen?« Mit ein paar Schritten war sie bei ihm und fasste ihn an der Schulter. »Das kannst du doch nicht machen! Paps, das glaub ich einfach nicht.«

»Ich musste es tun.« Bruno seufzte unterdrückt auf. »Du weißt es nicht, aber … allzu gut liefen die Geschäfte in letzter Zeit nicht. Es fehlt dem Hotel einfach ein großzügiger Spa-Bereich. Deshalb haben wir auch den fünften Stern vor drei Jahren verloren, der so wichtig für uns war. Damit bekamen wir eine ganz andere Klientel ins *Seeschlösschen.*«

»Das hat aber nichts mit meinen Brillanten zu tun, verdammt noch mal!« Monikas Stimme kippte. Sie ging um den Schreibtisch herum und setzte sich auf die vordere Kante eines der Sessel.

»Ich hab das Geld für den Moosgruber gebraucht.« Er zuckte mit den Schultern. »Schwarzgeld musste es ja sein, wie du dir denken kannst. Und so viel hatte ich nicht zur Seite gelegt.«

»Du bist verrückt! Das kannst du mir nicht erzählen. Du hast doch Geld. Jede Menge!«

»Irrtum, mein Kind. Die Reserven sind aufgebraucht. Die letzten drei Jahre waren alles andere als erfolgreich.« Er stand auf und trat ans Fenster. »Was meinst du, warum ich alles dransetze, den *Katharinenhof* zu kaufen? Ich brauche diesen verdammten Grund. Ich muss modernisieren, sonst verliere ich noch die letzten Gäste an die Konkurrenz, und die ist hier in der Gegend groß, wie du weißt.«

»Und wie willst du das alles bezahlen? Den Neubau des Spa-Bereichs, meine ich.« Langsam stand Monika wieder auf, ging zum Safe und schloss die Tür. Dann hockte sie sich dicht neben ihren Vater auf die Schreibtischkante. Unter zusammengezogenen Brauen sah sie ihn an, dessen Gesicht immer noch rot war. Sie bemerkte die Ader an seiner linken Schläfe, die dick und aufgeregt pochte. Das war, sie wusste es seit der Kindheit, der beste Beweis für seine starke Erregung.

»Für diesen Bau bekäme ich natürlich einen Kredit von der Bank. Eine solche Investition unterstützt mir jeder Banker, zumal ich ja das *Seeschlösschen* als Sicherheit zu bieten habe.«

»Und was jetzt?« Monika hatte sich gefasst, rutschte von der Schreibtischkante und ließ sich in einen der Besuchersessel sinken.

»Jetzt musst du eben anderen Schmuck anlegen.« Brunos Stimme klang ungewöhnlich müde.

»Das meine ich nicht. Was ist mit dem *Katharinenhof*? Den kannst du doch vergessen, oder hast du ihn noch nicht ganz abgeschrieben?«

Bruno schwieg.

»Sag doch! Was können wir denn noch tun?«

»Nichts mehr. Nichts.« Langsam drehte sich Bruno um. »Es sei denn, das ganze Gelump da drüben brennt ab, und diese verflixte Erbin gibt endlich auf.« Er biss sich auf die Lippe. »Hab schon ein paarmal dran gedacht, ihr den roten Hahn aufs Dach zu setzen.«

»Du spinnst ja.« Monika stand auf. »Lass das ja niemanden hören, am Ende kriegst du noch mehr Probleme, weil man dich der Brandstiftung verdächtigt.«

»Aber was könnte sie sonst dazu bewegen aufzugeben?«

»Keine Ahnung. Aber das ist auch nicht mein Problem. Ich wollte dieses verflixte Hotel nie haben. Also mach nicht so ein Geschiss deswegen, begnüge dich mit dem, was du hast.«

»Wie kannst du so etwas sagen? Das hier«, er machte eine weit ausholende Handbewegung, »ist mein Lebenswerk. Das Hotel war total veraltet und marode, als ich es von meinem Vater übernahm. Das, was jetzt hier steht, hab ich allein erarbeitet.«

Er atmete schwer, rang mühsam nach Luft.

»Mir egal. Ich weiß nur, dass du total verrückt bist, wenn du dich weiterhin darauf versteifst, ohne den *Katharinenhof* nicht mehr existieren zu können.« Ohne ihren Vater eines weiteren Blickes zu würdigen, stand Monika auf und verließ grußlos das Büro.

Schwerfällig lehnte sich Bruno von Ahlen in seinem Schreibtischsessel zurück und starrte auf die Tür, die sich mit lautem Knall hinter seiner Tochter geschlossen hatte.

Von den Bergen her wehte an diesem Septembermorgen ein kräftiger Wind, trieb die ersten welken Blätter von den Bäumen und ließ erahnen, dass der heiße Sommer sich dem Ende näherte.

»Hoffentlich regnet es nicht noch.« Nervös sah Stefanie immer wieder auf die Uhr.

»Ach was, mach dich nicht nervös. Alles ist perfekt vorbereitet, die Eröffnungsfeier wird super.« Mathias, der sich wieder vollkommen erholt hatte, lachte. »Die Handwerker werden sich noch umziehen nach der Arbeit, und ich wette, sie haben alle gehörigen Durst und Appetit mitgebracht.«

»Die Feier haben sie sich verdient.« Stefanie sah sich um. »Ich bin gespannt, wer von den Nachbarn kommen wird.«

»Alle. Schon aus Neugier. Sie werden alles hier genau in Augenschein nehmen ... und uns beide natürlich auch.«

»Können sie.« Stefanie schmiegte sich fester an ihn. »Ich bin so glücklich, dass es dir wieder gut geht.«

»Ich bin topfit.« Mathias schaute sie zärtlich an. »Hab ich dir doch bewiesen, oder?«

Stefanie wurde leicht verlegen, als er auf die letzten Nächte anspielte, die sie voller Leidenschaft verbracht hatten. Er hatte sie, seit er vor fünf Tagen aus der Klinik entlassen worden war, mit seinen Zärtlichkeiten verwöhnt, so, als wolle er nachholen, was er während der langen Krankheit versäumt hatte.

Und Stefanie genoss es, in seinen Armen zu liegen, seine Lippen auf ihrer Haut zu spüren, die warmen Wogen der Erregung zu erleben, die sie empfand, wenn er sie mit seiner Liebe auf den Gipfel des Glücks brachte.

»Du bist süß. Ich liebe dich jeden Tag ein bisschen

mehr«, raunte er ihr zu, strich ihr eine blonde Haarsträhne aus dem Nacken und küsste verliebt die zarte Haut, genau dort, wo Stefanie besonders empfänglich war für die Liebkosungen seiner Lippen.

»Lass … bitte.« Sie fuhr nervös über die dunkelblaue Seidenschürze des Dirndls, das sie sich zu diesem Anlass gekauft hatte. Es war aus graublauem Seidenstoff mit feinen hellroten Streifen. Weiße Spitze umrahmte das Dekolleté.

Mathias trug zur schwarzen Hose ein weißes Trachtenhemd mit Edelweißstickerei an der Knopfleiste. Eine mit Goldfäden bestickte Samtweste, die schon seinem Vater gehört hatte, vervollständigte das Outfit. Sehr gut sah er aus, und nur sein noch etwas blasses Gesicht zeugte von der überstandenen Krankheit.

Seit er bei der Polizei eine Aussage gemacht hatte, suchte man die Männer, die ihn in seiner Wohnung überfallen hatten, doch ohne Erfolg. Von den Tätern fehlte jede Spur.

»Der von Ahlen wird sicher nicht kommen.« Stefanie sah hinüber zum *Seeschlösschen.* Im Garten des Hotels herrschte zu dieser späten Nachmittagsstunde Hochbetrieb. Die letzten Gäste genossen Kaffee und Kuchen, während sich andere schon an einer deftigen Vesper labten und dazu Wein oder ein zünftiges bayerisches Bier genossen.

Mathias warf ebenfalls einen Blick zum Nachbargrundstück. »Muss er auch nicht. Auf diesen Gast kannst du doch verzichten.« Sein Gesicht verdunkelte sich. »Der Typ hat wirklich nichts unversucht gelassen, um dir zu schaden. Er soll es ja nicht wagen aufzutauchen.«

»Ich hab ihm aber eine Einladung geschickt.« Stefanie zuckte leicht mit den Schultern. »Er ist ein Nachbar, und ich will in Frieden mit ihm leben. Von unseren Differenzen will ich jetzt gar nichts mehr wissen. Alles ist fertig geworden, zum Glück.«

»Das waren Intrigen, keine Differenzen«, erwiderte Mathias.

»Es ist alles wunderschön geworden.« Elmar Kornbrenner stellte sich neben Stefanie. »Ich bin sicher, du wirst bald ein volles Haus haben. Und die Eröffnungsparty wird ein voller Erfolg. Das Büfett ist aufgebaut, die Getränke stehen kühl, zwei Aushilfskellnerinnen kommen gleich und …«

»… und wir sind auch da.« Unbemerkt von Stefanie und Mathias waren Anni und Klaus durch den Garten gekommen. »Wir helfen natürlich auch bei deiner Einweihungsfeier.«

»Ihr?« Fassungslos sah Stefanie die Freunde an. »Und ich dachte, ihr wärt auf Hochzeitsreise in Italien.«

»Na, die Überraschung ist uns gelungen, was?« Klaus klopfte Mathias auf die Schulter. »Hast nix verraten, das ist super.«

»Natürlich nicht.«

»Ich bin ja so froh.« Strahlend umarmte Stefanie erst Anni, dann Klaus. Die beiden hatten vor zwei Tagen standesamtlich geheiratet. Klaus wollte einfach nicht mehr warten, noch vor dem Herbst, wenn es in der Segelschule ruhiger wurde, hatte er heiraten wollen.

Doch Anni war nur zur standesamtlichen Trauung bereit gewesen. Die kirchliche Hochzeit, die sie ganz in Weiß feiern wollte, sollte ein großes unvergessliches Fest werden. Wie schon ihre Eltern wollte sie im Marienmünster von Dießen heiraten, dieser altehrwürdigen Barockkirche, die zu den schönsten von ganz Bayern gehörte. Dazu musste aber einiges vorbereitet werden, und dafür war bislang keine Zeit gewesen. So hatten sie im engsten Familien- und Freundeskreis sich auf dem Standesamt schon einmal das Jawort gegeben.

»Du glaubst doch nicht im Ernst, dass ich die Einweihungsfeier des *Katharinenhofs* versäume.« Anni sah sich um. »Ach schau, da kommen die ersten Gäste.«

Aber es waren nicht, wie erwartet, Handwerker oder Nachbarn, sondern ein älteres Ehepaar, das langsam auf Stefanie und Mathias zukam.

»Grüß Gott.« Der ältere Herr schaute sich um. »Ein Schmuckstück ist er geworden, der *Katharinenhof.* Meinen Sie, wir können ganz spontan ein Zimmer buchen? Meine Frau und ich kommen gerade vom Gardasee, würden aber gerne ein paar Tage hier Station machen, ehe wir die Heimreise nach Düsseldorf antreten.«

»Wir waren bei der Katharina so oft zu Gast. Es ist traurig, dass sie nicht mehr da ist.« Die ältere, sehr schlanke Dame, sehr modisch gekleidet in einen hellen Hosenanzug, sah Stefanie lächelnd an. »Sie sind die Nichte, ja? Katharina hat uns von Ihnen erzählt.«

»Sie war ja leider in den letzten Jahren nicht mehr allzu gut dran, die Gute.« Die Frau machte ein bedrücktes Gesicht. »Aber wir haben ihr trotzdem die Treue gehalten, nicht wahr, Walter?«

»Natürlich. Sie war ja auch stets eine perfekte Gastgeberin.«

»Das möchte ich auch sein.« Stefanie streckte die Hand aus und stellte sich vor.

»Und wir sind Karin und Walter Frumm.«

»Es ist mir eine Freude, Sie als die ersten Gäste im neu gestalteten *Katharinenhof* begrüßen zu können.« Stefanie hatte sich rasch gefasst. »Wo haben Sie geparkt?«

»Erst mal draußen auf der Straße. Früher war die Einfahrt schmaler, da hatte ich immer Sorge, an irgendwelche Blumen zu kommen mit meinem Wagen.« Herr Frumm sah sich um. »Sie erwarten wohl eine größere Gesellschaft?«

»Nein.« Stefanie lächelte. »Heute ist offizielle Eröffnung. Ich hab die Handwerker und Nachbarn eingeladen. Aber auch Sie sind mir herzlich willkommen.«

»Auf die ersten Gäste.« Elmar Kornbrenner winkte einem der Mädchen, das ein Tablett mit Sektgläsern bereithielt.

»Dann wünsche ich Ihnen viel, viel Erfolg, Frau Holländer.« Herr Frumm hob sein Glas. »Und wir bleiben gerne für ein paar Tage, wenn's recht ist.«

»Ich nehme es als ein gutes Omen.« Stefanie nippte an ihrem Glas. »Tut mir leid, aber da kommen die ersten Handwerker.«

»Ich hole Ihr Gepäck«, bot Mathias den Frumms an.

»Lassen Sie nur, das liegt gut im Wagen. Erst mal möchten wir ungestört mit Ihnen feiern.« Herr Frumm stellte sich neben Elmar Kornbrenner. »Sagen Sie, kennen wir uns nicht? Aus einem Hotel in München?«

»Das kann gut sein.« Elmar nickte zustimmend, und rasch waren die Frumms und er in ein Gespräch vertieft.

Nach und nach füllten sich Terrasse und Garten. Zu den Handwerkern kamen etliche Nachbarn und Freunde von Mathias, die Stefanie inzwischen auch kennengelernt hatte. Alle waren bester Stimmung, sprachen den Getränken und dem Essen gut zu und genossen den noch warmen Herbstabend.

»Da drüben steht der von Ahlen.« Anni stellte sich zu Stefanie, die gerade mit den Landschaftsgärtnern ein letztes Glas trank. Die Männer wollten sich dann verabschieden, sie mussten am nächsten Morgen früh raus.

»Der steht bestimmt schon zehn Minuten da und glotzt sich die Augen aus dem Kopf.« Einer der jüngeren Gärtner grinste. »Er kann sich ein Beispiel an Ihrem Garten nehmen, Frau Holländer. Der ist perfekt gestaltet.«

»Das stimmt. Ihr alle habt super gearbeitet. Alle Gäste sind des Lobes voll.« Ihr Blick ging über den Garten hinweg zum Nachbargrundstück, doch Bruno von Ahlen war nicht mehr zu sehen.

Auf dem Wasser glitten, wie stets, etliche Segelboote dahin, begleitet von Enten und Schwänen.

Am Uferbereich, der zum *Katharinenhof* gehörte, standen drei breite Holzbänke, die Elmars Bruder erst vorige Woche fertiggestellt hatte. Das Material hatte er von daheim mitgebracht und abends, wenn die normale Arbeit getan war, in Mathias' Werkstatt fertig gebaut.

»Dafür hat niemand mehr Verwendung«, hatte er gemeint. »Das ist mein Eröffnungsgeschenk.«

Die Bänke waren ungemein bequem, und Stefanie hatte den alten Herrn, dessen langer schneeweißer Bart bis zur Brust reichte, kurz umarmt. »Ich danke Ihnen … für die Bänke, aber vor allem für die Unterstützung.«

»Das war mir ein Vergnügen.« Johannes Kornbrenner nickte seinem Bruder zu. »Wenn der Mathias will, helfe ich auch weiterhin in der Werkstatt, wenn viel zu tun ist. Elmar und ich haben nämlich beschlossen, hier am Ammersee sesshaft zu werden. Ich hab sogar schon ein kleines Haus in Aussicht. Drüben in Dettenhofen wird was verkauft. Nicht zu groß, ohne viel Garten drum herum, also ideal für uns zwei alte Männer.«

»Wohin mit den Blumen?« Klaus wies auf zwei große Blumenkübel, die gerade angeliefert worden waren. »Die sind von meinem Kompagnon. Er ist leider krank geworden, sonst wäre er auch gekommen.«

»Stellt sie doch neben die Bänke am See.«

»Gute Idee. Dorthin passen sie perfekt.«

Tatsächlich waren die beiden Kübel, die üppig mit weißen Levkojen, gelben Astern und den ersten Stiefmütterchen bepflanzt waren, ein attraktiver Blickfang. Das leuchtende Gelb der Astern und Stiefmütterchen wirkte vor dem tiefen Blau des Sees besonders gut.

Gerade als sich Stefanie wieder den Gästen zuwenden wollte, die die improvisierte Theke umstanden, kam Strolchi laut bellend aus dem Gebüsch neben dem Geräteschuppen, unter dem er eine Weile gelegen hatte. Der Betrieb war dem Hund zu viel gewesen, er hatte sich von Anfang an unter die großen Hortensienbüsche zurückgezogen, die die alte Holzwand des Schuppens zum größten Teil verdeckten. Allerdings beobachtete er die Fremden, die da durch den Garten schlenderten und seinem Ruheplatz oft viel zu nahe kamen, sehr aufmerksam.

Inzwischen war aus Strolchi ein sehr gepflegter kräftiger Hund geworden, dessen Fell gesund glänzte.

Jetzt war er sichtlich aufgeregt, bellte laut und rannte auf Stefanie zu.

»Ja, Strolchi, was ist denn los?« Sie beugte sich über ihn und tätschelte ihm den Kopf.

Strolchi, sonst für Zärtlichkeiten sehr empfänglich, machte ein paar Schritte zurück und bellte wieder auffordernd, dann schubste er Stefanie an, ging zurück und bellte erneut laut und durchdringend.

»Da stimmt was nicht.« Mathias, der das Tier beobachtet hatte, kam näher. »Komm, Strolchi, zeig mir, was los ist.«

Der Hund schien ihn genau zu verstehen, er schubste Stefanie noch einmal an, dann folgte er Mathias, der in Richtung Wasser ging.

Wieder bellte der Hund, rannte zum Gartenhaus und bellte dort die Tür an.

»Bin ja schon da.« Mathias, dem Klaus und Stefanie folgten, klopfte dem Tier kurz auf die Flanke.

»Es riecht nach Rauch.« Stefanie zog den Hund zur Seite. Panik schwang in ihrer Stimme mit.

»Geht auf die Seite.« Mit einem Ruck öffnete Mathias die Tür, um sich sofort wieder zurückzuziehen. Dicke Rauchschwaden quollen aus der Türöffnung, und im Innern loderten die Flammen auf.

»Ich rufe die Feuerwehr.«

»Holt Eimer! Die sind im Haus im Keller.« Stefanie hastete los.

Alle jüngeren Männer halfen, den Brand zu löschen, schleppten Wassereimer und versuchten, die Flammen, die ungewöhnlich hoch aufloderten, zu löschen. Doch sosehr sie sich auch bemühten, der Schuppen brannte innerhalb kürzester Zeit ab. Die Feuerwehr konnte nur noch die brennenden Holzscheite löschen und darauf achten, dass keine Funken in Richtung der Pension flogen.

Fassungslos sahen Stefanie und die meisten der Gäste auf das Geschehen.

»Ich begreife das nicht«, sagte Stefanie immer wieder. »Wie konnte so was denn passieren?«

»Das waren Brandbeschleuniger«, erklärte einer der Feuerwehrmänner. »Normalerweise hätten die Gartengeräte nicht so rasch Feuer gefangen.«

»Und jetzt?« Stefanie bemühte sich krampfhaft, nicht die Fassung zu verlieren.

»Jetzt genehmigen wir uns erst mal einen guten Schluck.« Elmar Kornbrenner kam mit einem vollen Tablett zu ihnen. »Ein paar der Gäste sind gegangen, die anderen wollen bleiben und dir so zeigen, dass du dich nicht einschüchtern lassen sollst. Alle hier stehen zu dir.«

»Sie meinen …« Stefanie sah in die Runde, »das war kein Unfall?«

»Ich bin mir ziemlich sicher, dass das Feuer vorsätzlich gelegt wurde. Aber das wird sich noch rausstellen. Zum Glück ist ja niemand zu Schaden gekommen. Und allzu viele Dinge von Wert waren ja nicht in dem Schuppen, oder?«

Stefanie schüttelte den Kopf. »Nein, nur ein paar Gartenliegen, Geräte, der Rasenmäher … alles Dinge, die sich leicht ersetzen lassen.«

»Aber wer kann das getan haben? Von unseren Gästen bestimmt niemand.«

»Hat irgendwer einen Fremden bemerkt? Jemanden, der sich heimlich aufs Grundstück geschlichen hat? Vom Wasser aus ist das ja kein Problem.« Der Einsatzleiter nahm einen Schluck Weißbier.

»Nein, wir haben nichts bemerkt.« Stefanie schüttelte den Kopf. »Der Hund hat ja auch nicht angeschlagen.«

»Es war sehr laut«, warf Mathias ein. »Da war Strolchi von uns Feiernden sicher abgelenkt.«

»Das wird sich noch rausstellen.« Der ältere Feuerwehrmann trank sein Glas halb leer, reichte es dann Elmar Kornbrenner zurück. »Wir fahren jetzt wieder ab. Aber ich lasse zur Vorsicht einen von meinen Männern hier, der soll auf eventuelle Brandnester achten.«

»Danke.« Stefanie riss sich zusammen, obwohl ihr

die Tränen in den Augen brannten. »Ich danke Ihnen und Ihren Männern sehr.«

»Das ist unser Job.« Der Einsatzleiter lächelte ihr aufmunternd zu. »Feiert weiter, lasst euch den Tag nicht verderben. Es wäre doch schade um das schöne Einweihungsfest.« Er legte kurz die Hand auf Stefanies Arm. »Ich habe die Katharina gut gekannt, sie wäre bestimmt sehr stolz auf Sie, Stefanie. Dass Sie die Pension weiterführen, ist wunderbar. Ich werde den *Katharinenhof* jedenfalls überall empfehlen.«

»Danke.« Ein kleines, zaghaftes Lächeln glitt bei diesen aufmunternden Worten über Stefanies Gesicht. Dann wandte sie sich an Mathias und die Freunde. »Was meint ihr, feiern wir weiter?«

»Unbedingt.« Anni legte ihr den Arm um die Schultern. »Komm, wir trinken erst mal ein Glas Sekt. Das entspannt.«

Es dauerte jedoch noch mehr als eine Stunde, bis Stefanie und Mathias zu einer gewissen Heiterkeit zurückfanden. Die meisten der Gäste genossen den milden Abend und das gute Büfett, dabei diskutierten sie immer wieder darüber, wer wohl für den Brand verantwortlich gemacht werden könnte.

Brandstiftung am *Katharinenhof*?

Groß und in fetten Buchstaben prangte die Schlagzeile auf der Lokalseite der Zeitung. Daneben war ein Bild vom renovierten *Katharinenhof* zu sehen, dahinter erkannte man deutlich die verkohlten Reste des abgebrannten Gartenhauses.

»Das warst du.« Monika von Ahlen warf das Blatt auf Brunos Schreibtisch. »Du bist verrückt, Vater. Total verrückt.« Erregt ging sie im Büro des Hoteliers auf und ab. »Wie konntest du so was nur tun?«

»Was behauptest du da für einen Quatsch?« Bruno schlug mit der flachen Hand auf die Schreibtischplatte, sodass die Vase mit den bunten Dahlien, die auf der linken Seite stand, gefährlich ins Wanken geriet.

Seine Tochter sah ihn aus schmalen Augen an. »Ich bin mir ganz sicher, dass du bei dem Brandanschlag die Finger im Spiel hattest.«

»Halt den Mund, Monika! Du weißt ja nicht, was du sagst.« Brunos Gesicht lief gefährlich rot an. »Du kannst mir nichts beweisen, gar nichts. Niemand kann das.« Der Hotelier lehnte sich in seinem Schreibtischsessel zurück. »Ich habe ein Alibi. War den ganzen Nachmittag und Abend über hier im Hotel. Die Gäste haben mich gesehen, schließlich hab ich an diesem Abend zwei Rundgänge durchs Restaurant gemacht.«

»Zwei? Wie ungewöhnlich!« Monika stützte die Arme auf die Schreibtischplatte und sah ihren Vater kopfschüttelnd an. »Du hältst mich wohl für beschränkt, ja? Ich weiß genau, dass du normalerweise nur einmal durch die Räume gehst.« Sie wandte sich ab, stellte sich ans Fenster und sah hinaus auf den See, der ruhig im Licht des späten Nachmittags glänzte. »Du musst wahnsinnig geworden sein. Und das alles wegen dieses albernen Kastens hier.« Sie machte eine weit ausholende Handbewegung.

»Dieser Kasten ...«, Brunos Stimme kippte fast vor Wut, »... ist mein Lebenswerk! Und dein Erbe, falls du es vergessen haben solltest.«

»Auf dieses Erbe pfeif ich!« Monika ging in Richtung

Tür. »Du weißt genau, dass ich das Hotel nie und nimmer weiterführen werde. Also hör auf, dich mit Gewalt an den Gedanken zu klammern, dass es das *Seeschlösschen* auch in zwanzig Jahren noch geben wird.«

»Red nicht so gehirnlos daher!«, brüllte Bruno von Ahlen los. »Das Hotel wird weiterexistieren.«

Monika zuckte lässig mit den Schultern. »Kann sein. Aber nicht unter der Leitung eines oder einer von Ahlen.« Damit ging sie hinaus.

Mit einem lauten Ächzen sank Bruno von Ahlen in seinen Sessel zurück. Graue Schleier waberten plötzlich vor seinen Augen, und er hatte das Gefühl, jeden Moment die Besinnung zu verlieren. Mit fahrigen Bewegungen lockerte er sich die Krawatte und schloss sekundenlang die Augen.

Erst als es an seine Bürotür klopfte, richtete er sich mit leisem Stöhnen auf. »Ja!«

»Chef, ich will nicht stören, aber …« Der langjährige Restaurantleiter steckte den Kopf durch die Tür.

»Dann tu's auch nicht!«, fauchte Bruno, riss sich dann aber doch zusammen und fragte knapp: »Was gibt's denn?«

»Der Hagerer will dich sprechen. Er sitzt auf der Terrasse und hat sich eine Flasche von unserem besten Rotwein bestellt. Sagt, das ginge in Ordnung, du wüsstest schon Bescheid.«

»Ich komme.« Mühsam stand Bruno von Ahlen auf. Mit schleppenden Schritten ging er quer durchs Zimmer und folgte dem Restaurantleiter hinaus auf die Terrasse.

Etwas abseits, im Schatten einer Buchsbaumhecke, saß Louis Hagerer und stierte in sein halb leeres Rotweinglas. Doch mit einem Ruck richtete er sich auf, als Bruno auf ihn zukam.

»Was machst du hier?«, fauchte der Hotelier. »Bist narrisch geworden?«

»Durst hab ich halt.« Der dünne Mann verzog den zahnlosen Mund zu einem Grinsen. »Außerdem ist doch heut Zahltag. Vergessen?«

»Nein, ich hab's nicht vergessen. Komm mit.«

Als der alte Mann Anstalten machte, ihm ins Haus zu folgen, hielt ihn Bruno am Arm zurück. »Nein. Komm mit rüber zu den Garagen.«

»Und mein Wein?«

»Kriegst zwei Flaschen zum Mitnehmen.« Bruno schob ihn vor sich her, dabei sah er sich immer wieder voller Sorge um. Niemand durfte ihn mit dem Louis sehen.

»Schon gut. Ich schleich mich ja auch gleich wieder. Aber ich brauch mein Geld.«

Bruno erwiderte nichts, sondern öffnete die breite Garagentür, hinter der seine graue Limousine stand. Im Kofferraum lag ein Umschlag, den er dem Alten reichte.

»Hast so viel gar nicht verdient«, knurrte er dabei.

»Wieso das denn nicht?« Louis grinste und zeigte wieder die letzten beiden Zahnstummel. »Das hat doch ganz nett gezündelt. Und dass die Feuerwehr so schnell gekommen ist … dafür kann ich nix.«

»Schon gut.« Bruno ging tiefer in die Garage hinein und holte aus einem Regal zwei Flaschen. »Hier, nimm und verschwinde.«

»Mach ich doch glatt.«

Bruno wartete, bis der Alte sich durch den Garten davontrollte. Es tat ihm leid um die beiden Flaschen Rotwein, von dem er selbst am liebsten trank und hier in der Garage stets ein paar Kisten in Reserve hielt. Aber noch mehr bedauerte er es, dass es ihm wieder nicht gelungen war, die neue Besitzerin des *Katharinenhofs* zu vertreiben.

»Das war's«, murmelte er und wischte sich über die feuchte Stirn. »Ich hab alles versucht, aber du hast mich auch nach deinem Tod noch abblitzen lassen, Katharina.« Kurz sah er zum Nachbargrundstück. »Das *Seeschlösschen* wird seinen fünften Stern nie mehr zurückerlangen.«

»Und? Wie seh ich aus?« Übermütig drehte sich Stefanie im Kreis. Sie und Anni waren an diesem Morgen nach München in ein besonders exquisites Trachtenmode-Geschäft gefahren.

»Super.« Anni kam einen Schritt auf die Freundin zu. »Der Mathias wird hin und weg sein, wenn er dich so sieht.«

»Das hoffe ich doch.« Stefanie zupfte an der Seidenschürze ihres langen Hochzeitsdirndls. Es war aus champagnerfarbener Seide, das Dekolleté aus feinster Spitze war zwar dezent, ließ aber doch den Ansatz des Busens erahnen. Die Schürze, einen Ton heller als das Kleid und aus hauchfeiner Spitze, war mit kleinen goldenen Rosen bestickt. »Aber deinem Klaus wird es nicht anders ergehen.«

Anni nickte. »Ich wollte ja zuerst ein weißes langes Brautkleid tragen, mit einem mindestens drei Meter langen Schleier. Aber dann, als du sagtest, du würdest gern in einem Trachtendirndl heiraten, hab ich es mir anders überlegt.«

»Das würde ja auch nicht aussehen, wenn bei einer

Doppelhochzeit eine Braut in klassischem Weiß und die andere im Dirndl vor dem Altar stehen würde.«

»Du hast recht, wie immer.« Anni drehte sich nun auch um die eigene Achse. Sie hatte sich, wie nicht anders zu erwarten, für ein zartgelbes Dirndl entschieden. Die weiße Schürze aus Spitze war mit der von Stefanie identisch.

»Und was stecken wir uns ins Haar?« Fragend sah Anni die Verkäuferin an.

»Es gibt die Möglichkeit, einen kurzen Schleier zu tragen.« Die ältere Verkäuferin griff hinter sich und holte ein paar Kartons hervor. »Ich persönlich fände allerdings einen Blütenkranz oder solch ein Gesteck passender.« Sie zog einen hauchfeinen Kranz aus weißer Seide aus einem der Kartons. Auf dem Reif waren ein paar weiße Seidenrosen drapiert.

Anni griff nur zögernd nach dem Haarschmuck. »Ich weiß nicht so recht …«

»Also, ich werde mir nur ein paar frische Blumen ins Haar stecken. Das ist mir lieber.«

»Das wäre es mir, offen gestanden, auch.« Die Verkäuferin nickte zustimmend. »Aber ich muss Ihnen ja alles zeigen, was wir im Laden haben.«

»Klar doch.« Stefanie lächelte verständnisvoll. »Aber für mich bleibt es bei dem Dirndl und der Schürze.«

»Da schließe ich mich an.« Anni löste die Schleife der Schürze und reichte das zarte Teil der Verkäuferin. Dann wandte sie sich an die Freundin. »Jetzt brauche ich einen Schluck Sekt zur Entspannung.«

»Einverstanden.«

Rasch zogen sie sich um, schlenderten dann eine Viertelstunde später, bepackt mit zwei großen Tüten, durch die Straßen der Stadt.

»Ich hab ein bisschen ein schlechtes Gewissen, weil ich die Pension allein gelassen habe.« Stefanie wies auf ein Straßencafé schräg gegenüber. »Aber Elmar hat mir versichert, dass er allein zurechtkommt.«

»Wird er auch.«

»Der Gute ist wirklich ein Gewinn für den *Katharinenhof*. Er bringt sich mit all seiner Kraft und seinen kreativen Ideen ein. Ich kann ihm nicht genug dafür danken, und für seine Freundschaft.«

»Dein Mathias ist auch ganz glücklich mit dem erfahrenen Helfer, der ihn unterstützt.«

»Stimmt. Wir haben schon überlegt, ob die Brüder nicht besser in Mathias' Haus ziehen sollten und er zu mir übersiedelt.«

»Das ist keine gute Idee.« Anni schüttelte den Kopf, während sie auf einen freien Tisch zusteuerte. Erst als sie beide Platz genommen hatten, fuhr sie fort: »Eine gewisse räumliche Trennung halte ich für vorteilhaft. Es tut nie gut, wenn man sich allzu dicht auf der Pelle hängt.«

»Da hast du recht.« Stefanie nickte. »Mathias möchte ja auch gern, dass ich rüber zu ihm ziehe. Dann haben wir abends unsere Privatsphäre, ich bin aber trotzdem rasch vor Ort, wenn es Schwierigkeiten gibt.«

»Er ist ein kluger Mann, dein Mathias.« Anni winkte der Bedienung und bestellte zwei Gläser Champagner.

»Sekt hätte doch auch genügt«, wandte Stefanie ein, doch Anni schüttelte den Kopf.

»Dieser Tag ist etwas Besonderes, und dazu gehört einfach ein Glas Champagner.«

In dem Moment, in dem die Kellnerin die beiden Gläser servierte, bemerkte Stefanie ein Cabrio, das langsam die Straße entlangrollte. Am Steuer saß eine rothaarige Frau mittleren Alters, das lange Haar war im Nacken mit einer goldenen Spange zusammengehalten. Ihr Begleiter hatte seine Hand besitzergreifend auf ihre Schulter gelegt.

»Das ist mein Ex-Chef«, murmelte Stefanie und sah wie gebannt zu dem offenen Wagen hinüber. »Seinetwegen hab ich damals gekündigt.«

Auch Christian Peuser hatte sie bemerkt. Ein flüchtiges Grinsen glitt über sein gebräuntes Gesicht, er nickte in Stefanies Richtung, beugte sich dann zu seiner Begleiterin und küsste sie demonstrativ auf die Schulter.

»Affe«, kommentierte Anni.

»Ich trage ihm nichts mehr nach.« Stefanie hob ihr Glas. »So glücklich, wie ich jetzt bin, möchte ich mich nicht mal mit tristen Erinnerungen belasten.«

»Darauf lass uns anstoßen.«

Wie dunkle Scherenschnitte wirkten die Bergspitzen, die sich in der Ferne in den im letzten Rotgold schimmernden Abendhimmel erhoben.

Doch für dieses romantische Bild hatte Stefanie im Augenblick keinen Sinn. Sie ging von Zimmer zu Zimmer und inspizierte sorgfältig, ob alles in Ordnung war.

In Zimmer drei, das gleich neben der Treppe lag, fehlte ein zweites Duschtuch, in einem der drei Einzelzimmer war der kleine Blumenstrauß auf dem schmalen Schreibtisch angewelkt. Rasch nahm sie die grüne Kugelvase und trug sie hinaus.

»Was machst du denn noch?« Elmar Kornbrenner stand in der Halle und sah ihr kopfschüttelnd entgegen. »Das kann doch die Josi morgen früh erledigen.«

Josi war das Zimmermädchen, das seit einem Monat im *Katharinenhof* arbeitete. Sie stammte aus Österreich und war an und für sich sehr geschickt und sorgfältig. Im Frühjahr war sie wegen eines jungen Mannes, in den sie sich verliebt hatte, nach München gekommen und hatte die größte Enttäuschung ihres Lebens erfahren müssen. Der Mann, der ihr daheim in der Wachau die große Liebe vorgegaukelt hatte, war verheiratet und hatte zwei Kinder.

Als Küchenhilfe hatte sie eine Weile im Hotel *Zum Isarbogen* gearbeitet, sich in der Großstadt jedoch nicht wohlgefühlt. Und als Stefanie nach einer jungen Mitarbeiterin suchte, war Elmar Kornbrenner Josi eingefallen.

»Das Dirndl ist ehrlich und anstellig«, hatte der ehemalige Portier gesagt. »Ich denke, die Josi wird froh sein, hierherziehen zu können, denn nach Hause in die Wachau will sie auch nicht mehr.«

Froh und dankbar war Josi in der Tat. Doch sie war auch noch sehr jung und unerfahren, und so kontrollierte Stefanie die Zimmer regelmäßig, bevor neue Gäste eintrafen.

»Schon gut, ich bin ja gleich weg. Nur noch …«

»Nix da, du gehst jetzt. Sonst krieg ich noch Ärger mit dem Mathias. Schließlich hab ich ihm versprochen, dass du pünktlich bist.« Elmar Kornbrenner lachte. »Das tät noch fehlen, dass die Braut zu spät zum eigenen Polterabend kommt.«

»Ich bin gleich so weit. Muss mich nur noch umziehen.« Stefanie drückte dem alten Mann die Blumen in die Hand. »Sie kommen aber später nach, nicht wahr?«

»Aber ja doch. Die Pension wird sowieso leer sein, alle Gäste wollen schließlich mitfeiern.«

»Darüber freue ich mich«, rief Stefanie über die Schulter zurück, ehe sie in ihre Privaträume entschwand. Rasch war das blaue Landhaus-Dirndl gegen Jeans und eine weiße Trachtenbluse, zu der sie eine hellrote Strickjacke wählte, getauscht. Die blonden Haare, die sie den Tag über locker hochgesteckt hatte, löste sie. In weichen Wellen fielen sie ihr jetzt bis auf die Schultern.

Gegenüber, im Garten von Mathias Kroller, war ein großes Partyzelt aufgebaut. Drei Freunde von ihm, die Hobbymusiker waren, spielten sich schon ein.

»Endlich! Ich wollte dich gerade holen kommen.« Zärtlich zog Mathias seine Braut in die Arme. »Du bist zu pflichtbewusst, Sternchen.«

»I wo. Aber alles muss doch perfekt sein bei der Ankunft neuer Gäste.«

»Sei nicht so streng mit dir.« Sein Griff um ihre Taille wurde fester. »Sonst muss ich dich für eine Weile aus dem Verkehr ziehen und dich so ablenken, dass du die Pension vollkommen vergisst.«

»Und du glaubst, das gelingt dir?« Lachend lehnte sie sich in seinen Armen zurück.

»Wollen wir es ausprobieren?«

»Lieber nicht! Die ersten Gäste kommen gleich.« Sie hauchte ihm einen Kuss auf die Lippen, ehe sie sich mit einer raschen Drehung aus seinen Armen wand. »Sind Anni und Klaus schon da?«

»Die sind gerade gekommen.« Er lachte. »Annis Mutter hat noch drei Schüsseln Salat mitgebracht, sie hatte wohl Angst, der Caterer hätte zu knapp kalkuliert.«

»Um Himmels willen, es ist reichlich von allem da.«

Davon konnten sich im Lauf des Abends die vielen Gäste überzeugen. Alle Nachbarn waren erschienen, ausgenommen der Hotelier vom *Seeschlösschen* und seine Tochter Monika. Doch die beiden vermisste wahrhaftig niemand. Die Freunde von Anni, Klaus und Mathias feierten ausgelassen.

»Da kommen der Toni und der Werner!« Mathias wies in gespieltem Entsetzen zur breiten Einfahrt hin. »Ach, du lieber Himmel, sieh nur, was die beiden vorhaben.«

In einer Schubkarre hatten die beiden jungen Männer alte Toilettenschüsseln, stapelweise Porzellan und sogar eine zerbrochene Badewanne mitgebracht, die sie jetzt unter dem Applaus der Gäste auf den Boden krachen ließen.

»Aufkehren! Aufkehren!«, erschallten die amüsierten Rufe der Gäste. Scherben brachten ja, wie man wusste, Glück. Und davon würden sie, wenn es nach der Masse des zerschlagenen Porzellans ginge, jede Menge haben.

Lachend griffen die vier Brautleute zu Besen und Kehrschaufel und schoben die großen und kleinen Porzellanteile zusammen.

»Ein Glück, dass ich den kleinen Container bestellt habe.« Mathias grinste.

»Ich hätte nicht gedacht, dass diese Tradition immer noch weitergeführt wird.« Anni stützte sich auf ihren Besen und sah zu, wie die beiden Männer die vollen Eimer in den Container entleerten.

»Es ist witzig, wenn's nur nicht so viel wäre«, sagte Stefanie lächelnd.

»Eine Freundin von mir hat mal einen auseinandergeschweißten alten VW vor die Tür geworfen bekommen. Dazu kamen noch alle Blumentöpfe und Teller, die aufzutreiben waren.« Anni zuckte mit den Schultern. »Das war nicht mehr ganz so witzig.«

»Da haben wir doch nettere Gäste.« Stefanie hakte sich bei der Freundin unter. »Komm mit, ich habe Durst.«

Als die Dämmerung einsetzte und die dunklen Schleier der Nacht sich über den Ammersee senkten, entzündete Mathias die bunten Lampions, die er in den Bäumen und quer durch den Garten aufgehängt hatte.

Die Stimmung war ausgelassen, alle feierten bis beinahe Mitternacht.

»Nicht noch einen Tanz, bitte.« Mathias zog Stefanie auf eine Bank, die er vor Jahren um den Stamm einer alten Ulme herumgebaut hatte. Das Holz war inzwischen von Wind und Wetter ganz grau geworden, ein paar Kissen machten den Platz gemütlich.

»Du hast erst dreimal mit mir getanzt.« Stefanie lehnte den Kopf an seine Schulter. »Ich wusste gar nicht, wie begehrt du bei deinen Nachbarinnen bist.«

»Du weißt noch nicht alles ... Hallo, was wollen die denn hier?«, unterbrach er sich selbst und sah in Richtung Straße. Dort war gerade ein Polizeiwagen vorgefahren und bog jetzt in die Einfahrt ein.

»Es wird sich doch wohl niemand über den Lärm beschwert haben?«, meinte Stefanie besorgt.

»I wo, die Nachbarn sind doch alle eingeladen.«

»Aber der von Ahlen nicht.«

»Der hört doch drüben im Hotel gar nichts von unserer Musik.« Mathias stand auf und ging den beiden Beamten entgegen. »Was ist los?«, fragte er, dann erkannte er den jüngeren der Beamten. »Grüß dich, Bertl. Wollt ihr mitfeiern?« Er lachte. »Gern.« Er machte eine weit ausholende Handbewegung.

»Würden wir gern. Aber wir sind leider im Dienst. Ich gratuliere von Herzen. Alles Gute für den zukünftigen Ehestand.«

»Auch von mir Gratulation.« Der ältere Beamte lächelte. »Wir haben auch ein Geschenk dabei, Herr Kroller.«

»Ein Geschenk?«

»Wir haben was gefunden, das mit Sicherheit dir gehört.« Bertl ging zum Wagen und kam gleich darauf mit einem viereckigen Paket zurück, das dick in Packpapier eingeschlagen war. »Hier, dein Bild.«

Sekundenlang war Mathias sprachlos. »Kommt mit rüber zu dem langen Tisch.« Er wies auf einen Tisch, der im Schatten der überdachten Terrasse stand. Hier hatten sich vornehmlich die älteren Gäste aufgehalten, einige Plätze waren bereits leer.

»Was ist los?« Stefanie kam zu ihnen. »Hat's Ärger gegeben?«, erkundigte sie sich.

»Im Gegenteil.« Mathias zeigte auf das Paket. »Mein Bild ist wieder da.« Langsam und vorsichtig packte er das Paket aus, hob dann das gestohlene Bild vorsichtig hoch. »Tatsächlich, das ist es!« Vorsichtig drehte er das Bild hin und her. »Da, dieser Fleck … der war schon immer da.«

»Wo hat man es gefunden?«, wollte Stefanie wissen.

»Ein Trödler hatte es in seinem Schaufenster, und ein Kollege von mir, der zufällig vorbeiging, hat es erkannt.« Bertl zuckte mit den Schultern. »Der sogenannte Antiquitätenhändler behauptet, es von einem Obdachlosen zu haben, der es gefunden hat. Zwanzig Euro hat er dem Typen dafür gegeben.«

»Unglaublich.« Mathias legte das Bild vorsichtig auf den Tisch zurück. »Man weiß zwar immer noch nicht, ob es wirklich ein echter Leibl ist oder nicht, aber mir ist es egal. Ich fand's immer schön.«

»Na, dann freu dich weiterhin dran.« Die Beamten machten Anstalten zu gehen.

»Bleiben Sie doch ein paar Minuten«, bat Stefanie. »Es ist noch so viel zum Essen da, und einen Saft können Sie doch trinken.«

Lange ließen sich die Beamten nicht bitten, zu verlockend waren die Sachen, die noch auf dem Büfett standen. Erst nach einer Stärkung verabschiedeten sie sich wieder.

»Viel Glück übermorgen«, wünschten sie noch einmal, ehe sie davonfuhren.

»Es war schon gut, dass wir einen Tag zum Ausruhen haben«, meinte Anni, als sie sich vier Stunden später voneinander verabschiedeten. »Wir haben uns gleich gedacht, dass der Polterabend sich lange hinziehen wird.«

»Kein Wunder, wenn man so bekannt und beliebt ist wie ihr.« Stefanie umarmte die Freundin. »Ich bin sehr, sehr froh, hier am Ammersee ein neues Zuhause gefunden zu haben, und so gute Freunde.«

Im Osten wurde der Nachthimmel bereits vom ersten Morgenlicht erhellt, als Stefanie und Mathias endlich schlafen gingen.

»Glücklich?« Lächelnd beugte sich Mathias über Stefanie, die sich erschöpft in die Kissen kuschelte.

»Glücklich, erschöpft und müde.« Sie blinzelte ihn unter halb geschlossenen Lidern an. »Du nicht?«

»Eigentlich nicht.« Er lachte und küsste sie zärtlich. »Aber morgen ist ja auch noch ein Tag. Schlaf gut, mein Sternchen.«

»Hm …« Stefanie schmiegte sich an ihn, sie spürte schon nicht mehr, dass er den Arm fest um sie legte. Von einer Sekunde zur anderen war sie eingeschlafen.

»Ja mei, wo soll denn jetzt die Schleife hin?« Unsicher sah Josi von Stefanie zu der zierlichen Friseurin, die gerade eingetroffen war, um das Haar der Braut zu richten.

Stefanie trug schon ihr Hochzeitskleid. Sie stand vor einem hohen Spiegel in ihrem Schlafzimmer und sah zu dem jungen Zimmermädchen hin, das die hauchfeine Schürze in den Händen hielt.

»Nach rechts natürlich.« Stefanie lächelte. »Schließlich bin ich seit heute Morgen verheiratet. Wenn auch nur standesamtlich.«

»Das zählt heutzutage mehr als der kirchliche Segen«, warf die Friseurin ein und sortierte auf einem kleinen Tisch ihre Utensilien. »Schade eigentlich.«

»Finde ich auch. Uns ist der Segen des Pfarrers wichtig. Und die Trauung im Dießener Marienmünster ist schon etwas Besonderes.«

»Da haben Sie recht. Die barocke Pracht im Kircheninnern verschafft eine ganz besonders feierliche Atmosphäre.« Die Friseurin nickte. »Meine Schwester hat da vor ein paar Monaten geheiratet, es war ein wunderschönes Fest.«

»Das wird Ihre Hochzeit bestimmt auch, Chefin.« Vorsichtig legte Josi die Schürze über einen Stuhl. »Ich schau mal unten nach dem Rechten. Vielleicht ist es besser, die Schürze erst ganz zum Schluss umzubinden.«

»Mach das, Josi. Danke.« Stefanie nickte dem jungen Mädchen zu. »Danke dir.«

»So, dann wollen wir mal.« Die Friseurin rückte Stefanie einen Hocker zurecht. »Sie wollen es schlicht, stimmt's?«

Stefanie nickte. »Nur locker hochstecken und die Rosen einarbeiten. Mehr muss nicht sein.«

Sie hatte auf jedweden Schmuck verzichtet, nur die Brillantkette der Tante umgelegt. Ein wenig nervös sah sie sich im Spiegel an. Dass Heiraten aber auch so anstrengend sein musste!

Doch dann ging ein Lächeln über ihr Gesicht, als sie an die Trauung am Morgen dachte. Sie waren ganz allein gewesen, die beiden Brautpaare, nur Annis Eltern und Elmar Kornbrenner waren dabei gewesen, als sie sich auf dem Dießener Standesamt das Jawort gaben.

Elmar und Annis Vater hatten Tränen in den Augen gehabt, während Frau Burgmers Augen voller Stolz geleuchtet hatten. Sie mochte Klaus wie einen eigenen Sohn und war froh, dass ihre Einzige in ihm einen liebevollen, fürsorglichen Partner gefunden hatte.

»Ist's so recht?«

Stefanie zuckte zusammen, als die Stimme der Friseurin sie aus ihren Gedanken riss. »Sehr, sehr schön.« Sie stand auf. »Genau so hatte ich es mir vorgestellt.«

»Und wir sind ganz pünktlich fertig geworden.« Die junge Frau band ihr die Schürze um. »Schleife rechts.« Sie lachte.

Leise klopfte es an die Tür. »Bist du fertig, Stefanie?«

»Ja, Elmar, ich komme.« Sie öffnete die Tür und umarmte den alten Mann, der bei ihrem Anblick wieder feuchte Augen bekam.

»Du bist wunderschön.«

»Danke. Und du bist der beste, liebste Brautvater, den ich mir wünschen kann.«

»Danke für die Ehre.« Elmar zog sie kurz in die Arme. »Ich hab dich lieb wie ein eigenes Kind«, murmelte er dabei. »Aber jetzt Schluss mit den Sentimentalitäten. Komm, der Mathias wartet schon draußen.«

Ehe Stefanie fragen konnte, warum Mathias nicht ins Haus gekommen war, hörte sie von der Straße her lautes Wiehern.

»Da wird meine Überraschung verraten.« Elmar lachte, während er Stefanie über die lange Auffahrt hinaus zur Straße führte. Dort standen zwei mit leuchtend gelben Sonnenblumen dekorierte Kutschen, zwei kräftige Haflinger im Gespann. Auch das Geschirr der Tiere war mit Efeu und Sonnenblumen geschmückt.

»Mein Hochzeitsgeschenk für euch.« Fest drückte der alte Mann Stefanies Hand, ehe er ihre Finger in die Hände von Mathias legte, der neben der ersten Kutsche stand. »Mach sie glücklich, meine Stefanie«, sagte er leise.

»Was sagst du zu der Überraschung?« Anni, die mit Klaus in der zweiten Kutsche saß, stand für einen Moment auf. »Das ist wie im Märchen, gell?«

»Ja, das stimmt.« Stefanie sah kurz zu der Freundin hin, die ihr übermütig mit einem Strauß gelber Rosen zuwinkte.

»Hier, Sternchen, für dich.« Mathias griff ins Innere der Kutsche und holte einen kleinen, rund gebundenen Strauß heraus. Cremefarbene und weiße Rosen waren kunstvoll arrangiert worden, dazwischen grüne Myrte.

»Wie schön! Danke.« Stefanie strahlte Mathias an. Er sah sehr elegant aus in seinem dunkelblauen Trachtenanzug, das weiße Hemd unterstrich den sonnengebräunten Teint.

»Los, ihr zwei! Der Pfarrer wartet nicht.«

»Geht schon los!« Mathias half Stefanie in die Kutsche, setzte sich dann neben sie und griff nach ihrer Hand. »Glücklich?«, fragte er zärtlich.

»Unendlich glücklich.«

Stefanie sah erst ihn an, dann schaute sie hinüber zum See, der im Licht der strahlenden Herbstsonne glänzte. Die Berge im Hintergrund trugen bereits kleine weiße Schneehauben. Das Weiß strahlte mit den vier glücklichen Brautleuten, die wenig später das ehrwürdige Marienmünster betraten, um die Wette.